Töten für die Unschuld

C.L. Sutton

KAPITEL EINS

TEDDY

Mummy sagt, ich stinke wie Scheiße.

Ich glaube, Scheiße bedeutet „Kacke". Sie sagt es mit gerümpfter Nase, also weiß ich, dass ich wohl schlecht riechen muss.

Daddy wirft eine Rolle Küchenpapier nach mir, und sie trifft mich am Kopf.

Mein Zimmer stinkt auch wie Scheiße; aber ich weiß nicht, wie ich das beheben soll. Mein Eimer ist sauber. Ich habe ihn heute Morgen in der Dusche gewaschen, als Mummy und Daddy einkaufen waren. Vielleicht kommt der Geruch von der Socke, die ich unter meinem Bett versteckt habe. Die muss ich auch noch waschen, aber ich weiß nicht wie. Und ich muss mir irgendwie den Hintern abwischen. Es tut weh, wenn ich es nicht tue.

Ich schaue auf die Rolle Küchenpapier auf meinem Schoß. Ist das dafür gedacht? Werden sie mich damit nach oben gehen lassen?

Darf ich jetzt nach oben gehen?

Ich rutsche mit meinem Hintern an den Rand des Stuhls. Sie schauen mich nicht an, also wackle ich noch mehr. Die Haare auf meinen Armen stehen alle ab und ich kann mein Herz in meinem Kopf pochen hören.

Ich stehe auf und halte den Atem an.

Mummy dreht ihren Kopf zur Seite, was mich zusammenzucken lässt, aber ich wage es nicht, meine Hände vors Gesicht zu heben, wie ich es gerne würde.

„Dann verpiss dich nach oben", zischt Mummy mich an. Daddy beißt in sein Spiegelei-Sandwich, und Eigelb tropft auf sein Oberteil. Er schaut nicht auf.

Meine Beine wollen sich nicht bewegen.

Ich habe zu lange gewartet, und Mummy gibt mir einen Karateschlag in den Nacken. Ich schreie auf und renne so schnell ich kann zur Treppe, aber Mummy ist schneller als ich und stellt mir ein Bein. Sie lacht über mich, als ich gegen den Türrahmen fliege. Mein Kopf knallt gegen das Holz und es tut wirklich weh. Ich halte die Tränen zurück. Wenn Mummy mich weinen sieht, wird sie nur noch wütender.

Sie lacht über mich, während ich die Treppe hochkrabbele. Ich schlucke mein Weinen hinunter und reibe mir die Stelle am Kopf, wo ich gerade dagegen geschlagen bin.

Mein Zimmer stinkt wirklich. Ich kräusele meine Nase, um es besser zu machen, aber es funktioniert nicht.

Das ist ein wirklich langweiliges Zimmer. Das langweiligste Zimmer im Haus. Ich habe mein Bett, aber es ist nur die große Matratze. Ich habe drei Bücher auf meiner Fensterbank gestapelt: „Lieber Zoo", „Peppa Wutz" und ein Buch über den Planeten Erde. Die sind auch langweilig. Ich glaube, ich habe sie schon eine Million Mal gelesen. Ich mag aber die Karten im Planetenbuch, die sind hübsch.

Ich habe auch meinen Eimer. Er war mal rot, aber jetzt ist er rosa, weil er in der Sonne stand. Ich wünschte, ich könnte die Vorhänge zuziehen, aber Mummy hat sie eines Tages weggenommen, nachdem sie sich mit einer Frau beim Friseur gestritten hatte.

Ich betrachte mein Spiegelbild im Fenster. Meine blauen Augen sehen dunkel aus, als wäre ich sehr müde, und ich schiebe meine Haare hinter die Ohren, um sie ein bisschen ordentlicher aussehen zu lassen. Ich blase Luft in meine Wangen, um sie weniger gruselig aussehen zu lassen. Es sieht aus, als würden sie nach innen einfallen.

Ich schließe auch meine Tür, vorsichtig, um sie richtig zu schließen und nicht die Regeln zu brechen. Ich werfe mich auf mein Bett und starre nach oben, während ich das Küchenpapier, das ich von unten mitgenommen habe, zusammendrücke. Die Decke ist braun, wo früher Wasser durchkam. Daddy hat es auf dem Dach repariert, aber er hat meine Decke nicht repariert. Ich bin froh darüber. Ich mag es, mir aus den braunen Flecken in meinem Kopf Bilder zu machen. Ich kann ein Frauengesicht sehen. Sie ist hübsch, wie eine Prinzessin. Sie schaut auf mich herab und lächelt. Ihre Augen sind schief, aber das ist okay.

Die Prinzessin an meiner Decke weiß alles. Ich erzähle ihr alle meine Geheimnisse. Sie weiß, dass ich letzte Woche einen Schokokeks geklaut habe. Sie weiß, dass ich im Schlaf weine. Sie weiß von meinem Freund Robert.

Robert ist mein bester Freund. Er wohnt im Haus nebenan und manchmal, wenn er mich im Hinterhof stehen sieht, kommt er, um mit mir zu reden.

Wir haben uns im Winter kennengelernt. Ich stand in meinem Schlafanzug draußen und hörte, wie die Hintertür der Nachbarn auf- und zuging. Ich versuchte mich zu verstecken, indem ich meinen Körper gegen die Wand drückte. Die kleinen Steine in der Wand kratzten meinen Rücken.

„Geht es dir gut?", fragte mich Robert von der anderen Seite der Mauer. Ich sagte nichts. Ich hatte zu viel Angst.

„Ich weiß, dass du da bist. Ich habe dich von meinem Schlafzimmerfenster aus gesehen." Er klang genervt, und ich hatte Angst, dass er noch wütender werden würde, wenn ich nichts sagte. Lauter. Und Mummy würde herausfinden, dass ich mit jemandem rede.

„Mir geht's gut", platzte es aus mir heraus. „Bitte lass mich in Ruhe."

Robert sagte eine ganze Weile nichts. Ich wusste, dass er noch da war, weil ich nicht gehört hatte, wie er die Tür öffnete, um wieder reinzugehen.

„Möchtest du mein Freund sein?", fragte er mich. „Du hast blonde Haare, wie ich."

Von diesem Moment an war Robert mein allerbester Freund. Er kam und redete mit mir, wenn Mummy und Daddy ausgegangen waren und mich nach draußen gesperrt hatten. Er ist der beste Mensch, den ich je getroffen habe.

Letzte Woche fragte er mich, ob ich alleine zu Hause sei. Ich sagte „ja" und er warf einen echten Ball über die Mauer. Er war schwarz-weiß und rau anzufassen, aber es machte so viel Spaß, ihn hin und her über die Mauer zu werfen. Wir versuchten, jeden Wurf zu zählen, aber Robert war besser als ich. Ich kann jetzt fast bis zehn zählen - oder ich glaube, ich kann es. Manchmal komme ich durcheinander. Robert kann sogar bis zwanzig zählen.

Ich mag Robert wirklich sehr.

Meine Hände sind verschwitzt, also wische ich sie an meinem T-Shirt ab, das mir zu klein ist. Unten ist ein kleines Loch, durch das ich gerne meinen Finger stecke.

Ich kann hören, wie Mummy und Daddy jetzt den Fernseher einschalten. Sie lachen, wenn die Leute im Fernsehen lachen. Sie werden dort sitzen, bis es dunkel wird.

Ich rolle mich auf den Boden und schiebe meine Hand unter die Matratze, wedele damit herum, bis ich das Stück Papier fühle. Meine Finger umschließen es, und ich ziehe es heraus. Ich falte es auf und schaue es an.

Robert sagte mir, dass da „Bob" steht, so nennen ihn seine Freunde. Er sagte, ich kann ihn jetzt auch Bob nennen, aber ich nenne ihn immer noch Robert. Ich mag den Namen Robert am meisten. Neben dem Wort ist ein Smiley, der mich auch zum Lächeln bringt. Ich umarme den Brief.

Eines Tages, wenn ich schreiben kann, werde ich auch einen Brief über die Mauer werfen. Ich werde Robert von dem Schlafzimmer erzählen, das ich mir wünsche, mit einem großen Bett und einem Schrank voller Kleidung. Ich werde ihm von den Spielsachen erzählen, die ich mir wünsche, wie die Autogarage, die ich in der Fernsehwerbung sehe. Die mit der Spiralrampe. Das wird ihm gefallen. Robert mag Autos auch. Vielleicht können wir eines Tages zusammen spielen. Ich bin sicher, Robert wird nichts dagegen haben, seine Spielsachen mit mir zu teilen. Ich wette, er hat eine Menge Autos zum Spielen.

„Was zum Teufel ist das?", kommt Mummys Stimme von der Tür hinter mir. Ihre Stimme ist ganz kratzig, als wäre sie gerade aufgewacht. Sie lehnt mit verschränkten Armen am Türrahmen. Ihr Gesicht ist ganz dunkel und gruselig, als sie das Papier in meinen Händen anschaut.

Ohne nachzudenken, stopfe ich den Brief in meinen Mund. Sie darf nicht von Robert erfahren, sonst wird sie ihn mir auch wegnehmen.

„Was glaubst du, was du da tust, du kleiner Scheißer?", Sie rennt mit ausgestreckten Händen auf mich zu und packt mein Kinn, bohrt ihre Fingernägel in meine Haut. Ihr Gesicht ist ganz nah an meinem, und ich kann die Zigaretten riechen, die sie mag. Die mit Minzgeschmack.

„Mach den Mund auf!", schreit sie. Dicke Spucketropfen treffen mein Gesicht, also kneife ich Augen und Mund zusammen. Ich höre, wie Daddy unten seinen Teller fallen lässt, das Besteck klappert, als es zu Boden fällt. Aber er kommt nicht nach oben. Ich stelle mir vor, wie er unten an der Treppe lauscht. Er will gerne wissen, was los ist, aber bemüht sich nie, mir zu helfen.

Ich kaue das Papier so schnell ich kann. Es wird ganz matschig in meinem Mund und mein Bauch verkrampft sich, als müsste ich mich übergeben. Ich weiß, dass Mummy mich dafür verletzen wird, aber das ist okay. Ich weiß, wenn ich ihr den Brief zeige, wird sie mich viel schlimmer verletzen. Also kaue ich weiter.

Mummy kneift mir die Nase zu und versucht, ihre Finger zwischen meine Lippen zu zwängen. Ihre schmutzigen Nägel kratzen mein Kinn. Ich presse meinen Mund noch fester zusammen. Mein Gesicht fühlt sich ganz heiß an. Ich gerate in Panik. Ich muss atmen.

Mir ist die Luft ausgegangen. Mein Herz schlägt superschnell. Ich zerre an Mummys Armen und versuche, sie zum Aufhören zu bringen. Ich will, dass sie mich wieder atmen lässt. Aber sie lässt nicht los.

Mir ist ganz schwindelig und ich schwanke nach hinten, als Mummy endlich loslässt. Ich falle auf mein Bett und öffne meinen Mund, schnappe nach Luft. Mummy schiebt ihre Hand in meinen Mund. Ich würge, als ihre Finger meinen Rachen kitzeln, und sie holt das Stück Papier heraus.

Ich stütze mich auf meine Ellbogen und beobachte, wie Mummy das Papier auseinander faltet. Ich warte, mein Hals brennt und ich würge wieder. Was wird sie mit mir machen?

Ich darf nicht mit anderen Leuten reden. Ich darf nicht einmal Leute in den Geschäften anschauen. Und ich muss mit gesenktem Kopf laufen und auf den Boden schauen.

Aber Robert stört es nicht, wie sehr ich nach Scheiße stinke. Es stört ihn nicht, wenn ich schmutzig bin. Er wollte einfach nur mit mir reden. Und mein Freund sein.

Wenn ich nicht mit Robert spielen kann, werde ich niemanden zum Reden haben. Meine traurigen Tränen vermischen sich mit den Tränen vom Nicht-atmen-Können. Rotz tropft aus meiner Nase und ich wische ihn mit meinem Ärmel weg.

Mummy kreischt ganz laut und ich halte mir die Ohren zu. Das Papier ist auseinandergefallen; es ist zu nass und zerkaut, um es zu öffnen.

„Was ist das? Was stand da drauf?", schreit sie mich an und wirft das Papier gegen die Wand, wo es einen Moment lang kleben bleibt, bevor es mit einem Platsch zu Boden gleitet. „Sag mir die Wahrheit, du kleiner Scheißer."

Meine Worte kommen nicht heraus. Ich rutsche rückwärts, drücke meinen Rücken gegen die Wand und schüttele den Kopf.

Robert sagte, er kann meine Mummy durch die Wände schreien hören. Er sagte, Mummys sollen nicht so schreien. Er sagte, seine Mummy kauft ihm Süßigkeiten und bringt ihn ins Bett. Aber meine Mummy schreit nur.

Sie packt die Haare auf meinem Kopf und zieht mich über den Boden, sodass sie neben mir kniet.

Mit ihrer wirklich tiefen, gruseligen Stimme sagt sie: „Sag. Es. Mir. Jetzt." Sie trennt jedes Wort, was ihre Stimme noch wütender klingen lässt.

Alles fühlt sich nass und heiß an. Mein Gesicht ist durchnässt, mein Hals brennt. Ich weiß nicht, was ich tun soll. Ich weiß nicht, wo ich hinschauen soll.

„Es war mein Name", flüstere ich. „Nur mein Name."

Mummy wartet, aber ich habe nichts mehr zu sagen. Sie schluckt. „Und wer hat es geschrieben?"

„Ich. Ich habe es gemacht."

Sie lacht mich aus und drückt mein Gesicht in den Teppich. Ich sehe einen Büschel helles Haar in ihrer Hand, mein Haar. „Du kannst nicht schreiben. Erzähl mir keinen Scheiß."

„Ich habe es gelernt. Ich habe es im Fernsehen gesehen. Ted. Wie ein Teddybär. T. E. D." Die Worte sprudeln einfach aus meinem Mund, aber sie scheinen zu wirken. Mummy hört auf, mich auf den Boden zu drücken, und ich kann spüren, wie sie mich beobachtet, während ich in den Boden weine, mit meinen Armen um meinen Kopf geschlungen.

„Du siehst zu viel fern. Dafür bleibst du eine Woche in deinem Zimmer." Sie stampft durch mein Zimmer, ihr Fuß streift die Oberseite meines Beins, als sie geht.

Dann weine ich wirklich. Ich bin einfach so froh, dass Mummy mir geglaubt hat. Ich bin froh, dass sie mich dieses Mal nicht geschlagen hat.

Dann bemerke ich, dass meine Hose nass ist. Ich glaube, ich werde nie wieder aufhören zu weinen.

Kapitel Zwei

MICHELLE

Wieder einmal hat mich der Schlaf gemieden. Als ich aus meinem Halbschlummer erwache, spielt sich mein Albtraum vor meinem geistigen Auge ab.

Mein Mund fühlt sich pelzig an, mit einem bitteren Nachgeschmack von Galle. Ich greife nach dem Becher auf meinem Nachttisch, und er wackelt, als ich danach taste. Mit zusammengekniffenen Augen versuche ich es erneut und erfasse das Glas, führe es an meine Lippen. Ich zögere, hole tief Luft und trinke dann den restlichen Rotwein. Ein paar Schlucke werden schon nicht schaden. Das zählt doch als eine meiner fünf Portionen am Tag, oder?

Ich zwinge meine Augen mit den Fingern auf und betrachte meine Umgebung. Schmutzige Kleidung türmt sich am Fußende meines Bettes, Teller mit verkrusteten Essensresten liegen überall auf dem Boden verstreut, und meine schlammigen Stiefel liegen dort, wo ich sie vor den Kleiderschrank geworfen habe. Es ist ein Chaos. Mein Zimmer ist eine treffende Darstellung meines ganzen Lebens.

Ich zucke mit den Schultern, stelle mein leeres Glas zurück und drehe mich zur Wand. Mein Bett ist so warm und gemütlich, und ich spüre, wie meine Muskeln in die weiche Matratze sinken. Weitere zehn Minuten werden schon nicht schaden.

Gerade als die Welt wieder zu verschwimmen beginnt, klopft es an der Tür. Ich werde in die Realität zurückgerissen und stöhne auf.

„Morgen, Michelle!", ruft Kelseys Stimme hinter der Tür. Es ist viel zu früh für Kelseys Fröhlichkeit. Sie ist wie eine Figur aus der Sesamstraße. „Du musst heute zur Arbeit, oder?"

Ich rolle mich auf den Rücken und balle meine Fäuste. Sie weiß, dass ich heute zur Arbeit gehe. Sie erinnert mich schließlich seit einer Woche jeden Tag daran. Wie sage ich meiner einzigen Freundin höflich, dass sie sich verpissen soll?

Bevor ich Worte formulieren kann, die keine Kraftausdrücke enthalten, platzt sie in mein Zimmer.

„Ich hab dir Toast mitgebracht. Und Kaffee." Sie tritt auf mich zu und zögert. Ihre Augen fallen sofort auf die Flaschen, die neben meinem Bett verstreut sind. Sie lässt ihren Blick durch mein Zimmer schweifen und verzieht angewidert die Lippen. Ich sollte hier wirklich mal aufräumen.

„Harte Nacht?", fragt sie, und ihre Abscheu wird schnell von Besorgnis abgelöst. „Ich hab dich in der Nacht gehört. Du hast irgendetwas gerufen. Die Albträume machen dir echt zu schaffen, oder?"

Harte Nacht? Versuch's mal mit hartem Leben. Aber Kelsey weiß das besser als jeder andere, also bleibe ich still und ziehe mir einfach die Decke über den Kopf.

Ich höre, wie Kelsey das Geschirr auf meiner Kommode abstellt und sich ans Fußende meines Bettes setzt. Ich schiebe meine Füße zur Seite, damit sie nicht unter ihrem Hintern landen. Für ihren schmalen

Körperbau scheint Kelsey verdammt schwer zu sein, wenn sie meinen persönlichen Raum invadiert.

„Hast du nochmal darüber nachgedacht, einen Therapeuten aufzusuchen, so wie wir besprochen haben?"

Ich spähe hinter meiner Bettdecke hervor. Tatsächlich habe ich darüber nachgedacht. Viel sogar. Aber ich kann es nicht, und ich weiß nicht, wie ich ihr das beibringen soll. Kelsey denkt, dass man alles lösen kann, wenn man darüber redet, und während das für Miss Sonnenschein vielleicht funktioniert, sind meine Probleme zu tief. Zu komplex. Ich wüsste nicht, wo ich anfangen soll, und ich glaube nicht, dass ich diese Wunden öffnen kann. Sie würden nie aufhören zu bluten.

„Ja", sage ich zu ihr, und Schuldgefühle nagen an meinem Magen, als ich sehe, wie ihr Gesicht vor Hoffnung aufleuchtet. „Aber, Kelsey, ich kann einfach nicht. Kannst du bitte versuchen, das zu verstehen? Kannst du mich bitte damit in Ruhe lassen?"

Ich hätte nicht so ausrasten sollen. Eine Entschuldigung lauert in meinem Mund, aber Stolz hält sie zurück. Ich verfluche meine Dummheit.

Sie bemüht sich nicht einmal zu antworten. Wir haben dieses Gespräch schon viel zu oft geführt, und sie kennt den Ausgang. Stattdessen schließt sie langsam ihre Augen und seufzt, bevor sie mich wieder ansieht. Der mitleidige Blick auf ihrem Gesicht lässt mich innerlich schrumpfen und sterben.

Ich weiß, dass sie es gut meint, aber sie verwandelt sich von einer Freundin in eine Mutter, und das treibt mich in den Wahnsinn. Ich brauche keine Mutter. Weder jetzt noch jemals.

Ich habe Kelsey kennengelernt, als ich gerade mal sechs Jahre alt war. Wir wurden in dieselbe vorübergehende Pflegefamilie gebracht und hielten sofort zusammen. Wir wurden mehrmals getrennt, aber unsere Leben waren so miteinander verwoben, dass wir immer einen Weg zurück zueinander fanden. Wir klebten aneinander wie Pech und Schwefel.

Was ich jetzt brauche, ist Kaffee. Der bittere Geruch weht zu mir herüber und kitzelt meine Geschmacksknospen.

Kelsey hat ihn hilfreicherweise außer Reichweite auf die Kommode gestellt, und ich bin nackt. Scheiße, Kelsey.

Verdammt. Ich bin versucht, meine Bettdecke zurückzuwerfen und ihr meine volle nackte Pracht zu präsentieren, Dellen an den Oberschenkeln und alles. Zumindest würde sie dann vor Verlegenheit abhauen. Aber die Scham siegt; außerdem habe ich nicht die Energie dafür.

„Wie fühlst du dich dabei, wieder zur Arbeit zu gehen? Aufgeregt?", fragt sie mich, ohne zu merken, wie dringend ich meinen Koffein-Fix brauche.

Ich reiße meinen Blick von der dampfenden Tasse los. „Nicht wirklich. Worüber sollte ich aufgeregt sein?"

Kelseys Augen leuchten auf. „Deine Kollegen wiederzusehen? Und deine Klienten? Ich wette, die freuen sich wahnsinnig, dich wiederzusehen."

Da hat sie recht. Ich liebe meine Klienten. Die meisten jedenfalls. Einige sind etwas weinerlich, aber ihre Herzen sind am rechten Fleck. Das ist das Beste an Hunden. Sie lieben bedingungslos und sind glücklich, alles anzunehmen, was man ihnen zurückgeben kann. Selbst die beschädigten.

Kelsey strahlt mich an und mir wird klar, dass ich lächle. „Siehst du? Ich wusste, du kannst es kaum erwarten, zurückzugehen."

Das ist massiv übertrieben, aber ich nicke trotzdem. Ich will wirklich diesen Kaffee.

Es entsteht einen Moment Stille, bevor Kelsey sich auf die Knie schlägt und aufsteht. „Na ja, ich muss dann mal los. Ich muss mich fertig machen."

„Fertig machen wofür? Du hast doch frei."

Zum ersten Mal fällt mir etwas Anderes an Kelsey auf. Ihr normalerweise welliges Haar fällt in dicken, braunen Locken. Ihr ohnehin glattes Gesicht ist mit Make-up bedeckt, Eyeliner betont die Winkel ihrer tiefen, braunen, wunderschönen Augen. Ich blicke auf ihre langen Beine, die unter ihrem Bademantel hervorschauen; sie hat sich rasiert. Hier ist etwas faul.

„Ich habe auch ein Leben außerhalb der Arbeit, weißt du." Sie hebt die zwei leeren Weinflaschen vom Boden auf und rauscht aus dem Zimmer. Ich bin verwirrt. Wo geht sie heute hin und tut so geheimnisvoll? Sie verheimlicht mir etwas, was seltsam ist, denn Kelsey ist normalerweise ein wandelndes Megaphon.

Wie auch immer. Zeit für Kaffee.

Ich steige aus dem Bett in das eiskalte Zimmer, schnappe mir den Kaffee und krieche entgegen meiner besseren Vernunft wieder ins Bett. Der Kaffee ist schwarz wie die Nacht - genau wie ich ihn mag.

Ich schnuppere an meinen Achseln und nehme nur einen leicht muffigen Geruch wahr, also beschließe ich, heute auf die Dusche zu verzichten. Ich verbringe lieber noch ein paar Minuten in meinem Nest.

***

Ich komme zehn Minuten zu spät zur Arbeit, aber meine Chefin Maggie tut so, als wären es zehn Stunden.

„Was fällt dir ein, so spät zu kommen?", bellt sie mich an. „Mr. Davis und Bugz warten seit fünfzehn Minuten auf dich, und du spazierst hier rein, als hättest du die ganze Nacht durchgemacht. Reiß dich zusammen, Michelle. Und komm in deiner Mittagspause zu mir für ein Gespräch."

Sie wirft einen Blick auf mein Metallica-T-Shirt, bevor sie in ihr Büro stürmt und die Tür hinter sich zuknallt. Sie kann sich beschweren, so viel sie will. Es ist mir egal. Ich will nur Bugz sehen. Er ist mein absoluter Lieblingsklient.

Ich gehe in den Empfangsbereich und fahre mir mit den Fingern durch mein schulterlanges Haar. Ich steuere auf den Bereich zu, der speziell für meine Pflegekunden reserviert ist.

Maggie legt Wert darauf, meine Kunden von denen zu trennen, die einen Tierarzt aufsuchen. Vielleicht hat sie Angst, dass meine Kunden sich irgendeine Krankheit einfangen könnten. Oder vielleicht will sie mich einfach von den zahlungskräftigeren Kunden fernhalten. Nach dem, was beim letzten Mal passiert ist, als ich hier war, kann ich das total verstehen.

Bugz sieht mich zuerst und springt auf mich zu, reißt dabei die Leine aus Mr. Davis' Hand. „Bugz, komm zurück!", ruft er, aber es ist zu spät. Bugz hat mich auf einen Stuhl gedrängt und reibt seine Nase und Zunge über mein nun schleimiges Gesicht. Er winselt, als hätte er mich jahrelang nicht gesehen. Sein Hintern schwingt hin und her durch die Wucht seines wedelnden Schwanzes.

„Hey, Junge. Hast du mich vermisst?" Ich streiche mit meinen Händen über seinen langen Rücken, in sein raues Fell. Bugz ist ein Irischer Wolfshund und seine Persönlichkeit passt zu seiner Größe - groß, kühn und wunderschön, mit einem Hauch von Chaos. Freude erfüllt mich und mein Herz schwillt an. Das ist es, was ich gebraucht habe.

„Darauf kannst du wetten, dass er dich vermisst hat", lacht Mr. Davis. Ich mag Mr. Davis. Er ist bodenständig und lustig, nicht wie einige der anderen eingebildeten Zicken, die man hier antrifft (die Besitzer, nicht die Hunde). „Wo warst du? Bugz braucht dringend ein Bad. Er stinkt. Ich habe ihn nicht hergebracht, seit du weg warst."

Ich umfasse Bugz' riesigen Kopf mit meinen Händen. „Ich hatte nur etwas Zeit für mich genommen, um mich zu sortieren." Mr. Davis nickt verständnisvoll, aber ich weiß, dass er eigentlich keine Ahnung hat. „Ich bin in einer Stunde mit ihm fertig, okay?"

„Danke, Michelle. Die Innenseiten seiner Ohren müssen auch gründlich gereinigt werden", ruft Mr. Davis über seine Schulter. „Die sind ganz eklig vom Spielen im Fluss."

Ich höre Sharon, die Empfangsdame, über unseren lauten Austausch schnauben, und ich strahle sie an, zwinkere ihr zu, um die Ironie zu betonen. Sie schüttelt nur den Kopf und wendet sich wieder ihrem Keyboard zu, auf dem sie mit ihren spitzen Fingernägeln herumhackt.

„Komm schon, du Stinker. Lass uns dir ein Makeover verpassen."

Bugz trottet an meiner Seite, als ich ihn in den Pflegeraum führe. Vielleicht habe ich die Arbeit ja doch vermisst.

Meine Stunde eingesperrt mit Bugz bietet mir die perfekte Ablenkung von meiner Erschöpfung und den Gedanken an meinen wiederkehrenden Albtraum. Es scheint, dass egal wie viele Jahre vergehen, ich nicht loslassen kann. Der Missbrauch, der Schmerz, der Horror von allem.

Wenn ich auch nur für eine Sekunde innehalte, sehe ich immer noch ihr Gesicht, das auf mich herabblickt. Schreiend. Sie zeigt auf die Hintertür. Ich zittere bei dem Gedanken, hindurchzugehen.

Bugz schüttelt sich mit solcher Heftigkeit, dass Wasser an die Decke spritzt und mich zurück in die Gegenwart holt. Ich lache und er schleckt entzückt meine Wange. „Nein, Bugz. Keine Küsse." Ich drücke meine Stirn gegen seinen Nacken und umarme ihn, und er wird ruhiger, lässt mich an seinem warmen Fell verweilen.

***

Die Mittagszeit bricht ohne großes Drama an. Ein Labradoodle kam für einen Schnitt herein, und Roxy, der Yorkshire Terrier, kam zu ihrer wöchentlichen Hautbehandlung. Meine Kumpels. Als ich sie alle verwöhnt habe, fühlt sich mein Herz leichter an.

Meine seltene Fröhlichkeit stürzt jedoch in sich zusammen, als Maggies Kopf im Türspalt erscheint. „Zeit für unser Gespräch, meinst du nicht?" Sie hat ihre Haare zu einem straffen Dutt zusammengebunden, was ihr ein merkwürdiges Facelifting verpasst. Ihr pinker Lippenstift ist auf einer Seite verschmiert, sodass ihre Lippen schief aussehen.

„Klar, Mags", sage ich und lasse die nassen Handtücher auf den Boden fallen. Sie zuckt zusammen. Mags hasst es, wenn ich Sachen herumliegen lasse. Sie hasst es auch, ‚Mags' genannt zu werden, und ich unterdrücke mein Lachen, als ich an ihr vorbei aus dem Pflegeraum gehe.

Ich betrete ihr Büro und setze mich auf einen der hässlichen blauen Plastikstühle, die in jedem Raum des Gebäudes stehen. Maggie setzt sich in den plüschigen Drehstuhl hinter ihrem Schreibtisch.

„Wir brauchen nur ein kurzes Update", sagt sie und legt ihre Fingerspitzen aneinander wie eine böse Schulleiterin. Ich fühle mich berauscht von meinem geschäftigen Morgen, der Flucht vor meiner Vergangenheit; oder ist es der Wein, den ich zum Frühstück hatte? Ich kämpfe gegen den Drang zu lachen an, aber ein Grinsen bahnt sich seinen Weg durch. Ich führe meine Hand zum Mund, um es zu verbergen. „Ich nehme an, ein Monat frei hat dir erlaubt, deine Gedanken zu ordnen?", fragt sie mich.

Selbst wenn Maggie mir ein Jahrzehnt freigegeben hätte, hätte ich meine Gedanken immer noch nicht geordnet. Die gleichen Gedanken kreisen in meinem Kopf wie ein Karussell. Es ist, als würde mein Gehirn es genießen, sich auf meine Vergangenheit zu fokussieren. Auf sie. Mein Herz hingegen nicht, und es lässt mich fühlen, als würde ich verrückt werden.

„Ja", lüge ich. Ich brauche wirklich keinen weiteren Ärger. Kelsey hängt mir schon am Hals, seit Maggie mich rausgeworfen hat, und ich habe keine Lust mehr, mir das anzuhören, besonders nicht von der nörgelnden Maggie. „Meine Gedanken sind völlig gesammelt."

„Gut." Maggie rümpft die Nase. „Du solltest wissen, dass ich Mrs Mason für die nächsten sechs Monate eine kostenlose monatliche Fellpflege gegeben habe, also erwarte, sie bald zu sehen."

Ein Stöhnen entfährt mir.

„An deiner Stelle würde ich mich nicht beschweren, Michelle. Wenn es Kelsey nicht gäbe, wärst du schon längst gefeuert worden. Du kannst froh sein, dass du dieses Mädchen in deiner Ecke hast."

Sie hat Recht. Als Teenager waren wir unzertrennlich. Wir hätten alles füreinander getan. Aber jetzt beobachtet Kelsey seit Jahren, wie ich abrutsche, und ich weiß, dass ich auf sehr dünnem Eis wandle.

„Sechs Monate allerdings?", jammere ich. „Scheint ein bisschen drastisch."

Wenn Maggie wütend wird, presst sie ihre Fingerspitzen zusammen. Gerade drückt sie so fest, dass es aussieht, als würden ihre Finger abbrechen. Es ist keine Überraschung, dass sie sauer ist. Ich hätte die Praxis fast in eine Klage getrieben, und wenn Maggie nicht ihren Zauber bei Mrs Mason gewirkt hätte, hätte sie mich wegen Körperverletzung anzeigen können. Ich sollte ihr danken. Aber das werde ich nicht. Ich bin sicher, sie weiß tief im Inneren, dass ich dankbar bin.

„Hör zu, Maggie. Diese Frau ist eine bekannte Welpenfarmbetreiberin. Und sie hat mich provoziert", sage ich ihr zum hundertsten Mal.

„Ja, ja. Das ist keine Entschuldigung dafür, sie zu schlagen, Michelle!"

„Schlagen?", lache ich. „Es war eher ein Kitzeln. Ich habe sie kaum berührt."

„Nenn es, wie du willst. Ich bin ziemlich sicher, die Polizei würde dir widersprechen." Maggie seufzt. Sie hat genug. „Dies ist deine letzte Chance, Michelle. Wenn ich auch nur den Hauch deiner schlechten Einstellung mitbekomme, die einen meiner Kunden oder Mitarbeiter jemals wieder verärgert, kannst du deinen Job vergessen."

Ich weiß das alles schon. Ich habe Maggie so oft an ihre Grenzen gebracht und bin immer noch überrascht, dass sie mich behalten hat. Ich schätze, es hat seine Vorteile, mit der Cheftierärztin befreundet zu sein.

KAPITEL DREI

MICHELLE

Ich verlasse die Praxis voller Energie. Es stellt sich heraus, dass die Rückkehr zur Arbeit gut für mich war. Wer hätte das gedacht? Das Spielen und Kuscheln mit meinen Klienten hat mir wieder eine ordentliche Portion Glück beschert und mir erlaubt, loszulassen, wenn auch nur für kurze Zeit.

Zu vergessen.

Ich beschließe, den langen Weg nach Hause durch den Park zu nehmen. Der Abend ist warm, der Sommer hängt noch in der Luft, und es ist schwül, als würde ein Gewitter aufziehen. Bei genauerem Hinsehen kann ich den beginnenden Herbst erkennen. Die Bäume sind von Rot gestreift, und einige Blätter segeln zu Boden. In der Luft liegt ein erdiger Geruch, der eine mit Verfall verbundene Süße verströmt.

Ich liebe es.

Ich atme tief ein und lasse die Luft mich mit einem Gefühl der Ruhe erfüllen. Heute ist ein guter Tag. Gute Tage sind selten, also versuche ich, diesen mit erzwungenen positiven Affirmationen im Gedächtnis zu behalten.

Ich bin ruhig und im Frieden.

Ich bin ruhig und im Frieden.

Der Park ist voll mit schreienden Kindern, deren Eltern beten, dass sie sie für eine pünktliche Schlafenszeit ermüden können, damit sie dann den Abend damit verbringen können, durch ihre Handys zu scrollen und ihre Partner zu ignorieren.

Ich verlangsame meinen Schritt, um das Chaos zu beobachten. Die blaue Spiralrutsche erweist sich als Hit. Fünf Kinder stehen Schlange für ihre Runde. Einige schubsen sich gegenseitig, während ihre Eltern herumstehen und plaudern. Ein Mädchen weint, weil ihre Freundin einen Käfer zerquetscht hat. Ich lächle und stelle mir Kelsey und mich in dem Alter vor. Kelsey betrübt und weinend; ich - die Mörderin.

„Jason!", ruft eine Mutter vom Tor her. Ein kleiner Junge mit einem Wust schwarzer Locken dreht seinen Kopf vom Karussell aus zu ihr. Er bewegt sich nicht. Er hat einen trotzigen Gesichtsausdruck, der mich zum Kichern bringt. Dieser kleine Kerl wird sich nirgendwohin bewegen.

„Jason. Zeit zu gehen." Die Mutter wickelt ein winziges Baby in eine dieser Tragetaschen, die an ihrem Körper festgeschnallt sind. Ihre Wangen sind rot, und sie hat riesige Augenringe - die Art, die nur einer Mutter eines Neugeborenen gehören.

Jason verschränkt die Arme, schüttelt den Kopf und stampft obendrein mit dem Fuß auf.

Ich zucke zusammen und spüre, wie mein Puls schneller wird und meine Augen sich weiten. Ich lehne mich gegen den Zaun, um zu beobachten, wie sich diese Szene entwickelt. Wenn Jason nicht sehr schnell zur Vernunft kommt, wird das nicht gut enden.

Die aufgeregte Mutter ruft noch einmal und schaut sich um, ob jemand es bemerkt hat. Als ihr klar wird, dass alle Augen auf sie gerichtet sind, stampft sie zu ihrem Sohn hinüber, wobei das Baby gegen ihren rundlichen Bauch hüpft. Schrecken erreicht Jasons Augen, als sie sich ihm nähert, und ich keuche auf.

Sie packt seinen Arm und zieht ihn zum Tor. „Mami, nein! Du tust mir weh!", quiekt Jason. Seine Stimme durchbohrt meine Ohren. Er versucht, sich von ihr loszureißen, aber ich kann sehen, wie sich ihre Finger in seinen winzigen Arm krallen.

Jason schreit und versucht sich loszureißen. Seine Mutter wirbelt ihn herum, sodass er ihr ins Gesicht sieht. „Wage es ja nicht, mich so anzuschreien." Sie erhebt ihre Stimme nicht, aber ihr Ton schneidet durch die Luft. Alle tun so, als würden sie nicht hinsehen, aber ich weiß, dass jedes Auge die Szene verfolgt.

Jemand sollte etwas tun, um ihm zu helfen, denke ich. Sollte ich eingreifen? Zu meinem Entsetzen stelle ich fest, dass mir eine Träne über die Wange läuft. Ich wische sie weg und gehe auf sie zu. Ich werde nicht tatenlos zusehen, wie dieser Scheiß passiert. Der Junge ist, was, fünf? Jemand muss für ihn einstehen.

Das Tor quietscht, als ich es aufstoße. „Hey!", rufe ich. „Ist hier alles in Ordnung?"

Sowohl Jason als auch seine Mutter drehen sich zu mir um.

„Was geht Sie das an?", spuckt sie mir entgegen.

„Ich wollte nur sichergehen, dass es Ihrem Jungen gut geht." Ich zucke mit den Schultern. Ich kann meinen Blick nicht von Jason abwenden, der sich jetzt hinter den dicken Schenkeln seiner Mutter versteckt.

„Oh, mischen Sie sich nicht ein, Lady. Kommen Sie wieder, wenn Sie selbst Kinder haben. Natürlich geht es ihm gut."

Sie nimmt Jason an die Hand, und er joggt neben ihr her, als sie zum Parkplatz gehen, wo ihr Prius wartet. Ich spüre die Blicke aller auf mir, aber als ich mich umschaue, wenden sie schnell ihre Blicke ab.

Ich beobachte, wie die Frau wegfährt, bevor ich eilig den Park verlasse und meinen Heimweg fortsetze, meine gute Laune völlig zerstört. Hätte ich eingreifen sollen? War es meine Sache, etwas zu sagen? Wird Jason in Ordnung sein?

Scham überwältigt mich. Zweifel wirbeln in meinem Magen. Bin ich gerade zu weit gegangen? Ist das normales Elternverhalten? Ich husche so schnell wie möglich weg. Jason sah sicherlich okay aus. Er war sauber, glücklich und drückte die Hand seiner Mutter auf dem Weg zurück zum Auto, ohne sich um irgendetwas zu kümmern. Ich habe mich gerade zum kompletten Idioten gemacht.

Als ich ein Kind war, träumte ich davon, dass ein Ritter käme, um mich vor Mama zu retten, oder ein Superman oder so. Er kam nie. Er rettete mich nicht. Ich weiß, ich bin kein Superheld, aber ich weiß auch, dass ich es nicht hätte ertragen können, wenn ich nichts gesagt hätte. Meine Schuldgefühle hätten an mir genagt wie jede andere miese Sache, die mir passiert ist. Nein, ich bin froh, dass ich für den kleinen Kerl eingestanden bin. Auch wenn ich mich nur blamiert habe.

Liebe war kein herausragendes Merkmal in meinem Elternhaus. Meine Eltern liebten mich nicht. Verdammt, ich glaube nicht einmal, dass sie einander besonders liebten. Wir existierten alle einfach im selben Raum. Ich war ihr menschlicher Stressball, nur da, um die Schmerzen des täglichen Trott zu lindern. Schließlich wurden unsere schwachen Bindungen durchtrennt, und ich konnte loslassen. Nur tat ich es nie. Ich werde für immer von ihrem Bösen heimgesucht bleiben.

Ich konnte die Einstellung meiner Eltern zu mir nie verstehen. Wie kann man ein Kind so sehr hassen? Ich fragte mich oft, ob ich etwas

Schlimmes getan hatte, etwas, um meine Strafe zu verdienen; aber jetzt weiß ich, dass das einzige „Böse" in meinen Eltern lebte. Es gehörte ihnen. Ich wünschte nur, ich könnte das loslassen, anstatt ständig dieselben Scheißgedanken in meinem Kopf kreisen zu lassen.

Ich erwäge erneut Kelseys Vorschlag, einen Therapeuten aufzusuchen, aber ich schüttle ihn schnell ab.

Ich biege um die Ecke in meine Straße ein und werde, da ich ein Gewohnheitstier bin, in den Eckladen gezogen. Räucherduft strömt in meine Nase und hüllt meine Nebenhöhlen in den dicken, schweren Geruch. Gegenstände säumen jede Wand, scheinbar wahllos, und berühren die Decke - von Bohnendosen über Stahlwolle bis hin zu Plastikdrachen. Es ist sicherlich nur eine Frage der Zeit, bis der Turm aus Teebeutelpaketen auf den Kopf einer alten Oma fällt. Wie kommt es, dass Ravi noch nie verklagt wurde?

„Alles klar, Ravs?", rufe ich dem großen Hintern zu, der hinter der Theke hervorlugt. Ravi dreht sich zu mir um, sein übliches Lächeln im Gesicht. Ich mag Ravi. Er hat die angeborene Fähigkeit, mich aufzuheitern.

„Shelly", ruft er herüber und knallt eine Schachtel Feuerzeuge auf den Tresen. „Hier für das Übliche?"

„Nur wenn sie immer noch im Angebot sind?", zwinkere ich ihm zu.

„Für dich immer, meine Blume."

Ich stelle zwei Flaschen Merlot klirrend auf den Tresen und werfe eine Tüte Erdnüsse obendrauf. Ich werde irgendwann zu Abend essen müssen, und ich bin eine miese Köchin, also müssen Erdnüsse reichen. Genau wie gestern Abend. Und den Abend davor.

„Elf Pfund vierzig bitte, Liebes." Ravi schiebt das Kartenlesegerät zu mir rüber, und ich tippe es mit meiner Karte an.

„Bis morgen", sagt er, als er den Beleg abreißt, mit einem Hauch von Lachen in seiner Stimme.

Ich werfe ihm eine Welle zu, als ich hinausgehe und meine Abendbeschäftigung mitnehme.

***

Ich gehe durch die Haustür und sehe Kelsey auf dem Sofa sitzen und auf mich warten. Sie tut so, als würde sie irgendein Arztdrama im Fernsehen schauen, aber in dem Moment, in dem ich meine Schlüssel in die dafür vorgesehene Schale werfe, dreht sie sich zu mir um und mimt Überraschung.

„Michelle! Hi. Wie ist es heute gelaufen?"

„Gut." Ich ziehe meine Stiefel aus und merke, dass ich Schmutz über den ganzen Flur verteilt habe. Kelsey folgt meinem Blick und runzelt die Stirn.

„Irgendwelche ... Probleme?"

„Ich habe mich benommen, wenn du das meinst." Verdammt, ich bin gerade erst zur Tür reingekommen, und schon werde ich ins Kreuzverhör genommen.

„Na, das ist gut. Maggie hat mir gesagt, dass alles in Ordnung war."

Sie hat mit Maggie gesprochen? Warum zur Hölle hat sie dann überhaupt gefragt?

„Kaffee?", fragt sie und spürt meine Verärgerung. Sie springt vom Sofa auf und klatscht in die Hände, dann hüpft sie in die Küche. Ihre schwarze Leggings betont ihre langen Gliedmaßen. Sie sieht aus wie ein Pferd, das über Hindernisse springt.

„Für mich nicht, danke." Ich folge ihr in die Küche und halte meine Tüte hoch, die Glasflaschen klirren gegeneinander.

„Oh, Michelle. Nicht schon wieder", stöhnt sie.

„Es ist okay. Ich trinke nur eine und hebe die andere für einen anderen Tag auf."

Kelsey schnaubt. „Nein, wirst du nicht. Das habe ich schon viel zu oft gehört. Du belügst mich und dich selbst."

Wer glaubt sie, wer sie ist? Meine Mutter? Was geht sie das an? Ich weiß, dass sie sich nur Sorgen macht, aber manchmal ist es einfach so … erdrückend.

„Schau, du hast morgen eine Schicht. Du brauchst einen klaren Kopf. Du bist einfach so wütend, und der Alkohol macht es schlimmer. Warum trinkst du nicht stattdessen eine Tasse Kaffee und isst einen Keks? Ich habe Jammie Dodgers …"

„Es wird schon gut gehen. Hör auf, dich so aufzuregen, okay?" Was ich eigentlich sagen möchte, ist, dass ich trinken muss. Es betäubt mich. Die Albträume kommen immer noch in Scharen, aber es kümmert mich einfach ein bisschen weniger, wenn ich trinke. Sie sollte dankbar sein, dass sie keine Ahnung hat, wie es ist, so sehr zu leiden, dass eine Flasche Wein der einzige Ausweg ist.

„Michelle", beschwert sich Kelsey, ihre fröhliche Maske verrutscht. Sie zeigt mit einem Teelöffel auf mich. „Ich habe für dich bei Maggie gebürgt. Mein Kopf steht auf dem Spiel, und ich kann deinen Arsch nicht noch einmal retten. Maggie ist schon komisch zu mir. Ich mag meinen Job zufällig, und ich will ihn nicht verlieren."

Wegen dir … Die unausgesprochenen Worte tanzen zwischen uns, aber ich schiebe sie beiseite.

Ich nehme ein sauberes Glas vom Abtropfbrett und schraube den Verschluss einer Flasche auf. Die karmesinrote Flüssigkeit gluckert laut ins Glas, und ich spüre, wie sich meine Zunge vor Vorfreude anfeuchtet.

„Oh bitte, du bist ihr Goldjunge. Sie wäre nie sauer auf dich. Bitte lass mich einfach in Ruhe, okay? Ich habe dich nicht gebeten, für mich einzustehen." Ich weiß, ich klinge wie ein komplettes Gör, aber ich kann nicht anders. Die Wahrheit ist, ich bin so froh, dass ich meinen Job noch habe. Wenn alles gesagt und getan ist, muss ich meine Miete bezahlen.

„Nein, aber jemand muss für dich einstehen, bevor du dich selbst zerstörst." Kelsey seufzt und gießt das nun brodelnde Wasser über einen Teebeutel. „Michelle, ich mache mir Sorgen um dich, das ist alles. Du musst das in den Griff bekommen. Du kannst nicht weiter so leben. Das ist kein Leben."

Tränen prickeln in meinen Augen und ich schaue weg. Ich gehe zurück ins Wohnzimmer, um etwas Abstand zwischen uns zu bringen. Sie hat natürlich recht. Das hat sie immer, aber sie muss begreifen, dass es für mich keinen Ausweg gibt. Das ist mein Leben. Das bin ich.

Moment mal ... was ist das? Ich ziehe eine verirrte Socke hinter einem Sofakissen hervor. Das ist seltsam. Kelsey ist nicht der Typ, der Wäsche herumliegen lässt, und ich bin verdammt sicher, dass sie nicht mir gehört.

Sie ist schwarz mit neongrünen Streifen, und sie ist riesig. Eine Männersocke. Ich schaue zu Kelsey auf, die jetzt über meine Schulter späht. Sie errötet über ihrer Tasse und ihre Augen sind vor Scham geweitet. Unser Streit verfliegt.

Ich grinse sie an. „Hattest wohl ein bisschen Spaß auf der Couch, was, Kels?" Ich höre den Spott in meiner Stimme, aber es ist mir egal. Das ist so untypisch für Kelsey. Sie ist so spießig, dass sie praktisch eine Leiche ist, und ich genieße es, sie endlich mal auf dem falschen Fuß zu erwischen. „Was war's denn? Doggy-Style? Reverse Cowgirl? Ein kleiner... Blowjob? Muss ja ein echter Gentleman sein, wenn er für dich sogar die Socken ausgezogen hat." Ich grunze vor Lachen.

„Ach Michelle, werd erwachsen", faucht sie und nippt an ihrem Tee. Sie atmet tief durch, bevor sie sich ins kalte Wasser stürzt. „Ich habe tatsächlich jemanden kennengelernt." Ihr Ton ist so ernst, dass ich meinen Spott schlagartig herunterschlucke. Sie setzt sich vorsichtig auf die Couch und schlägt die Beine unter sich.

Das können keine guten Nachrichten sein. Ich habe mich immer sicher gefühlt, weil ich wusste, dass Kelsey mich nie rausschmeißen würde, da sie jemanden braucht, um die Miete zu teilen. Jetzt aber, wenn das ernst ist, hat sie vielleicht jemand anderen gefunden, der die finanzielle Last übernehmen kann. Und Kelsey macht nichts Lockeres, also verheißt das nichts Gutes.

Ich setze mich neben sie auf die Kante der Couch. Ich nehme einen großen Schluck und der Wein gleitet mühelos meine Kehle hinunter.

„Er heißt Travis. Wir haben uns auf der Vet Show in Birmingham kennengelernt. Er war dort, um seine Schwester zu begleiten, die Veterinärmedizin studiert, und wir kamen einfach ins Gespräch an einem Stand mit Hundespielzeug."

Scheiße. Das war vor Monaten. Sie hat dieses Geheimnis lange für sich behalten. Das sieht nicht gut aus. „Also ist es was Ernstes?"

Sie nickt. Ich verlagere meine Beine, um es mir bequemer zu machen, und verschütte dabei etwas Wein auf mein Shirt. Ich werfe einen Blick auf den Fleck, beschließe aber, ihn zu ignorieren. Kelseys Hände zucken bei dem Anblick der Sauerei.

„Du hättest es mir sagen können." Ich klinge wie ein trotziges Kind und obwohl ich mich zwinge, einfach aufzuhören und mich für Kelsey zu freuen, kann ich es einfach nicht. Kelsey verdient Besseres als mich. Sie verdient diesen Travis-Typen, der sie von einem Ohr zum anderen grinsen lässt.

„Ich möchte, dass du ihn kennenlernst", sagt sie, und ich stöhne in meinen Wein. Ich weiß, es ist unhöflich, aber ich will Kelseys Freund wirklich nicht treffen. Mit Kelsey zusammenzuleben hat mir immer die Einfachheit geboten, nach der ich mich sehne, und jetzt befürchte ich, dass die Dinge plötzlich viel komplizierter geworden sind. Ich will niemand Neues in unser Leben einführen. Drei sind schließlich eine Menge.

„Bitte, Michelle. Das ist mir wichtig."

Und ich schulde ihr etwas. Die Worte hängen über uns. Kelsey hat mich durch so vieles unterstützt. All die Dramen bei der Arbeit, meine Albträume, die Wutanfälle. Sie hat die ganze Zeit zu mir gehalten, und jetzt muss ich zu ihr halten.

„Na gut", stimme ich zu. Obwohl ich lüge – und sie weiß es.

Ich nehme meinen Wein mit ins Bett.

Kapitel Vier

MICHELLE

Schmerz zerreißt meinen Schädel und durchbohrt meine Augäpfel. Die leeren Weinflaschen stehen auf meinem Nachttisch, zusammen mit der Whiskyflasche, die ich unter meinem Bett versteckt hatte. Ich kann mich nicht einmal daran erinnern, die getrunken zu haben.

Mein Wecker am Bett schreit mich an und zwingt mich ins Bewusstsein. Ich hatte Kelsey letzte Nacht versprochen, dass ich mich zusammenreißen würde. Einen Therapeuten finden oder so. Weniger trinken. Ups – ich glaube, es ist sicher zu sagen, dass ich schon an der ersten Hürde gescheitert bin.

Na ja. Heute ist ein neuer Tag.

Ich ziehe mich aus dem Bett und taumle ins Badezimmer. Ich putze mir in Rekordzeit die Zähne und ziehe meine Jeans und ein sauberes Oberteil an, wobei ich mein weinbeflecktes Shirt von gestern in den Wäscheberg kicke.

Es ist zehn nach acht. Ich habe genau zwanzig Minuten, um die Meile zur Arbeit zu laufen. Das schaffe ich. Selbst mit einem wütenden Kater, der mich belastet.

***

„Du bist zu spät", ruft Maggie vom Empfangstresen, sobald ich durch die Tür komme. Ich schaue auf meine Uhr: 08:33. Ach, bitte. Ich gehe direkt an Maggie vorbei, ohne sie auch nur anzusehen, und gehe in den Pflegeraum, wobei ich die Tür hinter mir zudrücke. Ich höre Maggie mit Sharon kichern, zweifellos darüber, wie nutzlos ich bin. Scheiß drauf, mein erster Kunde ist noch nicht mal da. Worüber soll man sich da aufregen?

Galle brennt in meinem Hals und droht, ein spektakuläres Kunstwerk auf dem Boden des Pflegeraums zu hinterlassen.

Der Wasserspender in der Ecke des Raums schreit mich förmlich an und ich schlucke drei Becher hinunter, was meine Sinne erfrischt. Ich puste Luft durch gespitzte Lippen aus und mit meinen Augen gen Himmel gerichtet, krame ich nach einer Stärke, von der ich weiß, dass sie irgendwo in mir sein muss. Meine Atemzüge kommen in kurzen, scharfen Stößen und selbst ich kann den Alkohol riechen, der an meinem Rachen klebt. Ich hole mir noch einen Becher Wasser und trinke ihn langsamer.

Warum tue ich mir das an? Trinken fühlt sich im Moment immer wie eine gute Idee an, aber dann servieren mir meine Kater eine massive Dosis Reue.

Ich wappne mich, um mich für den Tag bereit zu machen. Ich kann das schaffen. Vorausgesetzt, Maggie lässt mich in Ruhe.

Ich danke Gott, als mein erster Kunde nicht auftaucht und mir reichlich Zeit gibt, über Kelseys Enthüllung von gestern Abend nachzudenken.

Wenn sie diesen Travis-Typen auf der Tierarztmesse kennengelernt hat, dann treffen sie sich seit vier Monaten. Offensichtlich hat sie ihn heimlich ins Haus geschmuggelt, wie die Socke beweist. Ich stöhne vor Scham. Es ist Kelseys Haus, aber sie schmuggelt Gäste hinein. Denkt sie wirklich, ich kann nicht mit Gästen umgehen? Oder ist es, weil sie sich für mich schämt?

Kelsey hat Recht. Ich muss mich ändern. Es ist eine Sache, mein Leben zu ruinieren, aber ich kann nicht auch ihres ruinieren. Kelsey geht mir manchmal auf die Nerven, aber sie hat ein Herz aus Gold. Sie verdient es, glücklich zu sein. Sie verdient es nicht, dass ich die Dinge für sie versaue.

Ich ziehe mein Handy aus der Tasche und google Therapeuten in der Umgebung. Ich bekomme über hundert Treffer. Ich wusste nicht, dass es so viele gestörte Menschen in dieser Stadt gibt. Es ist erschreckend, wenn man darüber nachdenkt.

Ich klicke ein paar an und werde mit Lächeln und einfühlsamen Blicken begrüßt. Mir wird wieder übel. Ich kann das nicht. Ich kann diese Augen nicht ertragen, die sich in mich bohren, während ich meinen inneren Schmerz offenbare. Das bin einfach nicht ich. Ich werde einen anderen Weg finden.

Ich knalle mein Handy auf den Tisch und laufe im Zimmer auf und ab. Ich kann mich nicht ändern. Das weiß ich. Und ich weigere mich, mich von falscher Hoffnung einlullen zu lassen. Es muss einen Weg geben, Kelsey glauben zu lassen, dass ich es versuche. Wenn sie denkt, ich versuche mich zu ändern, wird sie mich vielleicht nicht rauswerfen. Ich meine, ich könnte den Alkohol aufgeben, aber das ist so wahrscheinlich wie dass Maggie zu einer netten Person wird.

Sharon steckt ihren Kopf durch den Türspalt. „Michelle, dein Termin um halb zehn ist da. Du wirst diesen Hund lieben. Er ist ein großes, sabberndes Chaos – genau dein Typ", spottet Sharon. Sie ist eine Katzenliebhaberin.

Ich springe auf, bereit, meinen neuen Kunden zu treffen.

Sharon hatte Recht. Felix ist eine Schönheit. Er ist ein zweijähriger Boxer, vollgepackt mit so viel Persönlichkeit und Selbstbewusstsein, dass ich ihn am liebsten mit nach Hause nehmen und für immer behalten würde.

„Er braucht eine gründliche Wäsche", sagt seine Besitzerin Pamela mit dem vornehmsten Akzent, den ich je gehört habe. Sie ist eindeutig nicht mit einem silbernen Löffel im Mund aufgewachsen. Es war die ganze Besteckschublade. „Er hat sich in etwas Ekligem gewälzt, und ich kann den Geruch nicht loswerden. Und könnten Sie gleich seine Nägel schneiden?"

Ihre Augen bohren sich in meine, weichen nicht einmal ab, als Felix sich mit seiner besten Singstimme bemüht, ihre Aufmerksamkeit zu bekommen.

Ich nicke nur. Plötzlich bin ich mir meines Sozialwohnungsviertels-Akzents sehr bewusst.

Pamela schwebt davon, um ein „bisschen" shoppen zu gehen, während ich Felix mit einem hautberuhigenden Shampoo massiere. Er riecht ganz nach Zitrus, und er stöhnt, wenn ich meine Finger durch sein schokoladenbraunes Fell ziehe. Wenn ich aufhöre, tätschelt er meine Hände, seine leuchtenden Augen begierig darauf, dass ich weitermache.

„Oh, Felix." Ich lache ihn an. „Wir müssen dich abtrocknen, bevor Mami zurückkommt." Wie aufs Stichwort schüttelt Felix Wassertropfen über mich, und ich stürze mich mit einem Handtuch auf ihn. Ich wickle es um ihn und kann nicht widerstehen, ihn fest zu umarmen. Er steht still und akzeptiert meine Zuneigung.

Das ist die Therapie, die ich brauche. Vielleicht lässt Kelsey mich einen Hund anschaffen. Mein Magen kribbelt vor Verlangen. Aber meine Hoffnung wird sofort zunichte gemacht, als ich mich an unser letztes Gespräch darüber erinnere. „Bis du dich um dich selbst kümmern kannst, denke ich einfach nicht, dass es eine gute Idee ist, zusätzliche Verantwortung zu übernehmen." Sie hatte und hat wahrscheinlich Recht.

Ich sitze auf dem Boden vor Felix. Er kniet auf seinen Vorderbeinen, sein Hintern in der Luft, als ob er gleich losspringe würde, sein Schwanz wedelt wild. Er wartet auf meinen nächsten Nasenstupser, aber die Tür öffnet sich und zerstört unseren Spaß.

„Er mag dich", sagt Pamela und schleicht sich hinter mich. „Er hat meine Ankunft kaum bemerkt."

„Er ist ein braver Junge. Wir hatten eine tolle Zeit zusammen", sage ich und kraule Felix ein letztes Mal am Kopf. Ich gehe zum Haken neben dem Waschbecken, um seine Leine zu holen, und befestige sie an seinem Halsband. Pamela streckt die Hand aus und nimmt mir die Leine ab, ihre Augen verlassen nicht mein immer röter werdendes Gesicht. Ich fühle mich bloßgestellt.

Sie kneift die Augen zusammen. „Er riecht auch göttlich. Ich werde ihn öfter herbringen. Vielleicht riecht dann mein Haus weniger nach Hund."

Ich lache gekünstelt. Ich habe nicht wirklich viel zu sagen. Pamela stammt eindeutig aus wohlhabenden Verhältnissen. Sie spricht gewählt und ist in einen crémefarbenen Anzug gekleidet, akzentuiert durch eine knackige rosafarbene Bluse darunter. Riesige Diamanten hängen an ihren Ohren. Ich kann ihr Alter nicht genau einschätzen. Sie hat die Haut einer Frau in ihren Vierzigern, aber die

Ausstrahlung von jemandem mit umfangreicher Lebenserfahrung, also schätze ich sie auf Anfang fünfzig.

„Ich muss los. Dinge zu erledigen, Menschen zu treffen. Aber darf ich dir eines davon geben?" Sie lässt eine Visitenkarte in meine Hand gleiten. Kein Wunder, dass sie reich ist, wenn sie überall für ihr Geschäft wirbt. „Wir suchen derzeit nach Freiwilligen, also wenn du jemanden kennst, der nach Erfahrungen sucht, sag ihnen, sie sollen meine Nummer wählen. Obwohl ich denke, dass du es selbst vielleicht ziemlich nützlich finden könntest."

Ich nicke, gebe ihr ein schüchternes Lächeln und stecke die Karte in meine Gesäßtasche. Ich will sie nicht wegwerfen, solange sie noch im Raum ist.

Sie geht zur Tür, aber gerade als ich erleichtert aufatmen will, hält sie an der Schwelle inne und trommelt mit den Fingern auf den Tür-rahmen. Es fühlt sich an, als würde sie mich lesen. Ich schlurfe zum Tisch und nehme Felix' Handtuch. Der Tisch steht zwischen uns, ein Schutzschild gegen ihre Musterung.

Dann, ohne ein weiteres Wort, geht sie, Felix trottet an ihrer Seite.

Ich stehe wie angewurzelt da. Was ist gerade passiert? Ich ziehe die Karte aus meiner Tasche und gehe Richtung Mülleimer, aber die Neugier siegt und ich werfe einen Blick darauf. Lass mich raten, An-wältin? Unternehmensberaterin (was auch immer das ist)? Vielleicht irgendeine Art von Lifecoach? Etwas, das mega viel Geld einbringt.

Ich hebe meine Augenbrauen.

SPEAK UP - Allen Kindern eine Stimme geben

Unter den Worten stehen eine Webadresse und eine Telefonnum-mer. Ich drehe die Karte um und auf der Rückseite sind Bilder von Kindern, die mich anlächeln, ihre Arme umeinander geschlungen, als würden sie einen privaten Witz teilen.

Neugierig nehme ich mein Handy aus meiner Manteltasche und tippe die Website in Google ein.

Die Website ist eine Mischung aus Gelb- und Orangetönen. „BRAUCHST DU JEMANDEN ZUM REDEN?", fragt ein Banner. „HAST DU EINE SCHWERE ZEIT?"

Es gibt Bilder von sich duckenden Kindern. Kinder in Tränenfluten, die Teddybären in ihren winzigen Händen umklammern. Jeder einzelne Muskel in meinem Körper spannt sich an.

Die Botschaften ermutigen Kinder, die Hotline anzurufen, wenn sie jemanden zum Auslassen wollen. Jemanden, dem sie ihre Geheimnisse anvertrauen können; jemandem, dem sie vertrauen können. Es ist ein sicherer Ort für Kinder, die in traumatischen Verhältnissen leben. Ich zittere, während ich die Worte überfliege. Ich verstehe nicht, wie dieser Dienst existieren muss. Wir leben in so einer kaputten Welt.

Hinter all dem PR-Geplapper ist Speak Up im Wesentlichen ein Callcenter für Kinder, die jemanden zum Reden brauchen.

Die Hotline bietet eine Schulter zum Ausweinen. Sie geben Ratschläge und ein offenes Ohr. Alles in der Hoffnung, dass es dem Kind das Selbstvertrauen gibt, mutig zu handeln, aufzustehen und die Kette des Missbrauchs zu durchbrechen, in dem Wissen, dass es Menschen gibt, die ihnen helfen können.

Und all das wird von Pamela Greene geleitet. Gründerin.

Was für eine Frau.

Tränen laufen mir über die Wangen. Wo war Pamela, als ich ein kleines Mädchen war? Ich brauchte das. Einen Ausweg. Einen sicheren Ort.

Das ist perfekt.

Ich schiebe die Karte wieder in meine Gesäßtasche und mache mit meinem Tag weiter.

Ich versuche, mich auf meine Nachmittagskunden zu konzentrieren, aber meine Gedanken springen immer wieder zu Speak Up zurück. Ich kann das Gefühl nicht abschütteln, dass diese Pamela-Frau wusste, dass ich das brauche. Ist das die Erlösung, nach der ich gesucht habe? Meine Therapie?

***

Ich verlasse den Pflegeraum um vier Uhr, um nach Hause zu gehen, gerade als Kelsey aus Behandlungsraum eins herausgehüpft kommt. Sie trägt ihre marineblaue Arbeitskleidung und zieht ihren Mantel an. Sie hat heute eine spätere Schicht, daher bin ich überrascht, sie gehen zu sehen.

„Hey, Kelsey! Wo schleichst du dich hin?"

Kelsey bleibt wie angewurzelt stehen. „Kaum geschlichen, Michelle. Es ist meine Mittagspause." Ein Lächeln huscht über ihr Gesicht und sie legt den Kopf schräg. Das ist ihre typische Geste, wenn sie denkt, sie hätte einen Vorteil. „Du scheinst so fröhlich. Guter Tag?"

„Wirklich? Oh." Ich glaube nicht, dass mich jemals jemand als „fröhlich" bezeichnet hat, und ich mag es nicht. „Bin wohl einfach gut drauf, schätze ich."

„Lust auf einen Kaffee? Ich habe noch etwas über eine Stunde, bis Jasper zur Dialyse kommt."

„Oh, armer Jasper. Ich vermisse diesen verrückten Cocker." Jasper kam früher regelmäßig zu mir zur Pflege, aber seine Besitzer können es sich jetzt nicht mehr leisten, seit bei ihm eine Nierenkrankheit diagnostiziert wurde. Ich schaue auf meine Uhr. Wen will ich hier täuschen? Ich habe nirgendwo etwas vor und ich will nicht nach Hause gehen, nur um allein herumzusitzen. Ich weiß es, und Kelsey weiß es. „Klar", sage ich, überrascht von der Begeisterung in meiner Stimme. Vielleicht bin ich heute Nachmittag wirklich fröhlich.

Heute fühlt es sich gut an.

Wir laufen bei stürmischem Wetter zum Café um die Ecke. Es ist einer dieser Orte, die nach Fett stinken, und an den Wänden klebt Schmutz, aber das Essen ist so verdammt lecker, dass man über die allgemeine Ekelhaftigkeit hinwegsehen kann.

Wir nehmen jeweils einen Hocker an der Frühstückstheke am Fenster. Kelsey bestellt einen Thunfischsalat und einen Karton Ribena, und ich entscheide mich für ein Speck-Ei-Sandwich und eine Dose Ginger Beer. Ich kann mich nicht erinnern, wann ich das letzte Mal richtig gegessen habe, und mir läuft das Wasser im Mund zusammen, als ich meine Bestellung aufgebe. Es ist das perfekte Gegenmittel für meinen noch anhaltenden Kater.

Wir warten schweigend auf unser Essen und beobachten, wie die Welt an uns vorbeizieht. Kelsey lehnt sich sorglos auf ihrem Hocker zurück. Ich beneide sie um ihre entspannte Haltung. Ich kaue an meinen Nägeln und denke über das Yin und Yang unserer Beziehung nach.

Schließlich breche ich das Eis.

„Tut mir leid, wie ich mich gestern verhalten habe. Ich hätte bei der ganzen Freund-Sache unterstützender sein sollen." Ich zucke bei der Erinnerung an unser Gespräch zusammen. Nachdem ich zugestimmt hatte, Travis zu treffen, bin ich wie ein trotziger Teenager davongestürmt. Danach habe ich Kelsey den ganzen Abend gemieden.

„Er ist nicht mein Freund." Kelsey errötet.

„Aber du möchtest, dass er es wird?"

Kelsey trommelt mit den Fingern auf den Tisch und beobachtet aufmerksam einen Mann, der die Straße überquert, während der Wind seinen Mantel um ihn herumwirbelt. „Ja", gibt sie schließlich zu.

„Michelle, ich mag ihn wirklich. Ich denke, du wirst ihn auch mögen – wenn du ihm nur eine Chance gibst."

„Na ja, wenn du ihn magst, muss er wirklich ein toller Typ sein", sage ich und versuche, Travis die Chance zu geben, die Kelsey verdient. Oder zumindest so zu tun, als ob. „Also mag ich ihn jetzt schon."

Kelsey beißt sich auf die Innenseite ihrer Wange und starrt weiter aus dem Fenster. Schließlich sieht sie mir in die Augen und lächelt. Sie sieht umwerfend aus. Im Gegensatz zu mir trägt Kelsey nie Make-up, aber sie muss es einfach nicht. Mein Eyeliner ist meine Rüstung, und meine Schale ist so zerbrechlich, dass ich es dick auftragen muss. Kelsey sieht neben mir so frisch aus. Ihre Bambi-Augen sind riesig und ihre Wimpern flattern wie bei einer verdammten Disney-Prinzessin. Sie ist so ein Glückspilz.

Sie drückt meine Hand in meinem Schoß. „Danke, Mich", quietscht sie mir ins Ohr.

Die Kellnerin knallt unsere Teller auf den Tisch und geht zurück, um hinter der Theke auf ihrem Handy zu spielen. Ich reibe mir die Hände in Erwartung meines dampfend heißen Essens.

„Was ist heute mit dir los? Du bist anders." Kelsey stupst mich an der Schulter an, was mich zusammenzucken lässt.

„Anders?"

„Ja. So, enthusiastisch."

Ich lache. Es ist lächerlich, dass meine Fröhlichkeit sie schockiert. Daran muss ich arbeiten.

„Du sagst mir doch immer, ich soll etwas finden, das mir bei der Heilung hilft? Nun, ich glaube, ich habe es gefunden." Ich schiebe mir mehr Sandwich in den Mund.

„Du gehst zu einem Therapeuten? Oh, Michelle, das sind ja fantastische Neuigkeiten! Ich wusste, du würdest etwas regeln."

„Nein, kein Therapeut." Eigelb tropft mir vom Kinn und ich lehne mich über Kelsey, um eine Serviette zu greifen. „Ich werde bei einer lokalen Wohltätigkeitsorganisation ehrenamtlich arbeiten."

Es entsteht eine Pause, während Kelsey verarbeitet, was ich ihr gerade erzählt habe. „Was wirst du da machen?"

Gute Frage. Daran hatte ich eigentlich noch gar nicht gedacht. Meine Gedanken waren hauptsächlich bei der Organisation selbst, nicht bei meiner Rolle darin. Ich ziehe die Karte aus meiner Tasche und schiebe sie über den Tisch zu Kelsey. Sie nimmt sie in die Hand und dreht sie ein paar Mal um, während sie sie betrachtet.

„Das sieht perfekt für dich aus", sagt sie schließlich, und ein Lächeln breitet sich auf ihrem Gesicht aus. „Oh, Michelle. Ich freue mich so für dich. Das kann der Neuanfang sein, den du so dringend brauchst."

KAPITEL FÜNF

TEDDY

Mami hat mir gesagt, ich soll rausgehen und frische Luft schnappen. Also stehe ich jetzt im Hinterhof.

Ich wünschte, wir hätten einen größeren Garten. Mit Gras. Und Platz zum Herumrennen.

Es nieselt draußen und es ist so kalt, dass meine Haut brennt. Die Wolken sind richtig dunkelgrau und hängen tief. Ich glaube, es wird bald in Strömen regnen.

Ich setze mich in die Ecke neben dem Schuppen, wo ich gerne die Platten auf dem Boden zähle. Vierzehn. Ich habe sie immer und immer wieder gezählt, und es wird schnell langweilig.

Einmal, als Mami von einer Seite zur anderen schwankte und richtig gut drauf war, nahm sie mich mit in einen Park. Es war dunkel draußen und sehr ruhig, also denke ich, es war nachts, aber ich hatte den meisten Spaß. Ich kann mich immer noch an das Kribbeln in meinem Bauch erinnern, als ich die Rutsche runterrutschte.

Mami kann manchmal ein guter Mensch sein.

Nur nicht sehr oft.

Manchmal stelle ich mir gerne vor, ich wäre wieder in diesem Park. Ich denke jetzt gerade daran. Ich überlege, was passieren würde, wenn ich das Gartentor öffnen und weggehen würde. Würden sie es überhaupt bemerken, wenn ich für eine Weile abhauen würde, um auf den Schaukeln zu spielen?

Das ist eine dumme Idee. Ich weiß nicht, wie ich den Park alleine finden soll.

„Blöder Idiot", murmle ich zu mir selbst und schlage mir mit der Hand gegen die Stirn.

„Mann, ist das heute kalt", kommt das Flüstern über die Mauer. Das Wetter ist unser geheimes Passwort. Robert hat es vor einer Weile ausgedacht. Er ist wirklich schlau. Man muss in der Schule wohl viel lernen.

„Es geht schon", flüstere ich zurück. „Sie schlafen auf dem Sofa. Sei einfach super leise."

„Okay. Mami will mit dir reden. Warte kurz." Ich höre, wie seine Füße über die Platten in ihrem Hinterhof hüpfen. Ich ziehe meine Füße ein und umarme meine Knie an meiner Brust. Warum will seine Mami mit mir reden? Will sie mich dafür ausschimpfen, dass ich mit Robert spreche? Sie will wahrscheinlich nicht, dass jemand wie ich mit Robert redet.

Mein Herz schlägt sehr schnell. Ich hoffe, sie ist leise. Ich hoffe, sie will nicht mit meiner Mami sprechen. Ich stehe wieder auf und warte, hüpfe von einem Fuß auf den anderen.

Ich wünschte, ich hätte einen Ort, an den ich laufen könnte. Irgendwo zum Verstecken. Ich denke darüber nach, mich im Schuppen zu verstecken, aber es ist dunkel darin und ich möchte wirklich nicht von einer Spinne gebissen werden. Ich hasse Spinnen wirklich.

Plötzlich taucht der Kopf einer Frau über der Mauer auf. Es ist das erste Mal, dass ich tatsächlich jemanden aus dem Nachbarhaus sehe. Die Mauer ist höher als Papi. Ich stelle mir vor, dass Roberts Mami auf einem Stuhl oder einer Treppe steht.

Ich mag ihr Gesicht; sie sieht hübscher aus als meine Mami und hat weniger Falten im Gesicht. Ihre Haare sind zu einem schönen Knoten am Hinterkopf gebürstet und ein paar Strähnen sind ihr vorne ins Gesicht gefallen. Sie sieht freundlich aus. Nett.

Ich trete zurück gegen die Schuppentür und versuche, etwas Abstand zwischen uns zu bringen.

„Du musst Teddy sein." Sie flüstert. Robert muss ihr gesagt haben, leise zu sein, also beruhigt sich mein Atem ein bisschen. „Ich bin Stacey. Schön, dich endlich kennenzulernen. Bobby hat mir alles über dich erzählt." Sie lächelt mich an, aber ihre Augen sehen traurig aus. „Deine Mam und dein Dad nicht in der Nähe?"

„Sie schlafen", sage ich.

„Schlafen sie oft?"

„Nur nachdem sie getrunken oder ihre Medizin genommen haben." Ich mag den Blick nicht, den diese Frau mir zuwirft. Sie sieht wütend aus. Wird sie mich ausschimpfen?

Aber sie schnalzt nur mit der Zunge und blickt zum Haus.

„Nehmen sie oft ihre Medizin?"

Ich starre auf den Boden. Es fühlt sich falsch an, mit dieser Frau über Mami und Papi zu reden.

Sie redet weiter, und es bringt mich zum Weinen. „Ich höre sie manchmal durch die Wand. Schreien und Brüllen. Mein Kerl, Barry, hat mir gesagt, ich soll mich nicht einmischen, aber ich muss etwas tun. Verstehst du?"

Aber ich verstehe nicht. Ich weiß nicht, was hier passiert. Ich will einfach nur reingehen. Ich will nicht, dass diese Frau noch mehr mit mir redet.

„Ich hab sie angerufen, aber das Jugendamt war verdammt nutzlos. Meine Schwester hat mir gesagt, dass es eine Weile dauert, angeblich nicht genug Ressourcen, aber das ist einfach lächerlich. Sie tun absolut nichts." Sie blickt nach unten, wo ich denke, dass Robert stehen muss.

Ich weiß nicht, wovon sie redet. Wer ist das Jugendamt? Was sollten sie tun? Hat sie ihnen von mir erzählt?

„Ich werde aber für dich weiterkämpfen, du armer Junge. Ich würde dich selbst aufnehmen, wenn es nicht als Entführung gelten würde."

Im Haus ist ein Geräusch zu hören und mein Magen verkrampft sich. Ich reiße meinen Kopf herum, um zu sehen, was das Geräusch verursacht hat. Bitte lass meine Mami diese Frau nicht sehen.

Es ist niemand da.

Die Frau beobachtet mich, ihre Augen zusammengekniffen. „Wir machen das schnell", sagt sie und wirft etwas über die Mauer zu mir. Ich starre darauf hinunter. Ich will es nicht aufheben. Es ist nur eine kleine Karte mit einer großen Nummer darauf. „Ruf diese Leute an, wenn du Hilfe brauchst."

Mein Körper kommt in Bewegung und ich hebe die Karte auf. Ich starre zu ihr hoch. Ich weiß nicht, was ich sagen soll.

„Ihr habt doch ein Haustelefon, oder?"

Ich nicke, aber ich weiß nicht warum. Ich darf es nicht benutzen.

„Na ja, tipp diese Nummern von der Karte dort ins Telefon ein, dann wird jemand am Telefon sein, um dir zu helfen. Du brauchst einen Profi zum Reden. Jemanden, der dich vielleicht aus diesem Drecksloch rausholen kann."

„Mama!", murmelt Robert von der anderen Seite der Mauer.

Stacey schaut zu ihm hinunter und lächelt. „Tut mir leid, Kleiner, ich hätte kein böses Wort sagen sollen."

Ich blicke zum Haus. Es kommen keine Geräusche von drinnen; niemand bewegt sich. Wenn ich durch die Spitzengardinen schaue, kann ich meine Mami in ihrem Sessel zurückgelehnt sehen, mit offenem Mund, wahrscheinlich schnarchend.

Ich erinnere mich, dass Mami und Papi vor ein paar Wochen einen Brief bekommen haben. Mami öffnete ihn und ihr Gesicht wurde knallrot. „Hast du jemandem von uns erzählt?" Sie gab den Brief meinem Papi, der ihn las, wobei sich sein Mund beim Lesen bewegte. Ich wusste, dass der Brief von mir handelte, weil er immer wieder zu mir hochschaute. Ich versuchte, mich in die Rückseite des Sofas zu quetschen, um mich zu verstecken, aber es half nichts. Sie schlugen mich trotzdem.

„Teddy!", ruft Papi aus dem Haus und lässt mich zusammenzucken. Er will wahrscheinlich, dass ich ihm ein Bier hole. Ich schaue die Frau an und bete, dass sie verschwindet, bevor er nach draußen kommt.

„Pass auf dich auf, ja, Kleiner? Ich kann nicht ertragen, daran zu denken, was sie dir in diesem Höllenloch antun."

„Bis später, Teddy", ruft Robert von der anderen Seite der Mauer. Ich stelle mir vor, wie er die Hand seiner Mutter hält, während sie in ihr gemütliches Haus zurückgehen, wo sie ihre Spielsachen und Umarmungen aufbewahren.

Schritte.

„Wo bist du? Du ignorierst mich besser nicht, du kleiner Scheißer."

Ich renne zurück in die Ecke, wo ich vorher saß, und stopfe die Karte in meine Hose, gerade als Papi die Tür aufmacht.

„He! Was glaubst du, was du da machst? Ich kann mir mein verdammtes Bier jetzt auch selbst holen. Komm sofort rein!"

Das muss er mir nicht zweimal sagen. Ich quetsche mich an seinem massigen Körper in der Tür vorbei und nehme meinen Platz am Rand des Sofas ein, warte auf meine nächsten Befehle.

Die Karte bohrt sich in meinen Oberschenkel, und ich fühle mich gleichzeitig aufgeregt und nervös.

Ich muss nur warten, bis sie ausgehen, und dann werde ich diese Person anrufen. Ich werde mutig sein.

KAPITEL SECHS

MICHELLE

Mir ist schwindelig. Meine Gedanken rasen mit hundert Stundenkilometern. Das Telefongespräch mit Pamela über die Freiwilligenarbeit war überwältigend. Ihre Stimme wurde um eine Oktave höher, als ich mich vorstellte, und ich vereinbarte schnell einen Termin, nur um der Fröhlichkeit ein Ende zu setzen. Danach verbrachte ich zwei Tage in einem Anflug von Nervosität und wartete gespannt darauf, was der heutige Abend bringen würde.

Der Pub Rose and Crown liegt nur wenige Schritte von den Büros von Speak Up entfernt, und ich kann nicht widerstehen, auf ein schnelles Glas Wein vorbeizuschauen, um meine Nerven zu beruhigen. Nach einem Glas fühlt sich mein Magen immer noch flau an, also trinke ich noch einen schnellen Bourbon, bevor ich gehe. Ich fühle mich immer noch beschissen, aber ich werde zu spät kommen, also werfe ich meine Tasche über die Schulter und gehe hinaus in den Regen.

Als ich mich dem Gebäude nähere, bin ich so nervös, dass ich befürchte, mir auf die Lippe zu beißen. Ich wusste nicht, was ich anziehen sollte, also entschied ich mich für meine eleganteste schwarze Jeans und ein schlichtes dunkelgrünes T-Shirt unter meiner Lederjacke. Ich habe keine anderen anständigen Schuhe, also mussten meine Stiefel herhalten.

Wo zum Teufel ist es? Die Adresse, die Pamela mir gegeben hat, ist ein Second-Hand-Möbelgeschäft. Ist das ein Scherz? Ich gehe ein paar Mal die Straße auf und ab und bin kurz davor aufzugeben und nach Hause zu einer Flasche Wodka zu gehen, als ich höre, wie Pamela meinen Namen ruft.

„Michelle, hier drüben!" Ihre Stimme klingt singend, als würde sie für „The Sound of Music" vorsprechen.

Ich gehe zu ihr hinüber, und sie begrüßt mich an einer winzigen grauen Tür, die in eine kleine Nische neben dem Möbelgeschäft eingelassen ist. Sie trägt ein knielanges Kleid in blassestem Blau, ihre winzige Taille ist mit einem breiten goldenen Gürtel umschlossen. Im Vergleich dazu fühle ich mich ungepflegt.

Zu meiner Verlegenheit begrüßt sie mich mit einer Umarmung, die ich nicht erwidern kann, so dass sie sich an meine schlaffe Gestalt klammert, ohne mein Unbehagen zu bemerken. Sie riecht, als hätte sie in Chanel No. 5 gebadet.

„Ich bin so froh, dass du es geschafft hast. Komm mit nach oben und lerne das Team kennen", sagt sie und geht voran.

Wir gehen die wacklige Treppe hinauf und betreten die Büros über dem Möbelgeschäft. Der Empfangsbereich ist hell und luftig, und ich bin überrascht, als uns ein Stimmengewirr begrüßt, als wir uns dem Hauptbüro nähern. Pamela öffnet die Tür zu einem Großraumbüro, das in einem leuchtenden Gelbton gestrichen ist. Es steht in krassem Gegensatz zum trüben Wetter draußen.

Es müssen zwanzig Leute hier sein, die alle hinter Schreibtischen sitzen und Headsets entweder auf dem Kopf oder um den Hals geschoben tragen. Einige sind zwischen Anrufen und begrüßen mich fröhlich mit einem „Hallo". Andere winken mir zu, während sie am Telefon plaudern. Ein paar schauen nicht auf, anscheinend zu sehr in ihr Gespräch vertieft.

In der Mitte des Raumes sitzt ein Mädchen mit feuerroten Haaren, den Kopf in den Händen vergraben. Mein Herz schlägt ihr entgegen. Ich kann ihre Qual von hier aus spüren. Aber dann rollt ein bärtiger Mann, der wie der Weihnachtsmann aussieht, mit seinem Stuhl zu ihr herüber und legt ihr eine Hand auf die Schulter.

Die Atmosphäre ist unterstützend und freundlich, und ich spüre, wie mein verhärteter Panzer ein wenig aufbricht. Pamela führt mich in ihr Büro am anderen Ende des Callcenters. Sie lässt sich in den Stuhl hinter ihrem riesigen Schreibtisch plumpsen und bedeutet mir, mich ihr gegenüber zu setzen.

„Vielen Dank, dass du heute Abend gekommen bist. Wir schätzen die Unterstützung wirklich sehr." Sie lehnt sich in ihrem Drehstuhl zurück und legt ihre manikürten Hände auf den Schreibtisch. „Ich habe ein paar Freiwillige, die bald wieder an die Uni zurückkehren, und ich befürchte, dass wir zu wenig Personal haben werden, um die Wirkung zu erzielen, an die wir uns gewöhnt haben." Sie lächelt mich an und wartet auf eine Antwort, aber ich weiß nicht, was ich sagen soll.

„Ähm. Kein Problem. Was soll ich denn machen?" Als ich diese Frage zum ersten Mal während unseres Telefongesprächs stellte, war Pamela vage und wimmelte mich mit vielen Wohltätigkeits-Schlag-wörtern ab - irgendetwas über Anleitung und Wirkung.

„Du wirst natürlich Anrufe entgegennehmen", sagt sie achselzuck-end. „Wir brauchen mehr Telefonberater, die Kindern in Not zuhören." Sie sagt es, als wäre es selbstverständlich, aber in meinem Kopf schrillen die Alarmglocken laut.

Ich bin nicht qualifiziert, mit missbrauchten Kindern zu sprechen. Ich dachte, ich würde ein paar Akten sortieren oder so. Nein, das bin nicht ich. Das kann ich nicht. Wie komme ich hier wieder raus? Ich rutsche auf meinem Stuhl herum und richte meine Füße zur Tür.

Pamela spürt mein Unbehagen. „Michelle, du kannst dich entspannen. Ich werde persönlich für eine angemessene, gründliche Ausbildung sorgen." Ihr Lächeln lindert mein Unbehagen ein wenig, aber mein Magen macht immer noch Saltos. Nimmt diese Frau normalerweise ein so persönliches Interesse an all ihren Freiwilligen? Etwas sagt mir, dass sie das nicht tut. Sie ist doch sicher viel zu wichtig dafür?

„Ich nehme an, du hast über Speak Up und unsere Arbeit gelesen?"

Ich nicke. Ich habe die Website immer und immer wieder durchgelesen. Pamela hat Auszeichnungen für ihre wohltätige Exzellenz gewonnen.

„Also weißt du, mit welcher Art von Fällen wir es zu tun haben?"

„Ja, ich denke schon. Kinder, die geschlagen werden und so."

„Ja, aber nicht immer. Missbrauch kommt leider in allen Formen vor. Sie können vernachlässigt werden, sie können sexuell missbraucht werden; oder ja, körperliche Gewalt ist ein häufiger Nenner, wie du sagst. Wir wollen ein offenes Ohr für Kinder sein, wenn sie jemanden zum Reden brauchen. Wir bieten Rat und Freundlichkeit. Und wir versprechen immer Vertraulichkeit. Ein Kind kann immer anonym bleiben, bis es bereit ist, entweder selbst zu sprechen oder uns zu erlauben, in seinem Namen zu sprechen."

Rat? Freundlichkeit? Wo bleibt das Handeln? Wo ist die tatsächliche Hilfe?

„Also helft ihr ihnen gar nicht wirklich?", blaffe ich. Ich kann meinen Ton nicht neutral halten. Was bringt das alles, wenn man sie nicht da rausholt? Den Missbrauch stoppt. Was nützt Reden, wenn man nicht handelt?

„Wir helfen ihnen, Michelle. Wir wissen nur, dass diese Dinge Zeit brauchen. Ich habe seit Beginn dieses Projekts vor vierundzwanzig Jahren über hundert Fälle an das Jugendamt gemeldet. Das sind über hundert Kinder, denen sonst nicht geholfen worden wäre. Ganz zu schweigen von den Kindern, die den Mut gefunden haben, selbst Hilfe zu suchen. Oder manchmal müssen wir uns damit zufriedengeben, dass wir das Leben eines Kindes für die wenigen Minuten, die wir mit ihm am Telefon waren, verbessert haben."

Ich nippe an dem Glas Wasser vor mir, meine Hände zittern. Mein Hals ist trocken, und ich habe Schwierigkeiten zu schlucken, aber ich hoffe, dass die Ablenkung mich davon abhält, in Tränen auszubrechen. Es ist, als hätte Pamela mit einer spitzen Nadel in meinen Schmerzpunkten herumgestochert.

„Wirst du uns helfen, Michelle?", fragt Pamela. „Ich denke wirklich, du wirst eine Bereicherung für das Team sein."

Ich möchte wegrennen und nie wieder zurückkommen. Aber ein größerer Teil von mir möchte jedes Kind, das durchmachen muss, was ich ertragen musste, in die Arme schließen, und das wäre ein Anfang. Ich kann reden. Freundlichkeit anbieten.

Ich kann helfen, sie da rauszuholen.

Außerdem ist das vielleicht meine Chance, das Chaos zu beseitigen, das Mama in meinem Herzen hinterlassen hat.

Ich nicke. „Okay. Was muss ich tun?"

***

Pamela gibt mir eine rasante Tour durch das Büro. Ich werde dem Team vorgestellt. Sie plaudern alle fröhlich mit mir, als wäre dieses Büro nicht voller Elend und Verwüstung. Ich bewundere ihre Fähigkeit, sich von jedem Telefonat zu distanzieren, und ich bete, dass ich die Kraft habe, dasselbe zu tun.

Pamela führt mich zu einem Schreibtisch in der Ecke, an dem eine Frau sitzt, die wie Shrek aussieht. „Das ist Lisa, unsere Büroleiterin. Neben der Annahme von Anrufen kümmert sie sich um die täglichen Büroaufgaben und den Dienstplan des Teams. Wenn du etwas brauchst, kannst du dich gerne an sie wenden."

Lisa schiebt ihr Headset weg. „Freut mich, dich kennenzulernen", sagt sie mit einer überraschend mädchenhaften Stimme. „Wir könnten ein weiteres Paar Hände gebrauchen." Ihre Augenbrauen bleiben zusammengezogen und ihr Mund verzieht sich zu einem Grinsen. Sie sieht nicht erfreut aus, mich kennenzulernen. Sie sieht aus, als wäre sie in Hundekot getreten.

„Hallo", murmele ich. Meine Wangen fühlen sich warm an. Lisas Arme sind so dick wie Bäume. Ich schätze, sie könnte mich wie einen Speer quer durch den Raum werfen, und ich muss der Versuchung widerstehen, mich hinter Pamela zu verstecken.

Zu meiner Erleichterung dankt Pamela Lisa und nimmt meinen Ellbogen. Sie führt mich in die Küche, wo sie den Wasserkocher einschaltet. „Mach dir keine Sorgen, Lisa ist zu jedem mürrisch. Das liegt in ihrer Natur." Sie nimmt zwei Tassen aus einem Schrank über der Spüle. „Ich werde die meisten deiner Beobachtungen durchführen. Lisa ist hauptsächlich hier, um alle in Schach zu halten. Ich kann nicht zulassen, dass Leute mir das Blaue vom Himmel versprechen und dann einfach nicht auftauchen. Die Kinder brauchen Beständigkeit. Lisa ist sozusagen der Muskel der Operation. Sie macht einen fantastischen Job. Bist du eher ein Tee- oder Kaffee-Typ?"

„Kaffee, bitte. Schwarz, ein Stück Zucker", sage ich, aber ich könnte jetzt wirklich einen Wodka vertragen.

Pamela stellt eine Tasse mit dampfendem Kaffee, die das Speak-Up-Logo trägt, auf den Tisch, und ich umfasse sie mit meinen Händen, die Wärme beruhigt meine zitternden Finger.

„Ich spüre, dass du dich ein wenig unwohl fühlst?", fragt mich Pamela und setzt sich mir gegenüber an den winzigen Tisch. Unsere Knie berühren sich fast, und ich rücke mit meinem Körper von ihr weg.

Die Art, wie Pamela mich ansieht, bringt mich zum Schlucken. Diese Frau ist fürsorglich. Liebe fließt durch ihre Adern. Sie beugt sich vor, als wolle sie meine zerstörerischen Gefühle ergreifen und von mir nehmen.

Und ich sehne mich danach, sie ihr zu geben. Ich fülle meine Lungen mit Luft.

Es ist Zeit, ehrlich zu sein. Ich ertrinke schon so lange, und jedes Mal, wenn Kelsey mir einen Rettungsring zugeworfen hat, hat sie daneben gegriffen. Vielleicht hat Pamela mit all ihrer Erfahrung ein besseres Ziel. Ich muss es zumindest versuchen.

„Ich bin nicht sicher, ob ich das kann, Pamela", gebe ich zu.

Pamela nickt und nippt an ihrem Früchtetee. „Ich dachte, du würdest das sagen. Die meisten tun es. Aber ich glaube, du bist fähiger, als du denkst. Ich sehe eine Stärke in dir." Ihre Augen funkeln mich an, und ich möchte ihr glauben, aber es fühlt sich an, als stünde eine riesige Mauer zwischen uns. „Du hast etwas an dir. Eine bestimmte Qualität, nach der ich gesucht habe."

„Pamela ...", stocke ich. Ich weiß nicht, wie ich ihr sagen soll, dass ich nicht die bin, für die sie mich hält. Ich bin nicht besonders, und ich bin definitiv nicht stark genug, um mit Kindern zu sprechen, die Hilfe brauchen. Die Hilfe, die ich selbst vor all den Jahren so dringend gebraucht hätte. Ich weiß nicht, wie ich ihr erklären soll, wie egoistisch ich bin, weil ich weglaufen möchte.

„Bitte, nenn mich Pam. Sprich mit mir. Hier gibt es keine Verurteilung." Sie lehnt sich in ihrem Stuhl zurück und umfasst ihren knallpinken Tee.

Ich kann nicht. Ich kann nur schweigend dasitzen und einen braunen Fleck auf dem Tisch anstarren. Es ist eine Pattsituation. Keine von uns will das Schweigen brechen. Pamela - Pam - ist völlig entspannt und merkt nicht, wie meine Temperatur steigt. Meine Achselhöhlen fühlen sich feucht an, und ich klemme meine Arme an meine Seiten.

Dann wird der Lärm in meinem Kopf zu laut, und ich platze heraus.

„Ich wurde missbraucht. Du weißt schon, als ich ein Kind war." Die Worte sprudeln aus meinem Mund. Ich habe keine Ahnung, woher sie kamen. „Soweit ich mich erinnern kann, habe ich die meisten Nächte in der Garage geschlafen. Meine Mutter schlug mich und stieß mich durch die Hintertür in diese kalte, dunkle Box. Es war wie ein Sarg." Ich spucke die Worte aus, als wären sie giftig.

Dann sind sie weg. Es ist, als wäre eine riesige Last von meinen Schultern genommen worden. Tränen stechen in meine Augen und ich blinzle sie weg, bevor sie fallen.

Pam nickt mir nur zu und ermutigt mich weiterzumachen. Sie ist wirklich gut darin.

„Und ich weiß nicht, ob ich das kann. Also, mit diesen Kindern zu reden. Wenn ich mir selbst nicht helfen konnte, wie soll ich ihnen dann helfen? Es wäre, als würde ich so tun als ob. Sie belügen." Zu meinem Entsetzen entkommt eine Träne und läuft meine Wange hinunter. Ich wische sie mit meinem Ärmel weg.

„Aber sehen Sie denn nicht? Es ist gerade Ihre Vergangenheit, die Sie mit genau den Fähigkeiten ausstattet, die diese Kinder brauchen. Sie wissen, wie es ist, in ihrer Situation zu sein, also wissen Sie, wie wichtig es ist, ihnen zu helfen. Sie konnten Ihren Eltern nicht entkommen, weil Sie niemanden wie Sie in Ihrer Ecke hatten. Diese Kinder brauchen Sie.

Michelle, der Schmerz, den Sie erlebt haben, ist Ihre Stärke. Aus diesem ganzen Chaos kann etwas Gutes entstehen."

Mehr Tränen laufen meine Wangen hinunter, aber ich lasse sie jetzt fallen. Wärme durchströmt mich und die Last, die ich mein ganzes Leben lang auf meiner Brust getragen habe, bricht ein wenig auf. Der Druck lässt nach und mein Kopf wird klarer. Langsam stelle ich meine Tasse auf den Tisch und vergrabe dann mein Gesicht in meinen Händen.

Ich schluchze hysterisch. Ich spüre, wie Pam aufsteht und die Tür hinter mir schließt, um uns Privatsphäre zu geben und mir zu erlauben, um die Kindheit zu trauern, die ich nie hatte. Sie legt ein Taschentuch in meine Hand, und ich atme seinen Kokosnussduft ein.

„Tut mir leid", murmele ich. „Ich weiß nicht, was mit mir passiert." Ich falte das Taschentuch in der Mitte und verberge die Rotzstreifen.

Pam lacht leise. „Ich glaube, Sie sollen hier sein, Michelle. Ich denke, das ist Ihr Weg."

Sie ist so kitschig. Aber so richtig. Das ist mein Weg. Zum ersten Mal in meinem Leben glaube ich an das Schicksal. Es ist mein Schicksal, hier zu sein.

Die Dinge werden jetzt klarer. Ich muss das tun.

KAPITEL SIEBEN

MICHELLE

Kelsey kreischt mich an, als ich durch die Tür komme. Es ist zehn Uhr und ich bin erschöpft und bereit, ins Bett zu fallen, aber Kelsey hat andere Pläne.

„Wie ist es gelaufen?", fragt sie und drückt mir ein Champagnerglas in die Hand. Ich werfe den Ringordner, den Pam mir gegeben hat, auf das Sofa und bin erleichtert, das physische und metaphorische Gewicht loszuwerden. Ich nehme einen Schluck der prickelnden Flüssigkeit. Ich denke, es ist Prosecco, aber irgendwas schmeckt seltsam. Hier stimmt was nicht. Ich nehme noch einen Schluck und beobachte, wie Kelseys Wangen sich röten. Um Himmels willen, es ist alkoholfrei.

Tolle Feier.

Kelsey lässt sich aufs Sofa plumpsen und dreht sich zu mir.

„Gut", sage ich ihr. „Glaube ich." Ich fühle mich auf jeden Fall ein bisschen selbstsicherer jetzt, aber gut ist vielleicht etwas übertrieben.

Kelsey sieht aus, als würde sie gleich platzen. Ich verstehe es. Sie erträgt meine Stimmungsschwankungen und regelrecht beleidigenden Bemerkungen schon seit Jahren. Ich bin ein absolutes Chaos und sie war immer da, um mich aufzuräumen. Meine unerwartete Begeisterung muss sich für sie wie die Erlösung anfühlen.

In mir wurde ein Feuer entfacht, und ich weiß nicht, was den Funken ausgelöst hat. War es Speak Up? Pam? Ich?

„Was wirst du dort machen?"

Ich zucke mit den Schultern. Wenn ich zu begeistert wirke, wird Kelsey eine riesige Sache daraus machen, und ich weiß, das wird meine Nerven nur noch mehr belasten. „Anrufe entgegennehmen. Beratung. Ich muss aber erst noch eine Menge lernen." Ich deute auf den Ordner neben ihr, der alles enthält, was ich über Speak Up und meine Rolle darin wissen muss. „Ein bisschen leichte Lektüre", scherze ich und ahme Pam nach.

Kelsey pfeift durch die Zähne. „Na, das wird dich beschäftigt halten", sagt sie. Ich weiß aber, was sie eigentlich sagen will: etwas, das dich vom Trinken abhält. Vielleicht hat sie Recht.

Ich lächle, aber Traurigkeit überkommt mich, als ich Kelsey dabei zusehe, wie sie durch meine Unterlagen blättert. Kelsey sieht so erleichtert aus wegen meiner Einstellungsänderung, und endlich sehe ich die Dinge durch ihre Augen. Ich war so unfair zu ihr. Ich liebe Kelsey. Sie ist der einzige Mensch, den ich auf diesem ganzen Planeten habe, und ich habe sie wie Scheiße behandelt. Ich habe einige grausame Dinge gesagt.

Meine Gedanken schweifen zu einem Streit zurück, den wir vor ein paar Monaten hatten. Ich hatte eine kaffeefleckige Tasse in meinem Zimmer stehen lassen, bis sich ein widerlicher Schimmelpilz darauf gebildet hatte, und ich dachte wirklich, ich würde helfen, indem ich sie ungewaschen in der Spüle ließ.

Kelsey, die normalerweise so fröhlich ist, rastete völlig aus.

„Was zum Teufel ist los mit dir?!", schrie sie und warf die Tasse in den Mülleimer. Ich stand einfach nur da, mein Blick wanderte zwischen den Tassenscherben im Mülleimer und Kelsey mit ihren Händen in die Hüften gestemmt hin und her, ihre dunklen, welligen Haare wild. Ich konnte nicht verstehen, was sie so ausrasten ließ. War es etwas auf der Arbeit? Sie wird immer emotional, wenn sie ein Tier einschläfern musste, aber normalerweise sagt sie mir, wenn sie etwas Raum braucht. Ich konnte nicht begreifen, warum sie so gereizt war.

Ich war ein verdammter Idiot.

„Räum deinen eigenen Scheiß weg, Michelle. Und während du dabei bist, bring dein verdammtes Leben in Ordnung."

Dann stürmte sie mit Tränen in den Augen davon. Ich stand geschockt da. Ich hatte Kelsey noch nie so wütend gesehen und ihr Ausbruch hatte mich völlig aus der Bahn geworfen.

Ich war so ein Dummkopf. Wie hat sie es überhaupt so verdammt lange mit mir ausgehalten?

Ich habe den Drang, sie zu umarmen, aber ich unterdrücke ihn. Kleine Schritte.

Über mich zu reden lässt mich mich entblößt fühlen, also lenke ich das Gespräch wieder auf sie.

„Wann soll ich Travis kennenlernen? Ich habe hohe Erwartungen an diesen Superhengst, weißt du. Ich werde nicht zulassen, dass irgendein x-beliebiger Kerl mit dir zusammen ist."

Kelsey kichert und schaut weg. Sie ist es nicht gewohnt, dass ich nett bin. Verdammt, ich bin es nicht einmal gewohnt, dass ich nett bin. Es lässt mich mit den Zähnen knirschen.

„Wie wäre es nächste Woche? Er arbeitet diese Woche nachts." Sie sieht mich mit weit aufgerissenen Augen an. Instinktiv beginne ich, den Kopf zu schütteln, halte aber inne. Ich kann diesen eifrigen

Blick nicht von ihrem Gesicht wischen. Nicht jetzt, wo wir uns so gut verstehen.

„Klingt nach einem Plan", sage ich. Ich leere den Rest meines enttäuschenden Getränks und sage gute Nacht. Ich möchte noch etwas von diesem Papierkram verschlingen, bevor ich schlafen gehe. So absurd es auch klingen mag, ich will das hier mit Bravour meistern.

Ich lasse Kelsey selbstzufrieden zurück. Als hätte sie eine epische Schlacht gewonnen.

Ich schätze, das hat sie. Ich schätze, wir beide haben das.

***

Die Akte ist erschreckend. Sie enthält eine Fallstudie nach der anderen von Kindern, die so viel mehr durchgemacht haben als ich – Schläge, Hunger, Vergewaltigung. Kinder, die nie Liebe erfahren haben. Ein Junge in Schottland hatte nicht einmal je Tageslicht gesehen. Was zum Teufel soll das?

Laut der Akte wandte sich vor etwas mehr als zwei Jahren ein kleiner Junge an Speak Up, nachdem er seine Mutter tot aufgefunden hatte, zu Tode geprügelt von ihrem Ex-Freund. Sie hatte vier Tage lang tot im Wohnzimmer gelegen, bevor er den Mut fand anzurufen. Er hatte das Essen aus dem Gefrierschrank gegessen und jede Nacht neben ihrer starren Leiche geschlafen.

Er war vier Jahre alt.

Ich bin erschöpft. Ich kann mich nicht einmal dazu bringen, die Transkripte von Beispielanrufen bei der Hilfsorganisation zu lesen. Es fühlt sich an wie ein Schlag in den Magen, und ich weiß nicht, ob ich diesen Kindern helfen kann. Was sage ich zu ihnen? Diejenigen, die dort arbeiten, müssen eine Art Superhelden sein, nur ohne Umhänge.

Ich bin kein Superheld; ich bin nicht einmal angemessen. Ich bin nur eine durchschnittliche Versagerin.

Niedergeschlagen schiebe ich die Akte ans Fußende des Bettes und schlafe ein.

Es ist die erste Nacht seit Monaten, in der ich keinen Drink brauchte, um meine Nerven zu beruhigen. Es ist auch die erste Nacht seit Jahren, in der ich nicht weinend aufgewacht bin.

Kapitel Acht

MICHELLE

„Morgen", rufe ich dem Empfangsteam zu, als ich zur Arbeit komme. Sie werfen sich einen Blick zu, bevor sie unsicher „Hallo" zurückgeben. Ich kichere. Diese fröhlichere Version von mir ist urkomisch. Es macht mir Spaß, die Leute zu verwirren.

Ich verbringe meinen Vormittag damit, einen Hund mit Räude zu schrubben und mit einer Französischen Bulldogge zu kämpfen, um sie zu baden. Am Ende bin ich nasser als er, aber zumindest ist er sauber und wir sind jetzt beste Freunde.

In der Mittagspause beschließe ich, rauszugehen und frische Luft zu schnappen. Das Fenster im Pflegeraum öffnet sich nur ein paar Zentimeter, und oft stellt sich Platzangst ein.

Die Sonne scheint ungewöhnlich für Mitte September, und ich möchte den Vitamin-D-Schub ausnutzen. Als ich über das Feld gegenüber der Praxis gehe, höre ich, wie jemand meinen Namen ruft.

„Michelle! Bist du schon fertig mit der Arbeit für heute?"

Ich drehe mich um und sehe Pam und einen sabbernden Felix auf mich zukommen. „Ich hab Mittagspause. Du kannst Felix um zwei reinbringen, wenn das für dich passt?"

„Oh nein, er ist noch frisch wie ein Gänseblümchen. Wir sind nur auf einem kleinen Spaziergang." Wir schauen ihm zu, wie er losrennt, um an etwas zu schnüffeln, das wie Curry aussieht, aber genauso gut ein Haufen Erbrochenes sein könnte. „Okay, vielleicht ist er nicht so frisch wie ein Gänseblümchen. So frisch wie eine Mülltonne, vielleicht?" Pam fährt fort, ohne auch nur zu bemerken, dass ihr Hund den Matsch verschlingt. „Kann ich dich zum Mittagessen einladen? Um Danke zu sagen für gestern? Ich weiß zu schätzen, dass es für dich nicht leicht gewesen sein kann."

Die Tierklinik, in der ich arbeite, liegt in einem weniger angesehenen Teil der Stadt, also bezweifle ich stark, dass Pam einfach so vorbeispazieren würde. Was hat sie vor? Warum ist sie hier?

Neugierig und nie abgeneigt, kostenloses Essen abzulehnen, schließe ich mich ihnen auf ihrem Spaziergang an. Auf Pams Befehl hin trottet Felix perfekt an ihrer Seite mit erhobenem Kopf. Ich bin beeindruckt. Ich wünschte, jeder würde sich die Zeit nehmen, seine Hunde so zu trainieren wie Pam es offensichtlich getan hat. Mein Job wäre so viel einfacher, wenn sie das täten.

Wir gehen zum Park und Pam lenkt mich zum Musikpavillon, wo ein Burgerwagen auf uns wartet. Zu meiner Überraschung bestellt sie zwei Burger. Ich hätte darauf gewettet, dass sie in ihrem ganzen privilegierten Leben noch nie einen Burger gegessen hat.

„Ich wollte mich nur nochmal bei dir bedanken, dass du dich bei uns angemeldet hast. Wir schätzen wirklich jede Hilfe, die wir bekommen können."

Der Burgerverkäufer reicht uns unser Essen, und wir nehmen es mit zu einer Bank, wo Pam Felix anweist, sich neben sie zu setzen. Ich

beiße in den Burger und genieße das Fett, das meine Kehle hinun-
tergleitet. Pam zerlegt ihren Burger und beginnt, ihn Felix zu füttern,
der geduldig auf seinem Hintern sitzt und ihn sanft aus ihrer Hand
nimmt. Ich wusste, sie war keine Burger-Frau.

„Ich habe die Unterlagen durchgelesen, die du mir gegeben hast",
sage ich und nehme noch einen Bissen von meinem Mittagessen.

Pam klatscht vor Freude in die Hände. „Schon? Oh, das sind tolle
Neuigkeiten. Mit diesem Enthusiasmus können wir deine Ausbildung früher beginnen als ich dachte."

Schmetterlinge tanzen in meinem Magen und zu meiner Überraschung merke ich, dass es Aufregung ist, nicht Furcht.

Ich habe letzte Nacht geschlafen wie ein Stein. Träume von meiner
grauenhaften Vergangenheit haben mich nicht heimgesucht. Ich habe
mir nicht vorgestellt, wie meine Mutter mich am Hals packt; oder das
Gesicht, das sie machte, wenn ich den Raum betrat. Ich glaube nicht
einmal, dass ich mich bewegt habe. Es ist, als würde sich etwas in mir
heben. Als stünde ich kurz vor Klarheit, und ich habe das Gefühl, Pam
ist die Person, die den Nebel vertreiben kann, wenn ich nur meine
Nervosität überwinden kann.

„Wie bald kann ich anfangen?" Die Worte kommen heraus, bevor
ich den Gedanken überhaupt registriere. Aber ich meine es ernst. Ich
will anfangen. Mein Leben muss anfangen.

„Wann hast du deinen nächsten freien Tag im Hundesalon? Du
musst acht Stunden Training absolvieren, aber nichts hindert uns
daran, es in einen Tag zu quetschen."

„Montag", sage ich ihr.

„Dann Montag." Sie strahlt mich an. Felix schnüffelt um unsere
Füße herum, auf der Suche nach Burgerresten. „Geh und mach etwas
Bewegung, du fauler Junge." Pam schubst ihn liebevoll von uns weg
und Felix trottet davon, während er am Boden schnüffelt.

„Unter uns gesagt, ich glaube, ich habe mit dir einen Glücksgriff getan", sagt Pam. Sie dreht sich zu mir und ergreift meine Hand. Ich bereue es wirklich, meine Burgerhände nicht besser abgewischt zu haben. „Ich liebe jeden Einzelnen in meinem Team, aber ihnen fehlt etwas, und ich spüre, dass du es im Überfluss bieten wirst."

„Was genau bieten?"

Pam beißt sich auf die Unterlippe und kneift die Augen zusammen. „Ich kann es nicht genau benennen. Deine Erfahrung, obwohl schrecklich, könnte genau der Schlüssel sein, um bei Speak Up gewaltige Veränderungen zu bewirken."

Ich kann nicht glauben, dass ich Pam von meiner Vergangenheit erzählt habe. Das ist so untypisch für mich. Aber eine Wärme breitet sich in mir aus. Pam hat ein Licht auf mein Leid geworfen und ihm eine Positivität gegeben, die ich mir nie hätte vorstellen können. Es fühlt sich gut an - wirklich gut.

Ich drücke Pams Hände als Antwort. Die menschliche Berührung fühlt sich fremd an, aber es ist eine gute Art von seltsam. Pam nickt langsam und presst ihre Lippen zusammen.

„Ich glaube, du und ich werden großartig zusammenarbeiten", flüstert sie.

Das denke ich auch.

KAPITEL NEUN

TEDDY

Ich hocke an meinem Schlafzimmerfenster und warte darauf, dass Papas Auto wegfährt. Sie brauchen ewig. Was machen sie da drinnen? Es sieht aus, als wäre Papa über etwas gebeugt. Ich glaube, er dreht einen Joint. Er ist nicht sehr schnell dabei. Er sagt, seine Finger sind wie dicke Würste, deshalb lässt er es normalerweise mich machen.

Endlich fährt das Auto die Straße hinunter. Sie sagten, sie gehen zu Mark. Ich weiß nicht, wer Mark ist, aber ich weiß, dass sie eine Weile weg sein werden. Wahrscheinlich kommen sie morgen zurück. Das ist okay. Ich kann im Fernsehen schauen, was ich will, und wenn ich vorsichtig bin, kann ich mir etwas zu essen stibitzen.

Außerdem kann ich meine neuen Freunde anrufen.

Ich gehe in die Ecke meines Zimmers und hebe den Teppich an. Hier verstecke ich jetzt meine wichtigen Sachen, wie die Geburtstagskarte, die Robert für mich gebastelt hat, und den toten Marienkäfer, den ich an der Hauswand krabbeln sah. Hier bewahre ich auch meine Speak-Up-Karte auf.

Sie ist etwas zerknitterter als damals, als Roberts Mami sie mir gab, aber ich kann die Nummern noch erkennen. Ich glaube, ich kenne sie sowieso schon auswendig.

Ich gehe ins Wohnzimmer, wo das Haustelefon steht, und tippe die kleinen Nummern ein.

„Hallo, Speak Up. Pam am Apparat. Wie kann ich dir helfen?"

Es ist Pam. Ich mag Pam. Sie klingt wie eine Königin, ganz vornehm und schwebend.

„Hier ist Teddy", sage ich ins Telefon.

„Teddy, was für eine Freude! Wie geht es dir?"

Ich erzähle ihr, dass Mami mich in mein Schlafzimmer eingesperrt hat. Pam klingt traurig, aber sie schimpft nicht mit mir. Das mag ich. Sie fragt, ob sie jemanden anrufen soll, der mir helfen wird.

„Nein", sage ich. Ich habe zu viel Angst. Was, wenn Mami herausfindet, dass ich das Telefon benutzt habe und mich schlägt? Sie könnte mir wirklich wehtun. Sie könnte mich nie wieder das Telefon benutzen lassen und ich wäre ganz allein. Ich will nicht wieder allein sein.

Ich erzähle Pam von dem Papierflieger, den Robert über die Mauer geworfen hat. Er hatte ihn rot angemalt und meinen Namen in Blau auf die Seite geschrieben. Es war toll. Er konnte ihn nicht sehr gut fliegen lassen und er landete immer wieder in der Gasse. Robert sagte, es sei ein Kampfjet. Das gefiel mir. Ein Kampfjet namens Teddy.

Dann höre ich es. Ein Motorengeräusch, das näher und näher kommt.

Ich recke meinen Hals, um aus dem großen Wohnzimmerfenster zu sehen. Sie sind's! Ich knalle den Hörer auf und renne in Höchstgeschwindigkeit zurück nach oben in mein Zimmer. Ich grunze, als ich mich auf mein Bett werfe und mir den Ellbogen an der Wand anschlage; dann setze ich mich hin und versuche, wieder normal zu atmen.

Sie knallen die Tür hinter sich zu. Mami schreit wegen irgendwas. Ich kann nicht atmen und die Welt dreht sich.

„Für wen zum Teufel hält er sich, dass er so mit mir redet?", schreit Mami. Ich höre Papa etwas murmeln, aber ich verstehe seine Worte nicht.

„Ich meine, ich schulde ihm ein paar Kröten, aber ich bin gut dafür. Wie kann er es wagen, mich wegzuschicken? Er hat mich wie Abschaum behandelt. Hast du das gesehen? Wie echten Abschaum."

Ihre Stimme wird etwas leiser, als sie ins Wohnzimmer gehen. Mir fällt auf, dass der Teppich in meinem Schlafzimmer noch angehoben ist, und dann kann ich überhaupt nicht mehr atmen.

Die Speak-Up-Karte ist noch unten.

Ich kratze mit meinen Fingernägeln meine Arme runter. Was soll ich tun? Was mache ich jetzt?

Ich versuche, mir einen Plan auszudenken, meine Fingernägel ziehen Blut. Die Panik fühlt sich zu groß an. Ich könnte explodieren.

„Der kleine Scheißer!", schreit Mami lauter als je zuvor, und ich höre, wie sie die Treppe hochstampft. Papas schwere Schritte folgen dicht dahinter. Meine Tür fliegt so hart auf, dass der Türgriff ein Stück aus der Wand dahinter schlägt.

„Mit wem zum Teufel hast du geredet?" Sie ist so nah an meinem Gesicht, dass ich ihren feuchten Atem auf meinen Lippen spüre. Ihr Gesicht ist lila. Ich versuche, mich hinter meinen Händen zu verstecken, aber sie reißt sie weg.

„Antworte mir!"

Papa mischt sich ein: „Du solltest ihr besser antworten, Kumpel." Kumpel? Papa nennt mich nie so. Er ist nur nett zu mir, wenn er Angst hat, und er war noch nie so nett zu mir.

„Mit niemandem", quieke ich. „Ich wollte es. Nur um mit jemandem zu reden. Weil mir langweilig war. Aber ich weiß nicht wie. Ich weiß nicht, wie man das Telefon benutzt." Die Lüge ist viel besser als die Wahrheit, auch wenn ich weiß, dass Lügen mich in viel größere Schwierigkeiten bringen kann.

„Wenn du irgendjemanden von mir erzählst, bist du tot, hast du mich verstanden?"

Ich nicke ganz fest mit dem Kopf, damit sie mir glaubt.

Blitzschnell greifen ihre Finger um meinen Hals. Und sie drückt zu.

„Komm schon, Schatz, er sagt offensichtlich die Wahrheit. Er ist zu verdammt dumm, um ein Telefon zu benutzen. Lass uns Andy versuchen, der gibt uns was", sagt Papa. Ich bin so froh, dass er versucht, mir zu helfen, aber Mami drückt ihre Finger nur noch fester zu. Ich will husten, aber es kommt nicht raus.

Ich versuche, ihre Hände wegzuziehen, aber sie ist zu stark. Zu wütend.

Meine Tränen vermischen sich mit meinem Rotz. Dann wird alles hellweiß. Dann schwarz.

Ich wache auf, als mein Papa mich mit dem Fuß anstupst. „Lebst du noch?" Er lacht, aber selbst durch das Klingeln in meinem Kopf kann ich erkennen, dass er Angst hat. Ich habe Papa noch nie so ängstlich gesehen, und ich spüre, wie mein Atem schneller wird. Mein Hals brennt, als die Luft die blauen Flecken berührt. Ich weiß nicht, wo Mami hingegangen ist.

Ich bin auf dem Boden gelandet, und Papa schiebt seine Hände unter meine Achseln und setzt mich auf, lehnt mich gegen das Bett.

Ich schaue mich immer wieder nach Mami um.

„Beruhige deine Atmung", sagt Papa. Ich versuche es, aber meine Brust fühlt sich kleiner an. Ich kann nicht schnell genug einatmen und fühle mich ganz panisch.

„Ich bin froh, dass du nicht tot bist, Junge. Weiß der Geier, was ich mit einer Leiche machen würde."

„Papa", krächze ich.

„Geh deiner Mutter eine Weile aus dem Weg." Er steht von meinem Schlafzimmerboden auf und lässt mich allein zum Weinen zurück.

KAPITEL ZEHN

MICHELLE

Der Montag konnte gar nicht schnell genug kommen. Am Samstag arbeitete ich in der Tierarztpraxis, während mein Gehirn ständig Fallstudien aus der Akte auf mich abfeuerte. Gestern las ich dann den Rest davon durch.

Mann, das war eine harte Lektüre.

Die zweite Hälfte des Informationspakets war brutal. Es enthielt Beispielgespräche, angemessene Antworten und Flussdiagramme für mögliche Unterhaltungen. Es war überwältigend, aber auf eine gute Art. Ich fühle mich sicherer. Ich bin jetzt bereit loszulegen.

Meine einzige Sorge ist, dass ich alle Schutzmaßnahmen an Pam melden muss, die persönlich die entsprechenden Anrufe bei den Behörden tätigen wird. Es scheint ein unnötiger Engpass im System zu sein. Was, wenn Pam krank ist? Was, wenn sie zu viel um die Ohren hat? Die Freiwilligen bekommen nicht einmal einen Hinweis darauf, welches Team sie kontaktieren sollten.

Trotzdem muss Pam wissen, was sie tut. Sie hat diese Wohltätigkeitsorganisation von Grund auf aufgebaut, und sie hat sich von einem Ein-Frau-Team zu einem nationalen Schatz entwickelt. Es ist offensichtlich ein System, das funktioniert.

***

Pam wartet in ihrem Büro auf mich. Sie trägt ein strahlendes Lächeln und einen teuer aussehenden hellgrauen Anzug mit einer smaragdgrünen Bluse darunter. Sie bedeutet mir, mich zu setzen, und ich warte, während sie mit ihren manikürten Nägeln auf ihrer Tastatur tippt. Der Klang geht mir durch Mark und Bein.

„Wir werden heute etwas Spaß haben", sagt sie schließlich und schiebt ihren Monitor so, dass er von uns weg zeigt. Ich nicke. Obwohl ich mich darauf freue, kann ich das Sprechen mit missbrauchten Kindern kaum als „Spaß" bezeichnen.

Pam fährt fort: „Ich dachte, ich lasse dich heute Morgen bei mir hospitieren, dann können wir heute Nachmittag eine kleine Frage-und-Antwort-Runde machen und vielleicht ein bisschen Rollenspiel. Dann kann ich dich beim nächsten Mal ins kalte Wasser werfen." Sie presst ihre Hände zusammen, als würde sie gleich in einen Pool springen.

Worauf zum Teufel habe ich mich da eingelassen?

***

„Hier ist Speak Up. Sie sprechen mit Pam. Wie kann ich Ihnen helfen?", sagt Pam zum zweiten Mal. Sie hat den Anruf auf Lautsprecher geschaltet und die Leitung bleibt stumm. Angst erfüllt meinen Magen. Alle möglichen Szenarien laufen durch meinen Kopf, und keines davon ist gut. Vielleicht kann das Kind nicht sprechen, weil es zu verängstigt ist? Zu verletzt? Im Sterben liegt? Bitte sag etwas, bete ich still, während ich gleichzeitig meiner pessimistischen Fantasie sage, sie soll die Klappe halten.

„Okay, kannst du husten, wenn du Hilfe brauchst?", murmelt Pam in ihr Mikrofon.

Nichts.

„Ich bin hier, wann immer du bereit bist zu sprechen. Ich werde dich nicht verlassen." In Pams Stimme liegt eine Sanftheit, die mich fast dazu bringt, ihr meine Seele auszuschütten.

Dann erfüllt lautes Gelächter Pams Büro durch die kleinen Löcher am Telefon. Pams Augenbrauen ziehen sich nach unten und ihre Zähne pressen sich aufeinander. „Wenn das für dich ein Witz ist, denk daran, dass du kostbare Zeit verschwendest, die ich mit einem Kind verbringen könnte, das dringend Hilfe braucht", spuckt sie aus. Ihre Wangen färben sich rot.

Das Gelächter wird lauter, bevor Pam mit dem Finger auf den „Anruf beenden"-Knopf drückt.

Pam schnaubt und lehnt sich in ihrem Ledersessel zurück. „Ich wünschte, ich könnte sagen, dass Scherzanrufe selten vorkommen, aber wir bekommen sie verdammt oft." Sie schiebt ihren Stuhl zurück und streckt ihre Hand aus, damit Felix sie lecken kann. Ich wusste gar nicht, dass er da war. Er ist ganz zusammengerollt in der Ecke des Raumes auf dem gemütlichsten Bett, das ich je gesehen habe. Ist das Visko-Schaum?

„Warum rufen Leute an, nur um ins Telefon zu lachen?"

„Weil sie nichts Besseres zu tun haben, Michelle. Weil sie an einem Ort solchen Privilegs sitzen, dass sie sich nicht einmal vorstellen können, welche Anrufe ich verpassen könnte. Trotzdem sollte ich wohl dankbar dafür sein, schätze ich."

„Ich denke, es liegt daran, dass sie Arschlöcher sind", schlage ich vor, und Pams glockenhelles Lachen erfüllt den Raum. Es klingt, als würde jemand mit den Fingern durch einen Kristallleuchter fahren.

„Gut gesagt", sagt sie mir mit einem kleinen Lächeln.

Das Telefon klingelt wieder.

„Hier ist Speak Up. Pam hier. Wie kann ich Ihnen helfen?"

Diesmal ist die Stille in der Leitung mit einer Intensität gefüllt, die ich nicht erklären kann. „Es ist okay. Ich bin hier, um zuzuhören, wann immer du bereit bist zu sprechen. Es gibt keinen Grund zur Eile." Pam schaut zu mir und nickt mir kurz zu.

Ein Wimmern ist in der Leitung zu hören. Tiefes Atmen. Ich möchte meine Arme durch das Telefon strecken und den kleinen Wurm in meine Arme ziehen.

„Ich bin's, Teddy", quiekt eine kleine Stimme durch die Leitung.

Pams Gesicht leuchtet auf. „Hallo, Teddy. Schön, wieder von dir zu hören. Ist alles in Ordnung?"

Stille.

„Mami war wieder böse auf mich." Teddy atmet tief ein und ich höre, wie sein Atem in seiner Kehle zittert. „Ich glaube, ich war diesmal wirklich schlimm."

„Teddy, du musst wissen, dass du nicht schlimm bist. Du bist ein sehr guter, besonderer Junge."

„Aber Mami sagt, ich bin ein Stück Scheiße."

Mein Magen grummelt. Erbrochenes droht aus mir herauszukommen. Meine Mum nannte mich früher genauso.

„Du bist ganz sicher kein Stück Scheiße. Das verspreche ich dir. Wo ist deine Mami heute?"

„Weg", flüstert Teddy. Er hat offensichtlich Angst, dass sie jeden Moment zurückkommen könnte. Pam beißt sich auf die Unterlippe. „Sie könnte bald zurück sein. Ich muss aufhören."

„Okay, Teddy. Denk mal kurz nach. Gibt es jemand anderen, an den du dich wenden kannst, wenn es dir schlecht geht? Oder bist du bereit, dass ich jemanden kontaktiere, der dir helfen kann?"

Teddy macht ein gurgelndes Geräusch, dann ist die Leitung tot. Ich keuche auf.

Pam starrt noch einige Momente auf das Telefon, bevor sie sich zu mir wendet. „Teddy ruft seit etwa einer Woche fast täglich an. Die Gespräche sind immer kurz. Er hat mir nicht gesagt, wie alt er ist, aber ich schätze, er ist etwa sechs, obwohl ich denke, dass er eine Sprachverzögerung hat, also könnte er älter sein."

„Können wir ihn da rausholen? Es muss doch etwas geben, das du tun kannst."

„Michelle, ich weiß nicht einmal, wo er ist. Er könnte überall im Land sein. Im Moment müssen wir einfach für ihn da sein, um ihm durch jeden Tag zu helfen. Dann müssen wir beten, dass er den Mut findet, einen Schritt zu wagen und uns zu erlauben, ihn da rauszuholen."

„Scheiße."

Das Wort hängt zwischen uns. Ich will mich für meine vulgäre Ausdrucksweise entschuldigen, aber Pam nickt mir nachdrücklich zu. Ich möchte in das Telefon greifen und ihn packen, irgendetwas an Teddy dringt tiefer in mein Mitgefühl ein. Ist es seine süße, sanfte Stimme? Ist es, weil er ein Spiegelbild von mir ist?

„Komm schon. Lass uns eine Pause machen und einen Kaffee holen, und ich zeige dir, wie man jede Fallakte aktualisiert. Wir haben eine Akte für jedes Kind, damit wir jedem Anruf eine persönliche

Note geben können, und als Beweismittel, falls die Polizei an unsere Tür klopft."

„Um die Bastarde zu verhaften, richtig?"

„Ja. Und ..." Pam sieht mir in die Augen. Ein Schauer läuft mir über den Rücken und ich fürchte die Worte, die gleich ihren Mund verlassen werden. „Wenn es einen Todesfall gibt - der Betreuer oder das Kind."

Das war's. Ich entschuldige mich und renne zur Toilette. Ich schaffe es kaum in die Kabine, bevor Erbrochenes meine Kehle hochschießt und die Toilettenschüssel trifft.

Ich kann das nicht. Ich bin völlig überfordert.

„Erster Tag?", ruft eine Stimme von der anderen Seite der Kabinenwand. Ich höre, wie die Toilette gespült wird und meine Nachbarin zum Waschbecken geht, wo sie sich die Hände wäscht. „Ich habe an meinem ersten Tag auch gekotzt. Mach dir keinen Stress deswegen. Es ist, als wollte dein Körper den Scheiß loswerden, mit dem wir uns auseinandersetzen müssen. Mein allererster Anruf war ein kleines Mädchen namens Poppy-Lea. Ihr Vater hatte ihren Arm mit einem Bügeleisen verbrannt. Wer zum Teufel tut einem Kind so etwas an, oder?"

Ich wische mir den Mund mit etwas Toilettenpapier ab und spüle es weg. Dann stelle ich sicher, dass mein Erbrochenes im Abfluss verschwunden ist, bevor ich die Tür aufschließe, um mich meiner Kameradin anzuschließen.

Es ist Lisa, die Teamleiterin. Sie trägt heute einen langen Rock, sodass sie mehr wie Prinzessin Fiona als wie Shrek aussieht.

„Ich fühle mich einfach so wütend. Es ist, als würde es aus jedem Teil von mir herausbrodeln", sage ich ihr. „Wie können Menschen nur so verdammt grausam sein?"

Lisa zuckt nur mit den Schultern. Ihre Gleichgültigkeit ist schockierend. Kinder werden von denen getötet, denen sie vertrauen sollten. Von denen, die sie durch jede Trotzphase, jedes Nasenbluten, jede schlaflose Nacht lieben sollten. Es ist widerlich.

„Ich hasse es, das zu sagen, aber man baut eine Toleranz auf. Klingt grausam, aber du musst schnell eine Mauer errichten. Sonst wirst du zusammenbrechen, und diese Kinder werden immer noch da draußen sein. Der einzige Unterschied ist, dass du nicht mehr in ihrer Ecke stehst. Reiß dich zusammen, Neue. Du schaffst das."

Lisa klopft mir auf den Rücken, die Kraft stößt meine Hüften gegen das Waschbecken. Sie nickt knapp, bevor sie aus der Toilette marschiert.

Ich schaue in den Spiegel. Ein kleiner Klumpen Erbrochenes sitzt an meinem Kinn, und ich wische ihn mit dem Handrücken weg, bevor ich mir die Hände im Waschbecken wasche. Meine Augen starren zurück. Ihre Augen. Wann immer ich in den Spiegel schaue, sehe ich meine Mutter, die zurückblickt. Es fühlt sich an, als würde Glas durch meine Adern laufen. Das sind die Augen einer bösen Schlampe.

Ich schlage mit den Fäusten auf das Waschbecken und stöhne.

Meine Atemzüge sind flach und der Raum dreht sich, also kneife ich die Augen zu und atme langsam ein. Meine Finger umklammern den Rand des Waschbeckens, bis meine Knöchel schmerzen.

Allmählich wird meine Atmung langsamer und das Bild meiner Schlampe von Mutter verblasst. Ich konzentriere mich weiter auf meine Atmung, bis sich die Wolken in meinem Gehirn lichten.

Ich lockere meine Fäuste und wackle mit den Fingern, um den Schmerz meines festen Griffs zu lindern.

Die Tür quietscht und Pam betritt den Raum. „Ist hier alles in Ordnung? Lisa sagte mir, du hast eine schwere Zeit."

„Mir geht's gut", sage ich ihr. Und das stimmt. Ich kann das schaffen.

***

Ich verlasse das Büro kurz nach fünf Uhr und nehme die Treppen zwei Stufen auf einmal. Ich tauche in die Straße ein und nehme einen Schluck Luft. Menschenmassen drängen sich herum und versuchen, nach einem langen Tag nach Hause zu kommen, bevor der Himmel seine Schleusen öffnet.

Der Wind beißt in meine Haut und reinigt mich von dem bitteren Geschmack, den ich im Mund und in der Seele habe. Ich fühle mich schmutzig, als hätte ich mich seit Wochen nicht gewaschen. Mein Verstand wurde manipuliert und ich weiß nicht, ob ich lachen oder weinen soll. Ich stehe auf der Straße und bin unsicher, wie ich mich in der normalen Welt verhalten soll - einer Welt, in der nicht jeder ständig von schrecklichen Missbrauchstaten umgeben ist.

„Möchtest du mitfahren?", erscheint Pam hinter mir. Sie hält Felix' Leine in einer Hand und zieht mit der anderen die Bürotür zu. Vernünftigerweise hat sie einen Regenschirm unter den Arm geklemmt.

Ich schaue nach oben und spüre den ersten Regentropfen auf meiner Stirn.

„Komm schon!", ruft Pam und zerrt mich zu ihrem persönlichen Parkplatz. Als wir in Pams Mercedes sitzen, sind wir komplett durchnässt.

„Na, das habe ich nicht erwartet", lacht Pam.

Ich verliere mich in der Lächerlichkeit der Situation und lasse die Anspannung des Tages von mir abfallen. Ich lache so sehr, dass sich meine Tränen mit den Regentropfen vermischen. Ein Blitz zickzackt durch den Himmel. Felix bellt den Himmel an, und ich lache noch lauter.

Auf den Straßen geht es nur langsam voran. Die Sicht ist durch den Regen schlecht, und alle scheinen zögerlich zu sein, schneller als die Hälfte des Tempolimits zu fahren. Warum verwandelt Regen alle in unfähige Fahrer?

Ich bemerke, wie Pam mich aus den Augenwinkeln beobachtet. „Der erste Tag ist immer der schwerste", sagt sie zu mir. Meine kurzzeitig gute Laune stürzt in sich zusammen.

„Das kann man wohl sagen." Ich versuche, sie anzulächeln, aber meine Wangen schmerzen von der Verstellung.

„Es wird leichter werden."

„Lisa hat das Gleiche gesagt."

Eine Stille legt sich zwischen uns und erfüllt das Auto mit einer tröstlichen Ruhe. Felix bewegt sich auf dem Rücksitz, wobei das Leder ein komisches Furzgeräusch von sich gibt.

Pam spricht zuerst. „Weißt du, wie ich Lisa kennengelernt habe?"

Ich schüttle den Kopf. „Nein."

„Sie gehörte zu einem Team des Jugendamts, das in den Fall Baby Patty involviert war."

Ich kenne den Fall Baby Patty gut. Verdammt, ich glaube, ganz Großbritannien kennt den Fall Baby Patty. Patty war der Name, den die Medien dem Baby gaben, das von seinen Eltern schrecklich physisch und sexuell missbraucht wurde, im Austausch für Geld von Leuten im Internet, die sich aus der ganzen Welt einloggten, um seine Folter zu beobachten. Er starb im Alter von achtzehn Monaten, zu Tode geprügelt. Das Jugendamt tat absolut nichts.

„Ich weiß, was du denkst. Jeder denkt dasselbe, wenn es um diesen Fall geht: Das Jugendamt hat nichts getan, um diesem kleinen Jungen zu helfen. Sie haben es geschehen lassen. Aber, Michelle, sie haben es nicht einfach geschehen lassen. Lisa wirklich nicht. Das einzige Verbrechen, das das Jugendamt begangen hat, war, es zu spät herauszufinden. Man weiß nicht, was man nicht weiß."

„Aber wie kann das niemand wissen? Sie haben ihn zu Tode geprügelt."

„Und du denkst, seine Eltern haben sich genug um ihn gekümmert, um ihn ins Krankenhaus zu bringen? In den Kindergarten? Dieses Baby hat, soweit man weiß, sein Zuhause nie verlassen."

Ich starre aus dem Fenster. Ich sehe eine Frau, die ihr kleines Mädchen hochhebt und ihren Mantel um sie wickelt. Dann rennt sie in den Schutz einer nahen Bushaltestelle.

„Er hat so sehr gelitten", flüstere ich.

Pam antwortet mit Schweigen, und wir sitzen in trauriger Betrachtung.

„Erzähl mir deine Geschichte. Erzähl mir mehr über deine Eltern." Endlich fragt Pam mich.

Mein Kopf dreht sich und ich schaue Pam an. Sie starrt durch die Windschutzscheibe, ihr Ausdruck sanft.

Ich weiß nicht, was ich sagen soll. Ich habe immer nur um den heißen Brei meiner Kindheit herumgeredet, wissend, dass ein zu tiefes Eintauchen alle unangenehm berühren würde. Ich dachte immer, es wäre zu viel für mich zu erzählen und zu viel für jemanden zu hören. Es fühlte sich zu groß an, um in ein Gespräch zu passen.

Pam scheint es jedoch irgendwie zu schrumpfen. Ich weiß nicht, ob es an ihrer Erfahrung liegt oder an ihrer beruhigenden Persönlichkeit. Es gibt einfach etwas an ihr. Es ist, als würde ich sie mein ganzes Leben lang kennen.

„Es war hauptsächlich Mum." Ich pausiere und beobachte Pams Gesicht. Sie bewegt keinen Muskel. „Dad hat nichts getan."

Pam nickt. „Aber er hat dir auch nicht geholfen?"

„Nein. Er ging weg, wenn sie wütend wurde. Nach dem Motto ‚Aus den Augen, aus dem Sinn', denke ich."

„Was hat sie dir angetan?" Ihre Frage erschüttert mich. Ich habe noch nie jemanden so direkt erlebt; so unverblümt. Ich hole tief Luft.

„Mum hatte ein Wutproblem. Die kleinste Kleinigkeit konnte sie in Rage bringen, und wenn sie einmal wütend war, gab es nur einen Weg, der ihr half, diese Wut loszuwerden. Mich zu beschuldigen, ließ sie sich wohl besser fühlen."

„Also hat sie dich geschlagen", sagt Pam. Es ist eine Feststellung, keine Frage, also gebe ich keine Antwort.

Felix jault und knurrt im Schlaf, was mich zusammenzucken lässt.

„Das Schlagen war nicht das Schlimmste", fahre ich fort. „Es war die Isolation. Sie war so genervt davon, mich anzusehen, dass sie mich tagelang in die Garage sperrte. Es war dunkel. Kalt. Ich wurde hungrig."

„Das muss sehr beängstigend für dich gewesen sein."

Meine Stimme kommt als schwaches Flüstern heraus. „Die Zeit stand still, wenn ich dort drin war. Ich wusste nicht, ob ich stundenlang oder tagelang dort war. Es war qualvoll. Ich hörte kleine Füße über den Boden huschen. Bis heute weiß ich nicht, ob diese Geräusche echt waren oder meiner Fantasie entsprangen."

Pam biegt links in die Devonshire Street ein - meine Straße. Das Tick-Tack des Blinkers unterstreicht die Spannung im Auto. Ich bin überrascht, dass sie weiß, wo es hingeht. Ich habe ihr keine Anweisungen gegeben, also nehme ich an, dass sie sich meine Adresse von meinem Freiwilligenformular gemerkt hat.

Sie reißt mich mit einem plötzlichen Themenwechsel aus meinen melancholischen Gedanken.

„Du solltest mal zum Abendessen vorbeikommen. Mein Sohn Aiden würde dich sicher gerne kennenlernen." Ein Grinsen spielt um ihre Lippen.

Will sie mich mit jemandem verkuppeln? Gott, ich hoffe nicht. Das ist eine Komplikation, die ich jetzt wirklich nicht brauche.

„Keine Sorge, ich meine das nicht romantisch. Ich denke nur, er könnte einen Freund gebrauchen. Er arbeitet so hart, ich mache mir Sorgen, dass er einsam sein könnte. Und du siehst aus, als könntest du eine gute Mahlzeit gebrauchen. Nächste Woche. Keine Ausreden." Ihre kirschroten Lippen zittern leicht, und in ihren Augen liegt etwas Schelmisches. „Ich akzeptiere kein ‚Nein' als Antwort." Selbst Houdini könnte diesem Vorschlag nicht entkommen.

„In Ordnung. Schick mir die Details per SMS", sage ich, als sie vor dem Reihenhaus hält, das ich mir mit Kelsey teile. Ich ziehe am Türgriff und stoße die Tür auf. Ein schneidender Wind fegt ins Auto.

„Mach ich. Oh, und Michelle?" Ich zögere, während der Regen meine Haare an meine Stirn klebt. „Was würdest du jetzt zu deinen Eltern sagen, wenn du die Chance hättest?"

Ich schüttle den Kopf. „Es gibt nichts, was ich sagen könnte." Ich springe aus dem Auto und will die Tür zuschlagen. „Sie sind tot."

Ich fange Pams Blick auf und sie nickt mir zu. „Karma ist eine Schlampe, nicht wahr?", sagt sie, als sich die Tür schließt. Und sie fährt davon.

Kapitel Elf

MICHELLE

„Kann ich kurz mit dir sprechen?", ruft Maggie, als ich gerade zur Tür hinausgehe. Ich schlurfe zu ihrem Büro. Meine Schicht ist seit fünf Minuten vorbei, und ich werde nicht mehr bezahlt, also sollte das besser schnell gehen.

„Alles in Ordnung, Mags?" Ich sehe, wie sie bei dem Kosenamen, den ich ihr gegeben habe, zusammenzuckt, aber sie lächelt trotzdem. Ihr Lächeln ist warm, und ich spüre, wie sich meine Schultern entspannen. Sie hat eine ihrer seltenen guten Launen. Ich kriege keinen Anschiss.

„Ja, Michelle. Ich wollte dich nur für deine Einstellungsänderung seit deiner Auszeit loben. Du hast wirklich alles umgekrempelt. Ich glaube, ich sehe eine ganz neue Frau vor mir."

Meine Augenbrauen ziehen sich zusammen, als ich innerlich zusammenzucke. Ich glaube nicht, dass ich je zuvor ein Kompliment von Maggie bekommen habe, und es lässt mich vor Verlegenheit winden. Tatsächlich bin ich es nicht gewohnt, von irgendjemandem

Komplimente zu bekommen; außer von Kelsey natürlich. Aber die würde auch einen Briefkasten für seine kräftige Farbe loben, wenn sie gerade in der Stimmung dafür wäre.

„Ähm, danke?"

„Gern geschehen. Ich glaube daran, Anerkennung zu zeigen, wo sie angebracht ist. Und, Michelle? Mach weiter so, ja? Mach weiter mit dem, was auch immer dich glücklich macht. Oder wer auch immer." Maggie wendet sich ihrem Computer zu und sieht stolz auf ihren unangemessenen Witz aus. Sie entlässt mich mit dem Klicken ihrer Tastatur.

Als ich die Tierklinik verlasse, wartet Pam in ihrem Mercedes auf der anderen Straßenseite. Sie stochert mit dem Finger in ihrem Auge herum.

„Alles in Ordnung?", frage ich sie, als ich auf den Beifahrersitz springe.

„Ja. Ich glaube, ich habe eine Wimper im Auge", sagt sie und zieht ihr Augenlid über ihren Augapfel. Sie lässt los und schüttelt den Kopf. „So, jetzt ist sie weg. Fertig?"

„Klar", sage ich mit Überzeugung, meine es aber eigentlich nicht so. So toll ich Pam auch finde, ich glaube nicht, dass ich zu ihr nach Hause fahren möchte. Ich habe diese Woche jeden Tag bei Speak Up mit ihr verbracht, aber zu ihr nach Hause zu gehen, scheint mir ein wenig zu persönlich - als würde ich eine Grenze überschreiten.

Während der Fahrt bringt mich Pam auf den neuesten Stand eines Falls, für den ich verantwortlich bin (unter Pams genauer Aufsicht).

„Chloe hat heute angerufen." Pams Tonfall macht mich aufgeregt. Ich spüre gute Neuigkeiten.

„Ja?"

„Sie ist bei ihrer Tante."

Ich seufze erleichtert. Sie ist endlich weg von ihrem gewalttätigen Vater. Sie ist in Sicherheit. „Wird ihre Tante sie dort behalten, bis die Polizei ihren Vater schnappt?"

„Ja. Ich habe persönlich mit ihrer Tante gesprochen. Sie weiß genau, was Chloes Vater vorhat, und sie wird Chloe nicht zu ihm zurückgehen lassen. Ich glaube nicht, dass er sich wehren wird."

Ich weiß, dass er das nicht tun wird. Ich habe diese Woche mehrmals mit Chloe gesprochen. Sie ruft seit Monaten bei der Hotline an, hatte aber verständlicherweise nie den Mut, ihrer Tante zu erzählen, dass ihr eigener Vater sie anfasst. Wenn Papa dir sagt, dass er dich umbringen wird, wenn du seine Geheimnisse verrätst, wie kannst du dann möglicherweise aus der Schule plaudern?

„Sie hat mir aufgetragen, dir zu danken." Pam lächelt mich an und nimmt kurz die Augen von der Straße.

„Ich habe nichts getan."

„Du musst irgendetwas richtig gemacht haben. Wir arbeiten seit Wochen mit Chloe. Du kommst dazu, und jetzt sieh sie dir an. Sie ist in Sicherheit." Pam biegt in eine winzige Landstraße ein. Wenn uns ein anderes Fahrzeug entgegenkommt, sind wir aufgeschmissen. Hier passen unmöglich zwei Autos durch.

Pam fährt fort: „Ich glaube, die Anrufer spüren etwas an dir. Du verstehst sie. Deine Empathie ist echt. Das ist der Schlüssel in diesem Job und berührend zu beobachten."

Ich vermute, sie hat recht. Es ist, als würde meine Vergangenheit ein Licht auf alles werfen, was sie durchmachen. Ich kann jede Träne fühlen; jeder Vorfall ist für mich real. Ich hänge an jedem ihrer Worte in der Hoffnung, etwas von ihrem Schmerz absorbieren zu können. Ich höre ihren Geschichten zu in der Hoffnung, ihnen die Kraft geben zu können, zu entkommen.

„Da sind wir." Pams Worte unterbrechen meine Überlegungen, und ich keuche auf. Wir fahren durch zwei riesige, schwarze Metalltore, die sich wie von Geisterhand öffnen. Vor uns, auf einem kleinen Hügel, liegt das schönste Haus, das ich je gesehen habe.

„Trautes Heim, Glück allein!", platze ich heraus. Pam kichert und lenkt das Auto auf eine asphaltierte Auffahrt, auf der locker fünf oder sechs Autos Platz hätten. Ein paar Meter entfernt steht ein BMW-Cabrio, und dahinter versteckt sich ein Motorrad.

„Oh, gut - Aiden ist schon da. Ich habe ein Beef Wellington vorbereitet. Es ist ein Rezept von Gordon Ramsay. Ich habe es noch nie gemacht, aber es sieht göttlich aus."

Pam plappert weiter über ihr Rindfleischgericht, während wir aus dem Auto steigen und zur Tür gehen.

Ich bewundere das Grundstück. Es ist mit sporadischen Scheinwerfern beleuchtet, die Lichtkegel werfen, um die natürliche Schönheit zu präsentieren. Es sieht magisch aus. Der Rasen fällt den Hügel hinab wie dunkelgrüner Samt, und hohe Eichen säumen den unteren Teil des Hangs, der vom Haus wegführt. Von hier aus ist kein einziges Gebäude oder keine Straße zu sehen.

Pam stößt die riesige Holztür auf und ruft: „Schatz, wir sind zu Hause!" Sie kichert, ihr Lachen klingelt fröhlich. „Das wird ihn erröten lassen." Sie zwinkert mir zu.

Schritte ertönen vom Flur, der zu einem hell erleuchteten Raum führt. Ein Mann erscheint mit einem schüchternen Lächeln im Gesicht. „Ach komm schon, Mum. Blamier dich nicht." Er fängt meinen Blick auf und grinst.

Aiden ist viel älter, als ich dachte. Wenn Pam von ihm spricht, lässt sie ihn wie einen mürrischen Teenager klingen, aber er muss Ende dreißig sein. In seinem schwarzen Nirvana-Hoodie und der leicht weiten Jeans ist er ein kompletter Gegensatz zu Pam, die ein weißes

Kleid und goldene High Heels trägt. Er hat Stoppeln im Gesicht und die gleichen funkelnden blauen Augen wie Pam. Sein dunkelbraunes Haar ist zurückgeschoben; längst überfällig für einen Schnitt, aber trotzdem sexy.

Ich spüre, wie ich erröte. Er sieht viel besser aus, als ich erwartet hatte. Er streckt mir seine Hand entgegen.

„Hey. Ich bin Aiden." Er nimmt meine Hand und schüttelt sie sanft. „Was auch immer meine Mum dir über mich erzählt hat, ignorier es. Sie ist eine Lügnerin."

Pam lacht. „Ach komm schon, Aiden. Du hast dir wirklich bei einem Schultheaterstück in die Hose gemacht."

„Mum! Ich war vier Jahre alt und, du weißt schon, nervös." Er legt seinen Arm um die Schultern seiner Mutter und drückt ihr einen Kuss auf den Kopf.

Ihre Ungezwungenheit miteinander ist herzerwärmend. Es gibt keine Ressentiments zwischen ihnen. Nur Liebe. Mein Respekt für Pam verzehnfacht sich. Ich wünschte nur, meine Mutter wäre auch nur ansatzweise wie Pam gewesen. Vielleicht hätte ich dann glücklich sein können und wäre jetzt nicht so durcheinander.

„Ihr habt ein wunderschönes Zuhause", sage ich zu niemandem im Besonderen, als sie mich in ein prächtiges Wohnzimmer führen. Die Wände sind mit einer Art goldüberzogener, blumengemusterter Tapete dekoriert, und der üppige Teppich vergräbt meine Zehen.

„Es ist wirklich wunderschön", antwortet Aiden. „Deshalb verbringe ich meine ganze Zeit hier. Außerdem mag ich es einfach, sie in den Wahnsinn zu treiben." Aidens Lächeln macht sehr deutlich, dass er weiß, dass das nicht stimmt.

Pam klopft Aiden auf den Arm. „Ach Quatsch. Du weißt, dass du mich so oft besuchen kannst, wie du möchtest. Ich genieße es, dich um mich zu haben."

Aiden wendet sich mir zu. „Jemand muss ein Auge auf den alten Vogel haben. Da kann ich es genauso gut sein."

Pam keucht auf. „Du frecher Bengel!" Sie lacht, aber ihr Mund hat eine gewisse Anspannung, also denke ich, Aiden hat einen wunden Punkt getroffen.

Ein Tablett mit Getränken steht auf dem Couchtisch. Aiden muss es dort platziert haben, bevor wir ankamen. Er ist ein wahrer Gentleman.

„Wein?", fragt mich Pam, wartet aber keine Antwort ab. „Aiden, mach du die Honneurs."

In typisch britischer Manier plaudern wir über das unberechenbare Herbstwetter und den Zustand der Straßen, während Aiden den Korken herauszieht und uns allen ein großzügiges Glas Wein einschenkt. Pam nimmt einen Schluck und beäugt uns beide über den Rand ihres Glases, bevor sie sich entschuldigt, um sich um das Abendessen zu kümmern.

„Mum erzählt mir, du arbeitest mit ihr in der Wohltätigkeitsorganisation", sagt Aiden. „Gefällt es dir dort?"

Ich nicke enthusiastisch. „Sehr sogar. Ich hoffe wirklich, dass ich dort einen Unterschied machen kann." Ich nehme einen langen Schluck von der köstlichen roten Flüssigkeit. Aiden setzt sich neben mich und hält sein eigenes Glas fest. Mir fällt auf, dass er noch nichts getrunken hat, und ich nehme mir vor, langsamer zu machen.

„Mum hat die ganze Woche dein Lob gesungen. Du machst auf jeden Fall Eindruck, nach dem, was ich höre." Er lehnt sich nah zu mir. Er ist so nah, dass ich sein Shampoo riechen kann: Zimt und etwas Fruchtiges. „Unter uns gesagt, ich glaube, Mum hat die Wohltätigkeitsorganisation gegründet, um sich von Dads Tod abzulenken, aber jahrzehntelang schien es nicht zu funktionieren. Dann kommst du daher, und plötzlich ist sie ganz Regenbogen und Sonnenschein."

Ich weiß nicht, was ich davon halten soll. Wie kann er so unverblümt über ein so persönliches Detail sein? „Ich wusste nicht, dass sie Witwe ist", sage ich.

„Ja, schau nicht so entsetzt. Es ist wirklich okay; es ist eine Million Jahre her. Ich denke, man kann sicher sagen, dass wir darüber hinweg sind."

„Gott, es tut mir leid." Ich möchte mir am liebsten den Fuß in den Mund stecken, um ihn zu schließen. Ich kann nicht glauben, dass ich zehn Minuten nach dem Kennenlernen mit dem Typen über seinen toten Vater rede.

„Ehrlich, mach dir keine Sorgen. Es ist lange her. Eine ferne Erinnerung." Er winkt mit der Hand ab und schiebt meine Bedenken beiseite.

„Das Essen ist fertig!", ruft Pam vom Flur aus.

Als wir ins Esszimmer kommen, ist Pam vom Beugen über den heißen Ofen rotgesichtig. Sie trägt eine Schürze und stellt die Teller auf den kolossalen Tisch.

„So, da haben wir's", sagt Pam und begutachtet die Gedecke, die mit viel zu viel Besteck für eine Mahlzeit ausgelegt sind. Der Duft von Rindfleisch erfüllt meine Nase und lässt mir das Wasser im Mund zusammenlaufen.

***

Das Abendessen macht Spaß. Aiden und Pam haben eine Kameradschaft, die es urkomisch zu beobachten ist. Aiden liebt es, Pam unaufhörlich mit ihren Manierismen und Eigenheiten aufzuziehen, und Pam tut so, als wäre sie verletzt, aber ihr Lächeln verrät ihr Schauspiel. Im Gegenzug ist sie übertrieben süß zu ihrem Sohn und tut so, als wäre er ein ungezogener Achtjähriger.

Nach dem Essen geht Pam in die Küche, um aufzuräumen, und lehnt jede Hilfe ab. Aiden führt mich zurück ins Wohnzimmer.

„Mum ist der Hammer, oder? Wie gefällt es dir, mit ihr zu arbeiten?", fragt mich Aiden. „Schwingt sie gerne die Peitsche?"

„Es ist ..." Ich ringe nach dem richtigen Wort, entscheide mich aber dafür, dass Ehrlichkeit wahrscheinlich die beste Politik ist. „Inspirierend."

Aiden nickt enthusiastisch. „Das ist sie auf jeden Fall. Sie hat so verdammt hart in diesem Laden gearbeitet. Lass dich nur nicht von ihr auf Abwege führen, sonst wirst du hineingezogen."

Auf Abwege? Was soll das bedeuten? Ich denke, in Pams Arbeitsbereich muss man Ergebnisse erzielen. Jetzt, wo ich darüber nachdenke, wäre ich nicht schockiert zu hören, dass Pam im Laufe der Jahre einige Regeln biegen musste, um den Erfolg zu erreichen, den sie hat. Und je mehr Erfolg sie hat, desto mehr Kinder kann sie erreichen.

„Mum hat mir erzählt, dass deine Eltern gestorben sind", sagt Aiden. Ich zucke zurück, schockiert über den plötzlichen Themenwechsel. Es scheint, als hätte Pams Selbstsicherheit im Gespräch über Missbrauch auf ihren Sohn abgefärbt. „Das muss schwer sein." Wir sitzen nebeneinander auf demselben cremefarbenen Sofa, auf dem wir vor dem Abendessen saßen. Nur dieses Mal ist er nur wenige Zentimeter von mir entfernt. Wenn ich meine Finger ausstrecke, werde ich seinen Oberschenkel streicheln. Ich schlage meine Beine übereinander, um etwas Abstand zwischen uns zu bringen und um mich davon abzuhalten, etwas Bedauerliches zu tun.

Eine Elektrizität durchströmt mich; meine Haut kribbelt, und ich kann meinen Puls hinter meinen Ohren pochen hören. Ich fühle mich lebendig. Es ist, als würde all mein Selbsthass und Schmerz aus meinem Körper verdunsten. Seit ich Pam kennengelernt habe, ist es, als wäre ein großer Schatten geschrumpft. Ihre Offenheit und Gelassenheit in Bezug auf meine Vergangenheit haben mich erkennen lassen, dass sie mich nicht runterziehen muss. Sie muss nicht mein ganzes Leben beeinflussen. Ich kann atmen.

Ich glaube, ich habe zu viel Wein getrunken.

Aiden schaut mich erwartungsvoll an, und ich fühle mich gezwungen, die Lücke im Gespräch zu füllen, bevor ich über ihn herfalle. „Es war schwieriger, als sie noch am Leben waren. Die Wahrheit ist, ich bin froh, dass sie tot sind. Die Welt ist ein besserer Ort ohne sie." Ich klemme meine Füße unter meinen Hintern und lehne mich gegen die plüschigen Kissen zurück. „Aber dann gibt es einen kleinen Teil von mir, der wünscht, sie wären noch hier. Es gibt ein paar Dinge, die ich ihnen gerne sagen oder antun würde."

Aiden nickt wissend. Ich vermute, Pam hat ihm alles erzählt, was ich ihr gesagt habe. Ich bin froh, dass sie es ihm erzählt hat. Dass meine Wahrheit dort draußen ist, fühlt sich befreiend an. Und ich vertraue ihm. Er nimmt meine Hand, meine Haut kribbelt, wo sie seine berührt, und eine Wärme überkommt mich. Er drückt sie leicht, bevor er sie loslässt. Ich kann nicht anders, als enttäuscht zu sein.

Begierig, die Aufmerksamkeit von meinen rötenden Wangen abzulenken, sage ich das Erste, was mir in den Sinn kommt: „Also, dein Vater ist gestorben." Ich würde es nicht gerade einen nahtlosen Themenwechsel nennen, aber Aiden geht trotzdem darauf ein.

Aiden nimmt einen langen Schluck Wein, ohne den Blickkontakt mit mir zu unterbrechen. Es ist verdammt sexy.

„Herzinfarkt." Er stellt sein leeres Weinglas auf den Tisch und füllt es nach. „Weißt du, als er starb, dachte ich, das wäre das Ende für meine Mutter. Sie war am Boden zerstört. Aber trotz ihrer Hingabe zu ihm, oder vielleicht gerade deswegen, ist sie seit seinem Tod aufgeblüht. Es ist seltsam, wie diese Dinge manchmal laufen."

Er greift erneut nach der Weinflasche auf dem Couchtisch und schließt das Thema ab. Ich lege meine Hand über mein Glas, um Aiden zu signalisieren, mir nicht mehr einzuschenken. Mir ist schwindelig, und ich möchte konzentriert bleiben. Im Moment riskiere ich, jedes winzige Detail meines Lebens auszuplaudern, und ich möchte nicht zu viel über meine Vergangenheit reden, falls ich Wunden öffne, die ich nicht heilen kann.

„Du musst das nicht beantworten", sage ich. Ich war noch nie jemand, der in den Angelegenheiten anderer Leute herumstöbert, aber die Familie Greene fasziniert mich. „Wie ist Pam an das Geld gekommen, um Speak Up zu gründen? Ich bin so beeindruckt von dem, was sie dort geschaffen hat."

„Mein Vater war Investmentbanker. Du kannst dir den Rest denken." Aiden lächelt. Seine Zähne sind perfekt weiß und leicht schief, was seinen Charme noch verstärkt. Seine Augen sind so warm und sanft.

„Mum ist fürs Leben ausgesorgt, und sie möchte damit so vielen Kindern wie möglich helfen. Ihr Geld ist ihre Superkraft."

„Sie ist eine Inspiration", murmle ich.

„Warte nur, bis sie dich richtig unter ihre Fittiche genommen hat. Sie hat große Hoffnungen für dich, Michelle. Ihr zwei werdet ein unglaubliches Team abgeben. Da ist etwas an dir. Etwas Beeindruck-endes."

KAPITEL ZWÖLF

MICHELLE

Bei dem Regen, der in den letzten Wochen herunterprasselte, war ich damit beschäftigt, meinen vierbeinigen Freunden die dringend benötigte Pflege zukommen zu lassen, um sie von verkrustetem Schlamm und verfilztem Fell zu befreien.

Ich habe außerdem die meisten Tage bei Speak Up ehrenamtlich gearbeitet, also bin ich offiziell fix und fertig. Jeder Anruf lässt mich fühlen, als hätte ich einen Marathon in Rekordzeit gelaufen. Ich habe mich ins Speak Up-Büro geschleppt und meine Reizbarkeit hat sich noch verstärkt. Ich bin kurz vor dem Burnout.

Als Pam mir also sagte, ich solle eine Pause machen, war ich dankbar, vorübergehend von all dem Schmerz befreit zu sein, den ich in letzter Zeit aufgesogen habe. Ich fühle mich, als würde mein Gehirn gleich explodieren, und ich bin niemandem eine Hilfe ohne einen klaren Kopf auf den Schultern.

Es ist Mittwoch und meine Pflegetermine enden früh. Als ich durch die Tür nach Hause schlendere, bin ich froh, vom köstlichen Duft von Knoblauch begrüßt zu werden, der aus der Küche weht.

Meine Schlüssel klimpern, als sie in die Schale fallen, und ich kicke meine Stiefel in die Ecke des Flurs. Ich zögere. War das gerade eine Männerstimme, die ich gehört habe? Ich stehe im Flur und lausche. Ich höre Kelseys mädchenhaftes Kichern aus der Küche, gefolgt von einem dröhnenden Männerlachen.

Mein Magen zieht sich zusammen.

Scheiße. Travis, Kelseys Freund! Ich bin wirklich nicht in der Stimmung, ihn kennenzulernen. Ich habe es geschafft, dem Kennenlernen wochenlang aus dem Weg zu gehen, wobei Speak Up die perfekte Ausrede lieferte. Der Gedanke, ein falsches Lächeln aufzusetzen und vorgetäuschtes Interesse am Leben dieses Fremden zu zeigen, ist zum Kotzen, besonders mit Kelsey, die im Hintergrund gurrt. Und fang gar nicht erst mit öffentlichen Zuneigungsbekundungen an.

Ich überlege, nach oben zu rennen und mich in meinem Zimmer zu verstecken, aber mein Gewissen lässt mich tief durchatmen und die Tür mit den Zehen aufstoßen. Ich muss das einfach hinter mich bringen. Ich muss es für Kelsey tun.

Kelsey entdeckt mich zuerst. „Michelle! Hi. Du machst heute Abend keine Freiwilligenarbeit?"

Ich zwinge mich zu einem Lächeln. „Nicht heute Abend. Ich brauchte etwas Zeit für mich."

„Oh, gut." Sie versucht, Aufrichtigkeit in ihren Ton zu legen, aber ich fühle mich sofort unwillkommen in meinem eigenen Zuhause. Bin ich gerade in etwas Sexy hineingeplatzt?

Ihre Augen huschen zwischen mir und dem Küchenbereich hin und her, und ich merke, dass sie nervös ist. Weil ich hier bin? Wow, ich habe meiner besten Freundin wirklich zugesetzt.

„Michelle, das ist Travis. Travis, das ist Michelle."

Ein riesiger Mann tritt hinter dem Kühlschrank hervor, wischt sich die Hände an einem Geschirrtuch ab und streckt mir eine Hand entgegen. Meine Hand verschwindet praktisch in seiner, als wir uns die Hände schütteln. „Schön, dich kennenzulernen, Michelle. Ich habe viel von dir gehört."

Ich zucke innerlich zusammen bei den Dingen, von denen ich weiß, dass Kelsey sie ihm über mich erzählt haben könnte: Ich bin eine nutzlose Mitbewohnerin, eine Last; und obendrein bin ich eine Alkoholikerin. Ich versuche, mich selbst zu beruhigen: Kelsey ist ein guter Mensch. Sie ist freundlich und warmherzig. Sie würde niemals schlecht über mich reden.

„Nun, ich habe nicht viel von dir gehört", sage ich, bereue meine Worte aber sofort. Ich klinge gehässig. Glücklicherweise lacht Travis nur. Sein Lächeln wischt den strengen Ausdruck völlig von seinem Gesicht – erst jetzt sehe ich die Anziehungskraft. Er wirkt warm und freundlich, die perfekte Ergänzung zu Kelseys fürsorglicher Natur.

Er sagt zu mir: „Nun, vielleicht können wir das heute Abend ändern. Kann ich dich für meine weltberühmte Lasagne begeistern?"

„Weltberühmt?"

Travis zuckt mit den Schultern. „Meiner Mutter schmeckt sie jedenfalls."

Ich lache. Travis ist riesig und scheint den ganzen Küchenraum auszufüllen, aber seine Präsenz ist entspannt und gelassen. Er passt total zu Kelsey. Ich schaue jetzt zu ihr hinüber, und sie zieht die Augenbrauen hoch. Sie will mein Gütesiegel.

Und ich stimme zu. „Das würde ich gerne", sage ich. „Solange ich nicht störe." Kelsey klatscht in die Hände und ein Lächeln breitet sich auf ihrem Gesicht aus. Ein kleiner Freudenschrei entfährt ihren

Lippen. Sie legt einen Arm um meine Taille und drückt mich kurz, bevor sie zu Travis' Seite gleitet.

„Überhaupt nicht", sagt Travis und wirft sich das Geschirrtuch über die Schulter, während er Kelsey sanft auf die Stirn küsst. Es ist eine einfache Geste, die Bände spricht. Dieser Kerl ist perfekt für meine Freundin. Ich fühle mich schuldig, dass ich es so lange vermieden habe, ihn kennenzulernen. „Ich werfe noch etwas extra Knoblauchbrot in den Ofen", sagt er zu niemandem im Besonderen und zieht die Kühlschranktür auf.

***

Das Essen ist wirklich unglaublich, und wenn Travis' Lasagne nicht weltberühmt ist, dann verdient sie es verdammt nochmal zu sein. Die Schichten sind perfekt proportioniert und es gibt eine dicke Schicht Käsekruste oben drauf. Ich muss mich zurückhalten, nicht bei jedem Bissen zu stöhnen.

„Was machst du beruflich, Travis?", frage ich ihn und erwarte voll und ganz, dass er sagt, er sei Koch.

„Detektiv." Travis spricht mit vollem Mund Knoblauchbrot. Ich bin beeindruckt, wenn auch ein wenig eingeschüchtert. Menschen in Machtpositionen haben mich schon immer schüchtern gemacht. In der Schule war ich das Kind, das den Blick immer gesenkt hielt, damit der Lehrer keinen Blickkontakt aufnahm und mich aufrief. Ich zog es vor, nicht zu existieren, und Menschen mit Macht können einen ohne Vorwarnung ins Rampenlicht ziehen.

Hier stimmt aber etwas nicht. „Wenn du also Detektiv bist, was hast du dann auf der Tierschau gemacht, wo du Kelsey kennengelernt hast?"

Travis lacht und lehnt sich in seinem Stuhl zurück. „Gutes Denken, vielleicht solltest du zur Polizei gehen." Er tupft sein Kinn mit einem Stück Küchenpapier ab. „Ich war dort mit meiner Schwester. Sie studiert Veterinärmedizin an der Uni Liverpool", sagt er, nimmt einen riesigen Bissen Knoblauchbrot und spricht mit vollem Mund weiter. Das gefällt mir. Er scheißt auf Anstand und gute Manieren. „Ihre Freundin hat sie in letzter Minute hängen lassen und sie wollte nicht alleine gehen. Also sprang ihr großer Bruder ein – der Held." Er klopft sich auf die Brust und wir lachen.

Ich schlucke mein Essen hinunter und denke über Travis' Job nach. Es muss cool sein, seine Marke vorzuzeigen und in einer Machtposition zu sein. „Wie ist es, Detektiv zu sein? Irgendwelche saftigen Fälle im Moment?"

Travis lacht, und Kelsey errötet. War das die falsche Frage? Gibt es irgendeinen Geheimhaltungskodex bei der Polizei, von dem ich nichts weiß? Ich werde rot. Ich bin so ein Idiot. Ein Idiot mit einem großen M und.

„Du weißt schon, das Übliche – Tote, Drogen, Sexualstraftäter."

„Klingt intensiv." Gänsehaut breitet sich über meinen ganzen Körper aus. Das kommt der Sache zu nahe. Wenn das sein Alltag ist, tut er mir plötzlich sehr leid.

„Das ist es. Aber zum Glück, und ich schätze leider, stumpft man nach einer Weile etwas ab. Diese Menschen werden einfach Teil des Jobs, und du musst einfach mit dem Wissen ins Bett gehen, dass du dein Bestes gibst."

Das ist traurig. Aber ich verstehe es total. Ich bin da gewesen. Das Abstumpfen gegenüber dem Schmerz um dich herum ist der einzige Weg, wie du dich in das Chaos stürzen und tatsächlich helfen kannst. Ich nicke wissend. Ich habe das Gefühl, dass Travis und ich uns verstehen. Er versteht Schmerz.

Wir verfallen alle in ein angenehmes Schweigen. Meine Gedanken wirbeln in meinem Kopf herum. Nur das Kratzen von Messern und Gabeln durchbricht die Stille.

„Wie läuft die Freiwilligenarbeit bei Speak Up?", fragt Travis mich. Kelsey wirft ihm einen Blick zu. „Tut mir leid, war das ein Geheimnis?"

„Überhaupt nicht", lache ich. „Kelsey geht nur sehr vorsichtig mit mir um, falls ich in tausend Stücke zerbreche." Ich wende mich Kelsey zu und schenke ihr ein warmes Lächeln. „Aber mir geht es jetzt gut."

Ich schaufle die letzten Nudeln in meinen Mund. „Es klingt so falsch, aber ich genieße es wirklich. Etwas zu bewirken, weißt du?" Ich schlucke.

Travis nickt. „Ich weiß, was du meinst. Es kann keine leichte Aufgabe sein, jeden Tag in diesen Ort zu gehen, ohne zu wissen, womit man konfrontiert wird. Ich meine, ich werde wenigstens dafür bezahlt, den Mist aufzuräumen, der mir entgegengeworfen wird. Es ist sehr bewundernswert von dir."

Ich spüre, wie meine Wangen warm werden, und stopfe mir mehr Knoblauchbrot in den Mund. Komplimente machen mich immer unsicher. Aber ich erinnere mich an Pams Rat: Genieße die Komplimente, die du erhältst, auch wenn du sie nicht glaubst. So baust du Selbstvertrauen auf.

Nach dem Essen sammle ich die leeren Teller ein und bringe sie in die Küche. Ich atme tief durch. Ich habe es geschafft. Ich habe mit einem völlig Fremden zu Abend gegessen, ohne mich wie ein totaler Idiot zu benehmen. Ich bin erschöpft, überglücklich und vollgestopft mit italienischem Essen. Ich fühle mich gut.

Momente später hüpft Kelsey in die Küche und trägt die Lasagneschüssel. „Also, was denkst du?", sprudelt es aus ihr heraus.

Ich kann nicht widerstehen, sie aufzuziehen. „Es war köstlich."

„Ich meinte Travis, du Dummerchen." Sie verdreht die Augen. „Obwohl er ziemlich lecker ist, oder?"

Sie klingt so fröhlich, dass ich nicht widerstehen kann, sie zu umarmen. Sie lässt die Schüssel auf die Arbeitsplatte fallen und erwidert die Umarmung, drückt mich fest. Ich blinzle meine Tränen weg.

„Ich freue mich so für dich. Er ist nett." Ich löse mich aus der Umarmung und wende mich dem Abwasch zu.

„‚Nett'? Ist das alles?"

Ich lache. „Okay, okay, er ist wirklich nett. Ihr passt so gut zusammen." Es ist die Wahrheit. Sie strahlen Glück aus und ich konnte nicht anders, als davon mitgerissen zu werden. „Und ein Detektiv?", spotte ich. „Du wirst jetzt aufpassen müssen. Keine Kokainexzesse mehr am Samstagabend."

Kelsey verdreht die Augen und kichert. Sie nimmt einen Teller vom Abtropfbrett, um ihn abzutrocknen. „Sei kein Idiot. Und sag ihm nicht, dass ich es dir erzählt habe, aber er ist so gut im Bett."

„Kelsey!" Ich dachte immer, sie wäre eine vierunddreißigjährige Jungfrau. Ich hätte schwören können, dass Kelseys Vagina ausgetrocknet und längst vergessen war. Wir kichern zusammen, und ich merke zum ersten Mal seit langer Zeit – vielleicht sogar zum ersten Mal überhaupt –, dass ich glücklich bin.

„Da ist noch etwas, das ich dir sagen möchte", sagt Kelsey ernster. „Als ich Travis erzählte, dass du mit Pam arbeitest, wurde er ganz seltsam."

„Seltsam?"

„Ja, ganz still und er wollte mir nicht in die Augen sehen. Michelle, ich glaube, er weiß etwas über sie."

„Aber was?" Sie kann mich doch nicht so hängen lassen. Was weiß Travis über Pam?

Kelsey zuckt mit den Schultern und sagt: „Ich weiß es nicht. Ich bin sicher, es ist nichts." Sie schenkt mir ein kleines Lächeln, aber ich weiß, dass sie mich nur nicht beunruhigen will.

Ich presse meine Lippen zusammen. Ich weiß, dass Pam einige Federn im Jugendamt aufgewirbelt hat und bei der Polizei als hartnäckig in ihrem Bestreben, Kinder zu retten, bekannt ist. So hat sie solch großartige Ergebnisse erzielt und, wenn du mich fragst, ist es ein notwendiges Übel. Was auch immer es ist, es spielt keine Rolle. Pam hat ein gutes Herz. Das ist alles, was ich wissen muss.

Kelsey geht mit einer Tasse Kaffee zurück zu Travis, und ich hole mein Handy aus der Tasche. Mit Travis und Kelsey zusammen zu sein und sie als Paar zu sehen, hat mich sentimental gemacht.

Mein Finger schwebt über Aidens Nummer. Als wir Nummern austauschten, verbrachte ich die nächsten paar Tage damit, auf seinen Anruf zu warten. Als er nicht kam, dachte ich, er stehe einfach nicht auf mich. Aber jetzt, im Glanz von Kelseys und Travis' Zuneigung badend, kann ich nicht widerstehen, ihm eine Nachricht zu schicken, um die Lage zu testen.

Danke für das Essen neulich. Ich habe es wirklich genossen. xx

Ich drücke auf Senden und zucke sofort zusammen. Ja, okay, er hat mir seine Nummer gegeben, aber ich wette, er hat nie wirklich erwartet, dass ich ihm schreibe. Er war nur freundlich. Oder?

Er antwortet sofort.

Ich habe es auch genossen. Ich kann es kaum erwarten, dich wiederzusehen. xxx

Schmetterlinge tanzen in meinem Bauch. Ich bin wirklich glücklich. Es fühlt sich seltsam an, aber ich mag es. Vielleicht können wir ein Doppeldate mit Kelsey und Travis machen. Kelsey wird vor Aufregung ausflippen. Ich kichere vor mich hin, während ich das letzte Glas wegräume.

KAPITEL DREIZEHN

TEDDY

Ich habe Robert schon ewig nicht mehr gesehen. Nicht seit Mami die Karte gefunden hat. Ich wollte ihr nicht sagen, woher ich sie hatte, also durfte ich seitdem nicht mehr nach draußen. Ich wusste, wenn sie es herausfinden würde, dürfte ich Robert nie wieder sehen; aber ich darf ihn sowieso nicht mehr sehen.

Ich vermisse ihn.

Manchmal, wenn ich ganz genau hinhöre, kann ich ihn im Garten hören. Hat er mich vergessen? Ich wette, er spielt mit seinen anderen Freunden - seinen besseren Freunden aus der Schule, die zählen und Fußball spielen können.

Gestern kam ein Mann zu uns. Er wollte hereinkommen, aber Mami und Papi ließen ihn nicht rein. Ich sah von meinem Schlafzimmerfenster aus zu, wie er aus seinem Auto stieg. Es war ein großes, schwarzes Auto und es glänzte mit riesigen Rädern. Es war ein wirklich schönes Auto. Es sah aus, als könnte es sehr schnell fahren.

Mami sagte immer wieder meinen Namen, also stellte ich mich an meine Tür und holte tief Luft, um etwas Mut zu fassen. Ich lugte um die Ecke. Der Flur war leer, also wurde ich etwas mutiger. Ich kroch zur Treppe.

Mami und Papi standen auf der Türschwelle und redeten mit dem Mann. Die Tür war fast geschlossen, aber ich konnte sie gerade so durch den Spalt sehen.

„Ich habe es Ihnen schon gesagt - Teddy ist gerade nicht hier. Was geht Sie das überhaupt an?", sagte Mami.

„Wie in unserem Schreiben angekündigt, bin ich hier, um eine Untersuchung zum Wohl Ihres Kindes durchzuführen."

„Welches Schreiben?" Das war Papi, der antwortete. Ich hörte das Rascheln von Papier, das übergeben wurde.

„Hier ist eine weitere Kopie für Sie. Wie Sie sehen können, habe ich es vor zwei Wochen datiert und klar angegeben, dass ich heute kommen würde."

„Wer hat Sie gerufen?" Mamis Stimme war tief, rau und super ruhig, also wusste ich, dass das bedeutete, dass sie wirklich wütend war.

„Das ist vertrauliche Information. Kann ich jetzt Teddy sehen?"

„Er ist nicht hier", knurrte Mami. „Und jetzt verpissen Sie sich."

„Na, na, es besteht kein Grund, beleidigend zu werden. Sie sind nicht in Schwierigkeiten. Ich muss nur Ihren Sohn sehen."

„Verpissen Sie sich!", schrie Mami, sodass die Vögel im Baum wegflogen. Papi packte Mami am Rücken ihres T-Shirts, um sie zurückzuhalten. Dachte er, sie würde den Mann auch schlagen?

Der Mann, mit dem sie sprachen, war viel kleiner als Papi, also konnte ich ihn nicht sehr gut sehen. Und er war ein bisschen größer als Mami, aber nicht viel. Sein Kopf war super glänzend, und er sah ein bisschen aus wie ein Maulwurf. Ich hatte Angst, Mami würde ihm wehtun.

„Zwingen Sie mich nicht, die Polizei zu rufen", sagte er zu ihr. Großer Fehler.

„Was hast du gesagt?", sagte Papi. Seine Fäuste waren fest geballt, und der Mann machte einen Schritt zurück von der Türschwelle. „Sie haben kein Recht, hier mit Ihren Anschuldigungen und Drohungen aufzukreuzen. Ich schlage vor, Sie verpissen sich dahin, wo Sie hergekommen sind."

„Hören Sie, ich kann sehen, dass ich Sie verärgert habe. Wie wäre es, wenn wir noch einmal von vorne anfangen? Ich komme nächste Woche für einen weiteren Besuch wieder. Vielleicht ist Teddy dann da." Er hüpfte von der Stufe und ging zurück zu seinem Auto. Ich blieb nicht, um zu sehen, was als Nächstes passieren würde. Schnell kroch ich den Flur entlang zurück in mein Schlafzimmer. Ich musste das sowieso nicht sehen. Ich glaube, die ganze Straße konnte ihr Geschrei hören.

Alles, was ich tun konnte, war warten. Wenn sie so wütend sind, weiß ich, was passieren wird. Ich lehnte mich in die Ecke meines Zimmers, meine Knie unters Kinn gezogen und meine Arme fest um meine Schienbeine geschlungen.

„Wer hat das Jugendamt gerufen?", kreischte Mami. Sie klang verrückt und ich stellte mir vor, wie sie sich die roten Haare aus dem Kopf riss.

„Woher zum Teufel soll ich das wissen? Ich wette, es war diese Schlampe von nebenan. Sie ist so eine verdammte Schnüfflerin", antwortete Papi. Er meinte Roberts Mutter. Ich glaube, er hat recht.

Ihre Stimmen wurden gedämpft. Ich glaube, sie redeten immer noch über Stacey, aber sie waren leise, damit sie sie nicht durch die Wand hören konnte.

Dann hörte ich das gefürchtete Stampfen. Es war ein lauteres Stampfen, also vermutete ich, dass es Papis schwere Füße waren.

Ich vergrub meinen Kopf in meinen Armen. Ich dachte, wenn ich mich verstecke, würden sie mich vielleicht dieses eine Mal in Ruhe lassen.

„Komm her, Junge." Papi packte mich an den Haaren und zog mich die Treppe hinunter. Ich versuchte wirklich, es nicht zu tun, aber ein Quieken entkam mir und Papi zerrte noch fester. Ich musste mir auf die Lippe beißen, um nicht aufzuschreien. Ich bewegte meine Beine so schnell ich konnte; ich hatte Angst, dass er mir alle Haare aus dem Kopf reißen würde, wenn ich hinfiele.

„Hier ist er. Der Star der Show." Mami wartete im Wohnzimmer auf mich. Ihr Lächeln war ganz verdreht. Sie saß auf dem Sofa mit untergeschlagenen Beinen. Sie beugte sich vor, als ich den Raum betrat, als würde sie mir ein großes Geheimnis erzählen.

„Das Jugendamt will dich in Pflege nehmen." Sie sagte das Wort Pflege, als hätte sie einen schrecklichen, ekligen Geschmack auf der Zunge. „Weißt du, was sie mit kleinen Jungen in Pflege machen? Kleine Jungen genau wie du?"

Ich schüttelte den Kopf. Mein Herz schlug so hart, dass meine Brust schmerzte.

„Sie vergewaltigen sie."

Ich kannte dieses Wort nicht, aber es klang wirklich schlimm. Was sagte sie da? Papi wusste, dass ich es nicht verstand, und lehnte sich in mein Gesicht. Sein Atem roch nach Bier und Zigaretten.

Er flüsterte: „Sie zwingen dich, ihre Schwänze zu küssen, und dann stecken sie sie in dich rein."

Ich kannte dieses Wort. So nennt Papi seinen Piepimatz, wenn er will, dass Mami ihn glücklich macht. Ich wollte keinen Schwanz in mir haben. Wo stecken sie ihn rein? Mein ganzer Körper zitterte, und ich konnte es nicht aufhalten.

Ich weinte.

„Es ist okay. Wir haben einen Plan", sagte Mami und sah Papi an. „Wir müssen dich eine Weile verstecken. Wenn sie dich nicht finden können, können sie dich nicht mitnehmen."

Ich nickte. Das klang nach einer wirklich guten Idee.

„Er stimmt zu!", lachte Mami.

Papi lachte auch. Er sagte: „Komm schon, Junge", und packte mich am Oberarm. Ich trottete hinter ihm her, als er mich in die Küche zog.

Wir gingen durch die Hintertür in den Garten.

Als er die Tür zum Schuppen öffnete, war es, als würden eine Milliarde Alarme in meinem Kopf losgehen. Ich habe den Schuppen schon immer gehasst. Er ist voller riesiger Spinnen, von denen Papi sagte, sie würden mir den Kopf abbeißen. Ich bin mir nicht sicher, ob er nur versuchte, mir Angst zu machen, aber nur für den Fall komme ich nie hier rein.

Papi versuchte, mich in das dunkle Loch zu schieben, und ich konnte nicht anders, als mich zu wehren. Ich versuchte, ihn wegzustoßen, damit ich rauskommen konnte. Meine Arme fuchtelten herum, und Papi grunzte, als ich ihn in den Bauch schlug.

Ich konnte da nicht rein.

Ich weinte und war laut, aber das war mir egal.

Ich konnte da nicht rein.

Papi schlug mir ins Gesicht und warf mich zur Seite. Dann kniete er sich auf den Steinboden, sodass sein Gesicht direkt vor meinem war. Ich versuchte mich wegzudrehen, aber er packte mein Kinn, um mich dazu zu zwingen, ihn anzusehen. Sein Gesicht war lila, und er knirschte mit den Zähnen. Ich wollte wegschauen, aber ich hatte zu viel Angst.

„Geh verdammt nochmal da rein", flüsterte er. „Sofort." Und er schubste mich mit seinem Fuß in den Schuppen. Die Tür knallte hinter mir zu, und ich hörte, wie der Riegel zugeschoben wurde.

Ich trat einen Schritt zurück, und mein Rücken berührte die Wand, was mich ausflippen ließ.

Das ist alles meine Schuld. Ich hätte Speak Up nicht anrufen sollen. Sie haben mir das angetan. Sie müssen diesem Mann von mir erzählt haben, und jetzt stecke ich hier fest.

Für immer.

Ein ganzer Tag ist jetzt vergangen, und ich sitze nur da und höre dem Regen zu. Und verstecke mich vor den Spinnen.

KAPITEL VIERZEHN

MICHELLE

Eine bedrohliche Atmosphäre herrscht, als ich am Abend nach meinem Essen mit Kelsey und Travis das Büro von Speak Up betrete. Alle halten ihre Köpfe gesenkt, und die übliche Kameradschaft wirkt gedämpft.

Ich schlängele mich um die Reihen von Schreibtischen und steuere auf Pams Büro zu, aber die Jalousien sind heruntergelassen und die Tür ist ungewöhnlicherweise geschlossen. „Was ist los?", flüstere ich Tanya zu, einer jungen Freiwilligen aus Yorkshire. Sie wendet sich von ihrem Bildschirm ab und lässt ihren Blick durch den Raum schweifen, wobei ihre Augen auf Pams Büro fallen.

„Das Jugendamt ist hier", seufzt sie. „Das macht uns alle nervös. Du weißt schon, falls sie schlechte Nachrichten bringen."

Ich bin verwirrt; es ist immer jemand vom Jugendamt da. Wir müssen eine enge Beziehung zu ihnen haben, angesichts unserer Arbeit. Was ist es dieses Mal? Was geht hier vor?

„Aber warum sind alle so gereizt?", frage ich sie.

„Sie hat ihre Jalousien geschlossen. Kann nicht gut sein." Tanyas Telefon klingelt und sie winkt mich weg, als sie abnimmt.

Ich verweile noch ein paar Sekunden an Tanyas Schreibtisch, bis es unangenehm wird. Ich habe Durst und die Küche befindet sich praktischerweise in der Nähe von Pams Büro, also schleiche ich langsam vorbei und versuche, durch den Spalt in den Jalousien einen Blick zu erhaschen.

Ich kann gerade so den Hinterkopf eines Mannes erkennen. Er beugt sich über Pams Schreibtisch und schiebt etwas Weiches und Lila über die Oberfläche. Seine aufrechte Haltung deutet darauf hin, dass er es ernst meint. Er ist klein und hat einen unglaublich glänzenden Glatzkopf.

Ich trete näher an die Tür heran und lasse meinen Kugelschreiber fallen. So langsam wie ich es wage, bücke ich mich, um ihn aufzuheben, und spitze die Ohren in der Hoffnung, ihre Worte durch den Türspalt zu hören.

Ich höre nur ein Wort: „Teddy." Mir läuft es eiskalt den Rücken runter.

Geht es Teddy gut? Was ist los? Holen sie ihn da raus?

Ich würde es nie laut zugeben, aber Teddy war schon immer mein Liebling. Ich bin mir nicht sicher, ob es nur dann ist, wenn er allein sein kann, oder ob es eher eine bewusste Anstrengung ist, aber seine Anrufe fallen immer mit meinen Schichten zusammen, sodass ich regelmäßig mit ihm sprechen kann.

Wenn er anruft, möchte er einfach nur über die Dinge sprechen, die ihn glücklich machen: Piraten; sein Freund Robert; Bilder mit den Wolken machen. In seinen Worten schwingt eine Dunkelheit mit, wenn er von seinen Eltern spricht, aber er ist immer so positiv. Das liebe ich an ihm.

Er ist stärker, als ich es je war.

Ein Schatten fällt über mich und lässt meinen Körper zusammenzucken. „Etwas verloren?" Lisa. Sie runzelt die Stirn, ihre Augenbrauen berühren sich fast.

„Nein", schlucke ich. „Ich hole mir nur einen Kaffee. Möchtest du auch einen?"

Sie schüttelt den Kopf, ihre Augenbrauen treffen sich jetzt in der Mitte ihrer Stirn. Sie sieht heute hübsch aus in einem Blumenkleid und auffälligen Perlen. Ich frage mich, für wen sie sich so herausgeputzt hat. Normalerweise sieht sie aus, als wäre sie gerade aus dem Bett gefallen.

„Das ist Graham vom Jugendamt", bellt sie und nickt zur Tür. „Was ist los? Was weißt du?"

„N-n-nichts." Das Wort kommt als Gestotter heraus, und ich schlucke meine Verlegenheit herunter, beim Schnüffeln erwischt worden zu sein.

„Hör zu", Lisa blickt wieder zu Pams Tür. Sie sieht verängstigt aus, was die Nervosität in meinem Magen verstärkt. „Du hast in letzter Zeit viel Zeit mit Pam verbracht, oder?"

Ich zucke mit den Schultern. „Ich würde nicht sagen viel."

„Oh, du bist definitiv ihr kleiner Liebling geworden. Sei einfach vorsichtig, ja? Besonders wenn es um den da geht." Sie winkt mit der Hand in Richtung des Büros und geht weg.

Ich stehe da, verwirrt, mit weit geöffnetem Mund. Ich habe keine Ahnung, was gerade passiert ist. Hat Lisa mich vor Pam gewarnt? Oder vor dem Mann, mit dem sie spricht? Oder vielleicht hat sie einfach nur Unsinn geredet.

Seit ich hier angefangen habe, geht Lisa mir aus dem Weg. Als ich Pam danach fragte, lachte sie nur. Anscheinend ist Lisa mit niemandem besonders freundlich. Pam hatte zu mir gesagt: „Aber du bist schön, Michelle, und ein Hit hier bei Speak Up. Es würde mich nicht überraschen, wenn Lisa einfach ein bisschen eifersüchtig ist?"

Ich lachte es weg, aber vielleicht hat Pam recht. Lisa mag es offensichtlich nicht, dass ich der Führungsebene nahe komme. Versucht sie, mich aus dem Job zu verschrecken?

Ich bin gerade im Begriff wegzugehen, als sich Pams Tür öffnet und der Mann heraustritt. Seine Augen weiten sich, als er mich ohne ersichtlichen Grund vor ihrem Büro stehen sieht.

„Pam, Besuch", sagt er. Seine Stimme ist messerscharf, professionell, tief. Ein kompletter Widerspruch zu seinem maulwurfartigen Aussehen.

„Michelle! Was machst du da?"

„Ähm, ich wollte nur fragen, ob du etwas trinken möchtest? Einer von euch beiden?"

„Nein, danke." Ihr Ton widerspricht ihren Manieren. Sie ist wirklich wütend und ich presse meine Lippen zusammen.

„Okay, kein Problem, ich gehe dann mal."

Ich eile zurück zu meinem Schreibtisch und beobachte, wie Pam sich hinunterbeugt, um den Mann vom Jugendamt auf die Wange zu küssen. Er tätschelt ihre Hand und geht mit erstaunlicher Geschwindigkeit für so kurze Beine weg.

Pam sieht ihm nach, bis er außer Sicht ist, dann wendet sie sich mir zu. Ich fange ihren Blick auf und schaue weg, meine Wangen brennen. Ich muss so neugierig, so unprofessionell aussehen. Es geht mich nichts an, was Pam im Büro treibt. Ich bin sicher, worum oder über wen auch immer dieser Mann gekommen ist zu sprechen, es ist in Ordnung. Alles ist unter Kontrolle.

Doch in Pams Augen ist etwas, das mich nervös macht. Eine Aufregung. Ein Feuer. Sie hat etwas vor und ich möchte wirklich wissen, was es ist.

Ich beobachte, wie sie sich abwendet und zurück in ihr Büro geht, die Tür hinter sich schließend.

KAPITEL FÜNFZEHN

TEDDY

Ich bin so hungrig.

Unter der Tür wird es wieder hell, das heißt, es ist Morgen. Ich bin froh - tagsüber ist es wärmer. Die Sonne macht die Tür warm, und wenn ich meinen Körper dagegen drücke, kann ich auch wärmer werden.

Ich habe immer noch Angst, aber das Weinen hat aufgehört. Es ist, als hätten sich meine Tränen abgestellt. Manchmal spüre ich, wie eine Spinne über mein Gesicht läuft, aber wenn ich sie berühre, ist da nichts. Mein Verstand spielt mir Streiche.

Ich wünschte, mir wäre nicht so kalt. Meine Zähne klappern ununterbrochen und mein Körper schmerzt, wo meine Muskeln sich verkrampfen. Als Papa mich hier zuerst eingesperrt hat, konnte ich nicht aufhören zu weinen. Aber bald bekam ich Kopfschmerzen und meine Tränen versiegten, also hörte ich auf. Jetzt weiß ich nicht, was ich tun soll.

Ich stelle mir Geschichten in meinem Kopf vor, um mich von hier wegzubringen. Geschichten über Piraten. Ich mag Piraten. Sie haben ein Bein und Augenklappe. Sie sind kaputt, aber es ist ihnen egal; sie leben trotzdem auf dem Meer und haben die beste Zeit.

In meiner Geschichte haben sie ein wirklich großes Schiff und segeln über welliges Wasser, das sie auf und ab hüpfen lässt. Dann kommt ein riesiger Oktopus und wickelt seinen Arm um das Boot und bricht es entzwei.

Aber genau dann taucht ein Zauberer auf und zaubert ein großes Schwert aus dem Nichts herbei und ersticht den Oktopus, wodurch er die Piraten vor dem Ertrinken rettet. Er ist ein Held. Und die Piraten sind so glücklich, dass sie ihm Umarmungen und Juwelen aus ihrer Schatztruhe schenken.

Ich wünschte, der Zauberer würde mich retten.

Ich muss Michelle von dem Zauberer erzählen. Sie wird etwas sagen, das mich zum Lachen bringt. Ich mag es, mit Michelle zu lachen, es lässt mich stärker fühlen. Sie lässt mich mich weniger einsam fühlen. Ich wünschte, Michelle wäre meine Mami.

Mein Bauch knurrt und zerstört meine Gedanken. Ich schaue wieder in die Ecke. Da steht eine Gefriertruhe. Ich wusste gar nicht, dass die hier drin ist. Mein Bauch tut so weh. Es fühlt sich an, als würde mein Bauch nach innen statt nach außen gehen. Ich krieche zur Gefriertruhe. Ich will nur wissen, was drin ist. Nur ein kleiner Blick. Mami und Papi werden es nicht merken.

Meine Finger sind wirklich kalt, und ich habe Angst, sie werden abbrechen, wenn ich die Gefriertruhe öffne, aber das tun sie nicht. Sie tun mir trotzdem weh, und ich weine ein bisschen, während ich meine Hände unter meine Achseln stecke, um sie etwas aufzuwärmen.

Es funktioniert nicht, also gebe ich auf und gehe mit meinen eiskalten Fingern zurück zur Gefriertruhe.

In der Gefriertruhe sind ein paar Schachteln. Sie sind alle weiß vom Eis. Ich streiche mit meiner Hand darüber und versuche mir vorzustellen, was drin ist. Pizza? Chicken Nuggets? Mir läuft das Wasser im Mund zusammen. Da ist eine Tüte drin und ich stecke meine Hand hinein. Brot. Mami wird eine fehlende Scheibe Brot nicht bemerken. Oder?

Die Scheiben kleben zusammen, aber der Gedanke, etwas zu essen, hat mich so aufgeregt, dass ich die Tüte herausziehe und auf den Boden schlage. Der Lärm ist so laut und ich warte mit angehaltenem Atem. Nichts passiert. Mami und Papi kommen nicht.

Ich bin jetzt so hungrig. Die Scheiben brechen auseinander und ich beiße in eine hinein. Sie ist kalt und wirklich hart, aber mein Mund wärmt sie etwas auf und sie rutscht leichter meine Kehle hinunter.

Es schmeckt unglaublich.

Ich habe die erste Scheibe verputzt und nehme eine zweite, bevor ich den Laib zurück in die Gefriertruhe schiebe und bete, dass ich ihn an die gleiche Stelle zurückgelegt habe. Mami darf nicht wissen, dass ich Essen klaue, sonst lässt sie mich nie wieder raus.

***

Das Licht ist jetzt verschwunden. Als es das erste Mal anfing zu verschwinden, dachte ich, Papa würde kommen und mich holen. Aber er kam nicht. Wann wird meine Bestrafung aufhören? Sie können mich nicht für immer hier drin behalten. Oder doch?

Vielleicht wird der kleine Mann mit dem Glatzkopf kommen und mich holen. Ich fühle mich hoffnungsvoll, bis ich mich daran erinnere, dass er vom Jugendamt ist. Ich will nicht vergewaltigt werden.

Aber ich will auch nicht hier drin sein.

Ich habe das Brot aufgegessen und die Tüte hinter der Gefriertruhe versteckt, in der Hoffnung, dass Mami vergessen hat, dass sie hier drin ist. Schmetterlinge kitzeln meinen Bauch, wenn ich daran denke, was sie tun wird, wenn sie die Tüte findet.

Jetzt will ich mein Bett. Mein Schlafzimmer.

Ich vermisse Michelle. Sie ist immer nett zu mir. Sie sagt mir, ich soll den Kopf hoch halten und stark bleiben, weil nichts für immer anhält. Ich versuche, mich an ihre Worte zu erinnern, als meine Tränen wieder zu fließen beginnen.

Ich hätte Michelle kommen und mir helfen lassen sollen. Ich hätte mutig sein sollen.

Wenn Michelle wüsste, dass ich hier drin bin, würde sie mich retten. Das weiß ich. Sie würde nie ein Kind in einem Schuppen einsperren. Sie würde mir Essen und Trinken geben, und sie würde mich duschen und auf die Toilette gehen lassen.

Ich stampfe mit dem Fuß auf.

An der Tür ist ein Kratzgeräusch zu hören und ich stürze mich in den hinteren Teil des Schuppens und verstecke mich hinter meinen Händen. Die Tür öffnet sich und jemand leuchtet mit einer Taschenlampe hinein. Es ist zu hell, also kneife ich meine Augen zusammen, damit es meinen Augäpfeln nicht wehtut.

„Es ist okay. Ich hab dich jetzt", sagt eine Stimme, die ich nicht kenne. Ich spähe hinter meinen Fingern hervor. Ein Mann schaut auf mich herab. Er ist klein und hat überhaupt keine Haare. Er ist der Mann, der an der Tür war!

Er geht in die Hocke und streckt mir seine Hand entgegen. „Komm mit mir. Es ist Zeit, dass du diesen Ort verlässt." Ich habe zwei Möglichkeiten: den Mann ignorieren und hier in diesem schrecklichen Schuppen bleiben oder mit ihm gehen, wohin auch immer er mich bringen mag.

Ich strecke meine Hand aus und ergreife seine.

Er führt mich durch die Hintertür ins Haus. Jemand anderes rennt durch die Vordertür hinaus und knallt die Tür hinter sich zu. Sind Mami und Papi noch hier? Es ist seltsam still. Das Haus ist immer still, wenn sie weg sind, aber irgendetwas Seltsames geht hier vor. Etwas fühlt sich anders an hier drin. Es ist, als wäre die Luft schwer.

„Schau in diese Richtung", sagt der Maulwurf-Mann und zeigt auf die Wand. Er will nicht, dass ich ins Wohnzimmer schaue. Aber ich tue es. Ich kann nicht anders - meine Augen gehen einfach in diese Richtung.

Mami sitzt im Sessel in der Ecke des Zimmers. Sie ist ganz in die Kissen gesunken, als würde sie schlafen, aber wirklich, wirklich tief. Ihre Haut hat eine komische Farbe und sie hat etwas um ihren Arm gebunden.

Papi liegt auf der Seite in der Mitte des Zimmers. Vor seinem Gesicht ist schaumige Kotze. Er sieht wütend aus, aber er bewegt sich nicht.

Sind sie tot?

„Komm schon, Kleiner, geh weiter." Der Mann legt seine Hand auf meine Schulter und schiebt mich sanft aus dem Zimmer. Ich hatte gar nicht gemerkt, dass ich stehen geblieben war, um zu schauen.

Dann wird mir klar, was passiert ist. Die Bösen haben mich erwischt.

Kapitel Sechzehn

MICHELLE

Der nächste Tag ist mein freier Tag von der Tierarztpraxis. Eigentlich wollte ich den Tag in der Badewanne mit ein paar duftenden Kerzen verbringen, aber ich bin begierig darauf, mit Pam über Teddy zu sprechen, also beschließe ich, meine freie Zeit bei Speak Up zu verbringen.

Pam ist einfach ihr übliches fröhliches Selbst und weicht meinen Versuchen aus, über Teddy zu sprechen. Um sechs Uhr ist es ruhig im Büro, Pam liest einige Dokumente in ihrem Büro durch und Lisa telefoniert mit dem Internetanbieter, nach der Farbe ihres Gesichts zu urteilen, ist es kein erfolgreicher Anruf.

Ich bin gelangweilt und frustriert. Draußen hat es gerade angefangen zu regnen und ich habe keine Lust, in dem unvermeidlichen Wolkenbruch nach Hause zu laufen. Ich ziehe meine Jacke an, bereit, nach Hause in mein gemütliches Bett und zu einem Low-Budget-Horrorfilm auf Netflix zu gehen.

„Möchtest du nach Hause gefahren werden?", fragt Pam, als sie sich meinem Schreibtisch nähert, während ich zur Tür gehe. Sie hat ihre Handtasche über die Schulter geworfen und einen pelzgefütterten Hut auf dem Kopf. Sie sieht unglaublich gemütlich aus.

Ich werfe einen Blick aus dem Fenster. Der Regen prasselt jetzt gegen die Scheiben. Die Welt dahinter ist durch den sintflutartigen Regenguss unsichtbar. Ich werde auf keinen Fall in diesem Wetter nach Hause laufen. Besonders wenn die beheizten Sitze in Pams Auto zur Verfügung stehen.

„Klar. Danke." Ich ziehe meinen Mantel zu und passe mich Pams Schritt zur Hauptausgangstür des Büros an. Gerade als wir die Treppe hinuntergehen wollen, schwingt die Tür unten auf und zwei Polizeibeamte treten ein.

Sie sind absolute Gegensätze voneinander. Der erste, der eintritt, ist ein Mann, der mich überragt. Er bringt einen starken Geruch von billigem Aftershave mit, der meine Nase rümpfen lässt. Seine Kollegin ist kaum einen Meter fünfzig groß und hat einen grimmigen, entschlossenen Gesichtsausdruck, der mich sofort nervös macht.

„Pamela Greene?", fragt uns der riesige Mann.

„Das bin ich." Pam klingt amüsiert. Ich bin verdammt verängstigt. Die Polizei bringt nie gute Nachrichten.

„Können wir kurz mit Ihnen sprechen?" Ich sehe Pam an, um ihre Reaktion zu sehen, aber sie beachtet mich nicht, also folge ich ihnen die Treppe hinauf ins Hauptbüro. Lisa ist die einzige andere Mitarbeiterin, die noch im Raum ist, und sie reckt den Hals, um zuzuhören, hält aber ihre Augen auf den Bildschirm gerichtet, um es zu verbergen. Ich kichere in mich hinein. Sie wird so sauer sein, dass ich einen Platz in der ersten Reihe bekommen habe.

„Frau Greene. Wir glauben, dass ein gewisser Teddy Owen mit Ihnen bezüglich seines Wohlergehens Kontakt aufgenommen hat."

Mein Herz sinkt. Das ist es. Meine Gedanken springen zur schlimmsten Schlussfolgerung: Teddy ist tot. Ich setze mich auf den nächsten Stuhl; ich glaube nicht, dass meine Beine mich noch tragen können. Pam steht starr da. Das ist nicht das erste Mal, dass sie hier schlechte Nachrichten bekommt, und sie scheint nicht beunruhigt zu sein.

„Das stimmt. Möchten Sie eine Kopie seiner Fallakte?"

„Das wäre sehr hilfreich, Frau Greene. Danke."

Pam ruft Lisa zu und bittet sie, alle Notizen und Gesprächsaufzeichnungen auf ein tragbares Laufwerk zu kopieren. Lisa fängt meinen Blick bedeutungsvoll auf, als sie ihre Schublade öffnet, um einen USB-Stick herauszuholen.

„Geht es Teddy gut?", fragt Pam. Mein Herz schlägt mir bis zum Hals. Aber die Polizistin winkt nur ab und wischt Pams Frage beiseite. Was auch immer mit Teddy passiert ist, es ist vertraulich.

„Bitte, geht es Teddy gut?", flehe ich. „Lebt er?"

„Ich bin nicht befugt, dazu zum jetzigen Zeitpunkt etwas zu sagen."

Was zum Teufel? Ich muss wissen, ob es ihm gut geht, aber sobald ich den Mund öffne, um erneut zu fragen, hebt die Beamtin eine Hand, um mich zum Schweigen zu bringen. Pam legt ihre Hand auf meine Schulter und warnt mich davor, diese Gesetzeshüterin zu verärgern. Wir müssen mit ihnen zusammenarbeiten, nicht gegen sie.

Lisa schlendert herüber und übergibt der Polizistin den USB-Stick mit Teddys Notizen. Sie bleibt in der Nähe, in der Hoffnung, am Gespräch teilnehmen zu können, aber die Polizeibeamten verabschieden sich und gehen.

Wir sehen ihnen schweigend nach, bevor Pam sich an Lisa wendet.

„Danke, Lisa. Wir sehen uns morgen. Bleib jetzt nicht zu lange", sagt Pam und scheucht mich zum Ausgang. Ich wage es nicht, Lisa anzusehen, als ich an ihr vorbeigehe. Ich kann spüren, wie sie mich anstarrt. Ich möchte sie erreichen und sie davon überzeugen, dass ich nichts weiß. Ich bin nicht eingeweiht in das, was hier vor sich geht.

Pam weiß etwas; das weiß ich.

Wir gehen die Treppe hinunter und waten durch den Regen zu ihrem Auto in nachdenklichem Schweigen.

Pam legt den Rückwärtsgang ein und fährt aus ihrer Parklücke. Wir fahren die Hauptstraße hinunter in die entgegengesetzte Richtung zu meinem Haus.

„Was weißt du über Teddy? Warum ist die Polizei hier?", frage ich sie. Pams Gesichtsausdruck hat sich während des Gesprächs mit der Polizei kein einziges Mal verändert. Wenn ich ehrlich bin, hat mich ihre Reaktion – oder besser gesagt das Fehlen einer Reaktion – beunruhigt. Niemand kann so emotional distanziert sein.

Pam blinkt links und schert vor einem Land Rover ein, der hupt, als er Pams Stoßstange nur knapp verfehlt. Etwas Weiches rollt unter dem Sitz hervor und berührt meine Knöchel. Ich schaue nach unten. Es ist die lila Tasche, die Graham Pam gestern in ihrem Büro gegeben h at.

„Wenn es eine Sache gibt, die ich über die Jahre über die Polizei gelernt habe, dann ist es, dass sie strenge Verfahren haben. Alles hat eine Ordnung. Wir müssen einfach einen Schritt zurücktreten und ihnen nicht in die Quere kommen."

Sie wimmelt mich ab und ich bin stinksauer.

„Sag mir einfach, was du weißt!" Mir ist durchaus bewusst, wie unhöflich ich bin. Pam schuldet mir nichts, aber ein wenig Beruhigung wäre nett. Ich muss einfach wissen, ob es Teddy gut geht.

„Beruhige dich, Michelle", faucht Pam. „Glaub es oder nicht, ich weiß, was ich tue."

Zurechtgewiesen bleibe ich still. Ich presse meine Lippen zusammen, um jede Spur eines Schmollmundes zu unterdrücken.

Nach ein paar Minuten bricht Pam das Schweigen, ihre Stimme ist jetzt sanfter. „Tut mir leid, dass ich dich angefahren habe. Es waren ein paar schwierige Tage."

„Ich verstehe. Ich werde den Mund halten. Ich bin nur eine Anfängerin." Ich wollte nicht, dass das so trotzig klingt, wie es herauskam. Es ist die Wahrheit. Ich bin eine Anfängerin.

„Michelle, du hast alle Erwartungen übertroffen, auch meine. Du bist keine Anfängerin mehr."

Ihre Worte gehen an mir vorbei, aber alles, woran ich denken kann, ist die Tasche, die jetzt an meinem Knöchel ruht.

Das Armaturenbrett piept gerade, als Pam in die Tankstelle einbiegt. „Das habe ich gut getimt." Pam kichert ihr mädchenhaftes Lachen.

Ein paar Minuten später tankt sie das Auto unter dem Dach der Tankstelle, der Wind peitscht ihren Mantel um sie herum. Ich beobachte, wie sie die Zapfpistole zurück in die Halterung steckt und in den winzigen Laden rennt, wo sich die Leute anstellen, um ihr Benzin und ihre Einkäufe zu bezahlen.

Meine Finger zucken und ich schaue hinunter auf Grahams Tasche auf dem Boden.

Scheiß drauf.

Ich hebe sie auf meinen Schoß und ziehe den Reißverschluss auf.

Ich werfe einen Blick über die Motorhaube und sehe, dass Pam die Dritte in der Schlange ist. Ich habe noch ein wenig Zeit.

Die Tasche ist wie eine Kosmetiktasche, mit dafür vorgesehenen Schlaufen für Pinsel und Fächern für Lidschatten und Rouge. Nur glaube ich nicht, dass diese Tasche jemals für ihren vorgesehenen Zweck verwendet wurde.

In jeder Schlaufe steckt eine Spritze. Es sind fünf Stück drin, alle in einer ordentlichen Reihe. Ich lasse die Tasche fast vor Schreck fallen.

Dann öffne ich den inneren Reißverschluss und schaue hinein. In der Mitte liegt ein Beutel mit einem schmutzig-braunen Pulver.

Was zum Teufel?

Ich bin fassungslos. Pam nimmt doch keine Drogen, oder? Sie wirkt so gut zusammengesetzt. So professionell. Es gibt keine Möglichkeit, dass sie konsumiert. Und Graham hat diese Tasche gestern ins Büro gebracht. Macht das Graham zu ihrem Dealer? Auf keinen Fall.

Ein Schatten huscht am Auto vorbei und ich schließe schnell den Reißverschluss der Tasche und schiebe sie zurück auf den Boden, gerade als Pam die Tür öffnet.

„Alles in Ordnung bei dir?", fragt sie mich mit gerunzelter Stirn.

„Ja, ich habe mein Handy fallen lassen. Ich glaube, es ist unter meinen Sitz gerutscht."

Pam nickt und setzt sich auf ihren Sitz. Sie kümmert sich nicht darum, ob ich mein Handy habe, und meine Beine beginnen vor Erleichterung zu zittern.

Sie fährt von der Tankstelle weg und plaudert über die Frau, die in der Schlange vor ihr stand. Aber ich kann mich nicht auf ihre Worte konzentrieren. Ich nicke einfach und bete, dass wir bald zu Hause sind.

Ein paar Minuten später zwinge ich meine Aufmerksamkeit zurück in die Gegenwart und stelle fest, dass ich die Straße nicht erkenne, auf der wir uns befinden. Pam hat uns aus der Stadt herausgefahren.

Bäume säumen die Straße und fliegen mit beunruhigender Geschwindigkeit an uns vorbei. Es ist weit entfernt von den Reihen von Reihenhäusern, die mich auf meinem üblichen Heimweg umgeben. In meinem Kopf läuten Alarmglocken laut. „Wo sind wir?", frage ich sie.

„Ich nehme nur die landschaftlich schöne Route." Pams Kiefer ist hart zusammengepresst, ihre Lippen zu zwei dünnen Linien zusammengepresst. Sie umklammert das Lenkrad so fest, dass ihre Knöchel weiß sind. „Wir müssen ein kleines Gespräch führen."

Ich schlucke. „Eigentlich möchte ich einfach nach Hause. Kelsey erwartet mich. Sie wird sich Sorgen machen."

„Ach komm schon, Michelle. Du hast mir vorhin schon gesagt, dass sie heute Nacht bei ihrem neuen Freund bleibt."

Scheiße.

„Ich will nach Hause, Pam." Pam ignoriert mein Flehen und drückt das Gaspedal noch fester durch. Das Auto rast die von Pfützen übersäte Straße hinunter; Scheinwerfer schießen aus der entgegengesetzten Richtung an uns vorbei. Die vielen Schlaglöcher lassen das Auto gefährlich hüpfen.

„Sag mir die Wahrheit, Michelle. Hast du gerade in diese Tasche geschaut?"

Mein Schweigen schreit die Wahrheit heraus.

„Hast du in den Beutel geschaut?", fragt mich Pam. Ihre Stimme ist erschreckend monoton.

Ich denke mir, da Pam weiß, was ich getan habe, kann ich es genauso gut direkt angehen. Meine Angst hat ihren Höhepunkt erreicht. Von hier aus gibt es keinen anderen Weg mehr. Aber ich könnte die Wahrheit über Teddy erfahren.

„Warum hast du Heroin, Pam?"

Pam reißt das Lenkrad nach unten und zieht das Auto nach links. Sie tritt hart auf die Bremse, was dazu führt, dass die Hinterreifen rutschen und quietschen. Mein Kopf ist nur Zentimeter davon entfernt, gegen das Armaturenbrett zu schlagen.

Während ich nach Luft schnappe, umklammere ich mein Herz und meine Augen huschen umher, auf der Suche nach jemandem, den ich um Hilfe rufen könnte. Wir sind in eine Seitenstraße eingebogen; es ist ein kleiner Feldweg, der, wie ich vermute, zu einem Bauernhof führt. Eine Pfütze erstreckt sich über die gesamte Breite des Weges vor uns.

Blut schießt mir in den Kopf und betäubt mich. Ich schüttle den Kopf, um meine Gedanken zu sammeln, und greife nach dem Türgriff. Alarmglocken läuten zwischen meinen Ohren, als ich höre, wie die Türen klicken. Pam hat mich eingesperrt.

Ich wende mich Pam zu. Sie starrt mich mit Tränen in den Augen an.

„Michelle. Wir müssen reden. Ich muss, dass du verstehst." Sie klingt nicht mehr beängstigend. Nur traurig und selbst ein wenig verängstigt.

Ihr Tonwechsel ist erschreckender als alles andere, was heute Abend passiert ist. Ich spüre, dass ihr Geständnis gewaltig sein wird. Lebensverändernd.

Pam stößt die Luft aus ihren Lungen und packt das Lenkrad, ihre Arme gerade ausstreckend. „Die Drogen gehören natürlich nicht mir." Sie lacht gezwungen. „Was du verstehen musst, Michelle, ist, dass ich bereit bin, alles zu tun, um meinen Kindern zu helfen. Und ich bin sicher, du fühlst genauso."

Natürlich! Wenn ich die Chance hätte, ihren Schmerz zu stoppen, würde ich alles tun. Absolut alles.

„Nun, Teddy brauchte besondere Maßnahmen." Sie dreht sich zu mir, ihr Gesicht im Schatten verborgen. Alles, was ich sehen kann, sind ihre glänzenden Augen.

Die Erkenntnis trifft mich wie ein Schlag in den Magen. Ich weiche zur Beifahrertür zurück.

„Hast du sie getötet? Teddys Eltern?"

Pams Nicken ist langsam und bedächtig. Ich kann die Zahnräder in ihrem Gehirn hinter ihren Augen arbeiten sehen.

„Teddy brauchte Hilfe. Das wissen wir beide. Graham konnte nicht hineingehen, um zu sehen, ob er am Leben war. Der logische Schritt war, das Hindernis zu beseitigen." Ihre Stimme beginnt ruhig, wird aber hysterischer, als die Worte herauskommen. „Du musst das verstehen, Michelle. Du von allen Menschen musst doch wissen, wie es ist, mit solchen Leuten zu leben. Sie verdienen keine Kinder."

„Sie haben es aber auch nicht verdient zu sterben!", rufe ich aus.

„Ist das wirklich deine Meinung?", schreit Pam. „Sie waren böse, schädliche Menschen. Sie haben absolut nichts zur Gesellschaft beigetragen. Sie waren eine Plage für ihre Nachbarn, und der arme Teddy ist für sein Leben gezeichnet. Er wird sich nie vollständig von dem erholen, was sie ihm angetan haben. Graham hat ihn in einem winzigen Schuppen eingesperrt gefunden. Wusstest du das? Kein Essen, keine Wärme, nicht einmal ein Topf zum Pinkeln. Also sag mir, Michelle, verdienen sie es wirklich zu leben? Oder sollten sie in der Hölle schmoren?"

Ich beiße mir auf die Unterlippe und starre in den Regen.

„Oder beantworte das: Verdient Teddy es stattdessen zu sterben? Denn da war er auf dem Weg hin, und das weißt du. Ich musste etwas tun, Michelle. Ich konnte diesen kleinen Jungen nicht einfach sterben lassen."

Ich weiß nicht, was ich sagen soll.

Aus dem Augenwinkel sehe ich, wie Pam sich übers Gesicht wischt. Ich drehe mich zu ihr und bin entsetzt, Tränen ihre Wangen hinunterlaufen zu sehen.

„Ich verstehe deinen Standpunkt. Wirklich", murmle ich. „Aber was ich nicht verstehen kann, ist wie. Wie konntest du das physisch tun? Pam, du hast ihnen ihr Leben genommen." Mein Blut gefriert, lässt mich erstarren.

Pam seufzt. „Wenn man das Warum respektiert, ist das Wie einfach. Jemand muss sich um diese Kinder kümmern. Jeder weiß, dass das System fehlerhaft ist. Es braucht Mut, etwas zu ändern." Sie atmet tief durch und beruhigt ihre Stimme. „Ich liebe jedes einzelne Kind, das bei Speak Up anruft. Deshalb mache ich das. Das im Hinterkopf zu behalten, macht es einfach." Sie lehnt sich über mich und zieht ein Taschentuch aus der Box in ihrem Handschuhfach. Sie putzt sich geräuschvoll die Nase. „Außerdem machen es diese Idioten so einfach. Winke ihnen mit einem Päckchen Heroin vor der Nase und sie bringen sich praktisch selbst um."

Etwas drängt sich in meiner Magengegend in den Vordergrund. Ich beobachte, wie der Regen an der Scheibe herunterläuft. „Wo ist Teddy jetzt? Du kannst nicht einfach seine Eltern töten und ihn zum Jugendamt schicken. Das schreit ja förmlich nach roten Flaggen."

„Das ist Grahams Bereich. Er arbeitet seit Jahren für das Jugendamt. Wie ich schon sagte, wir machen das nicht leichtfertig. Alles ist bis ins kleinste Detail durchdacht. Graham weiß genau, welche Berichte er einreichen muss; welche gefälscht werden müssen. Dann sorgt er dafür, dass jedes Kind bei liebevollen Eltern untergebracht wird. Es ist eine heikle Operation, aber eine, die wir durch jahrzehntelanges Nachdenken und Üben gemeistert haben."

Jedes Kind. Mehrzahl. Ich schüttle den Kopf. „Wie vielen Kindern hast du auf diese Weise geholfen, Pam?"

Sie seufzt und schließt die Augen. „Ich weiß es nicht mehr."

„Scheiße."

Ich lehne meinen Kopf zurück an die Kopfstütze und drücke meine Fingerspitzen in meine Augen. Ich fühle mich, als hätte man mir in den letzten Minuten so viele Informationen an den Kopf geworfen, dass ich vielleicht nie aufholen werde.

„Michelle ... Als du jünger warst, haben deine Eltern dich grauenhaft behandelt. Sie sind gestorben. Hast du jemals darüber nachgedacht, wo du wärst, wenn sie es nicht wären?"

Natürlich habe ich das. Ich habe meine Geschichte unzählige Male durchgegangen. Wann immer es einen ruhigen Moment in meinem Kopf gibt, wird er sofort mit Schmerz und Horror aus meiner Kindheit gefüllt. Ihr Missbrauch hat mein Leben ruiniert. Hätten sie überlebt, hätte ich es vielleicht nicht.

Pam fährt fort: „Ich vermute, du wärst nicht da, wo du heute bist. Menschen helfen. Einen Job machen, den du liebst. Eine gute Freundin für mich sein. Und Kelsey. Ich habe das alles schon gesehen. Du wärst wahrscheinlich so beschädigt, dass du dich von Tag zu Tag schleppst und den Sinn des Lebens völlig verpasst. Jede Freude ausgesaugt." Sie legt eine Hand auf mein Knie. „Oder du wärst vielleicht sogar tot."

Ihre Worte treffen mich. Genau so habe ich gelebt, bevor Speak Up mir einen neuen Blick auf mein Leben gab. Bevor Pam mich vom Boden aufgehoben hat. Ich war eine Trinkerin, schlecht bei der Arbeit und eine verletzende Freundin für Kelsey, die nur Liebe für mich hat.

Ich stöhne.

„Ich fühle mich so müde", flüstere ich. Ich fühle mich, als könnte ich tagelang schlafen.

„Sag mir einfach, dass du verstehst, worauf ich mit all dem hinauswill. Ich muss wissen, dass du an Bord bist."

„Damit ich nicht zur Polizei gehe?"

„Ja." Sie berührt meinen Arm. „Und – damit du mir helfen kannst, diesen Krieg zu führen."

KAPITEL SIEBZEHN

MICHELLE

Ich drehe mich um und starre auf die leuchtenden Ziffern meines Weckers. 03:04. Ich bin so unglaublich müde, aber der Schlaf will mich einfach nicht übermannen.

Gedanken wirbeln durch meinen Kopf. Ich versuche, sie auszublenden, damit sich der Schlaf einstellen kann, aber meine perverse Seite will alles noch einmal durchkauen. Pam tötet Menschen. Menschen, die Kindern wehtun.

Pam tötet Menschen.

Ich werde von Erinnerungen an den gestrigen Abend überflutet. Pams Worte schwirren in meinem Kopf herum wie eine Fliege, die einfach nicht verschwindet. Ich schwitze, aber wenn ich meine Bettdecke wegschiebe, friere ich. Also wälze ich mich hin und her und versuche, eine Position zu finden, in der ich mich entspannen kann.

Es ist zwecklos.

Ich greife unter mein Bett und taste herum. Zu meiner Erleichterung umfassen meine Finger den kalten Flaschenhals. Hurra.

Mein Notvorrat an Wodka. Ich weiß nicht, welche Art von Notfall ich mir vorgestellt hatte, als ich das gekauft habe, aber ich kann garantieren, dass es nicht dieser war.

Meine früheren Sorgen erscheinen plötzlich absurd. Meine Vergangenheit ist genau das - Vergangenheit; Dinge, die vorbei sind. Warum also musste ich mich so lange selbst medikamentieren? Was hatte das für einen Sinn? Sicherlich ist eine Freundin, die sich als Mörderin entpuppt, ein besserer Grund zum Trinken?

Ich halte die Flasche an meine Brust. Sie ist kalt und ein köstlicher Schauer läuft durch meinen Körper. Ich drehe den Verschluss auf.

Meine Gedanken über Pam schwanken hin und her. Pam ist eine Mörderin, aber sie mordet zum Wohl der Kinder, denen ich helfen will. Die Kinder, die dringend raus müssen, bevor sie selbst tot enden.

Pam ist eine Mörderin.

Pam ist eine Selbstjustizlerin.

Wie Batman? Ich kichere in die Dunkelheit und atme die Alkoholdämpfe ein. Allein der Geruch des Wodkas hat mich schwindelig gemacht, und die Müdigkeit hat mich albern werden lassen.

Batman war allerdings heiß, also durfte er im Namen des Schutzes Chaos verursachen. Außerdem ist er fiktiv. Pam ist sehr real, genauso wie ihre Taten.

Ich setze die Flasche an meine Lippen.

Auf der Fahrt nach Hause erzählte mir Pam, dass sie Teddy im Gartenschuppen eingesperrt fanden, bedeckt mit Urin und Spinnweben. Seine Haut war blau vor Kälte. Er wäre dort gestorben.

Pam hat Teddys Leben gerettet. Das ist unbestreitbar. Jedes Kind, das bei Speak Up anruft, ist auf dem Weg ins Verderben, sei es Tod, Schmerz oder ein Leben voller Elend. Pam stoppt das. Sie ist besser als Batman. Unsere Bösewichte sind ekelhaft real, und sie tragen kein freches Grinsen und ein buntes Kostüm.

Ich schraube den Deckel wieder auf die Flasche und stelle sie auf meinen Nachttisch. Trinken wird dabei nicht helfen. Ich brauche einen klaren Kopf.

Ich brauche Schlaf.

Das Kissen umschließt meinen Hinterkopf, als ich mich wieder einkuschele. Ich ziehe die Bettdecke bis zum Kinn hoch und mein Körper fühlt sich schwer an. Meine Augenlider schließen sich langsam und der Schlaf findet mich endlich.

***

Kelseys Quietschen unterbricht meine Träume und ich werde zurück ins Bewusstsein gezwungen. Es ist 10:27 Uhr und ein seltener Samstag, an dem wir beide frei haben. Worüber quietscht sie?

Meine Schlafzimmertür fliegt auf und Kelsey kommt herein, einen riesigen Strauß Blumen in weißen und gelben Tönen in den Händen. Sie sind wunderschön.

„Oh, die sind schön." Ich versuche, etwas Begeisterung aufzubringen. Ich will Kelseys Freude nicht verderben. „Was hat Travis diesmal falsch gemacht?" Ich meine es scherzhaft, aber Kelsey runzelt die Stirn.

„Als ob Travis etwas so Klischeehaftes tun würde", erwidert sie. „Aber nein. Sie sind für dich! Warum hast du mir nicht gesagt, dass du jemanden triffst? Wir können ein Doppeldate machen."

Gerade jetzt, inmitten meiner wirren Gefühle, lässt mich der Gedanke an ein Doppeldate fast kotzen, aber meine Neugier hält mich davon ab, Kelsey abzuweisen. Ich nehme die Blumen, die sie mir reicht.

Ich lese die Notiz, die an der Papierverpackung befestigt ist.

Michelle. Wann darf ich dich zum Essen ausführen? Aiden XX

Meine Augen weiten sich und ich umklammere die Notiz fester. Weiß Aiden von Pam? Will er versuchen, mich mit süßen Worten zum Schweigen zu bringen?

„Was ist los?", fragt Kelsey. Sie spitzt die Lippen, wie sie es immer tut, wenn sie besorgt ist.

„Mir geht's gut." Ich zwinge mich zu einem Lächeln. „Es ist nur ein Schock, das ist alles. Es ist nicht alltäglich, dass ich Blumen bekomme."

Kelsey lacht. „Na, wurde auch Zeit. Du bist ein Fang." Ich widerstehe dem Drang, mit den Augen zu rollen.

„Du gehst doch mit diesem Aiden-Typ essen, oder?"

Ich nicke. Ich muss mit ihm reden, um genau herauszufinden, was los ist. Ich muss all den Lärm in meinem Kopf sortieren, bevor er mir von den Schultern explodiert.

Kelsey verlässt mein Zimmer und singt dabei lauthals „Sexual Healing", während sie sich hin und her wiegt und ihre Hände über ihren Körper gleiten lässt. Ich glaube, sie versucht, sinnlich zu sein. Ich lache. Trotz allem ist Kelsey ein Hauch frischer Luft. Ich wünschte, ich hätte das schon vor Jahren erkannt, anstatt mich dagegen zu sträuben.

***

Ich beschließe, dass es das Beste ist, den Tag damit zu verbringen, meine Probleme zu ignorieren. Ich verbanne mein Handy in mein Zimmer, damit ich mich nur darauf konzentrieren kann, Kelseys Gesellschaft zu genießen. Wie in alten Zeiten. Bevor der Alkohol mich in seinen Bann zog.

Zusammengerollt auf dem Sofa schauen wir eine Folge nach der anderen von Grey's Anatomy und debattieren darüber, wer der heißeste Arzt ist (Owen Hunt, offensichtlich).

Um sechs Uhr abends klopft es an der Tür.

„Oh, das wird die Pizza sein", sage ich und springe auf.

Mir ist kalt, jetzt, wo ich die Gemütlichkeit des Sofas verlassen habe, also jogge ich zur Haustür. Als ich die Tür öffne, bin ich schockiert, Travis auf der Schwelle zu finden.

Er sieht verlegen aus. „Tut mir leid, dass ich störe. Ich habe in der Nähe gearbeitet und wollte nur kurz Hallo zu Kelsey sagen. Ist sie da?"

Ich trete beiseite und lasse ihn herein, die eisigen Temperaturen hinter ihm aussperrend. „Geh einfach durch. Sie ist da drin."

Ich habe meinen Satz noch nicht einmal beendet, da ist er schon im Wohnzimmer und begrüßt Kelsey mit einem langen Kuss. Sie sind so süß zusammen. Ich wende mich ab, falls ich störe. Sollte ich den Raum verlassen? Was ist hier das Protokoll?

Zum Glück löst sich Kelsey von ihm.

„Was machst du hier? Ich dachte, du arbeitest."

„Tu ich auch. Ich war in der Nähe und dachte, ich mache eine Pause."

„In der Nähe? Oh mein Gott, was ist passiert?"

Ich hatte die Verbindung nicht hergestellt, bis Kelsey das sagte. Wenn Travis in der Nähe arbeitet, muss etwas Schreckliches in der Nähe unseres Hauses passiert sein.

„Vor ein paar Tagen sind zwei Personen ein paar Straßen weiter an einer Überdosis gestorben. Sie haben ein absolutes Chaos hinterlassen. Es ist überall in den Nachrichten - schalte um."

Ich setze mich leise in den Sessel neben dem Fernseher, die Hände ineinander verschränkt, während Kelsey nach der Fernbedienung greift.

Sie ist quälend langsam beim Suchen des Nachrichtensenders, und ich bin kurz davor, ihr die Fernbedienung aus der Hand zu reißen, als das vertraute rote Banner auf dem Bildschirm erscheint.

Wir sehen das Bild eines kleinen Schuppens. Der Ticker am unteren Bildrand besagt: POLIZEI SUCHT NACH LEICHE EINES KLEINEN JUNGEN NACH TOD DER ELTERN DURCH ÜBERDOSIS.

Die Nachrichtensprecherin sieht betrübt aus und benutzt ihre melancholischste Lesestimme: „Der Aufenthaltsort des siebenjährigen Theodore ist immer noch unbekannt."

Sie übergibt mit erstaunlicher Leichtigkeit an den Sportreporter.

Theodore.

Teddy.

Ich springe aus meinem Sessel. Ich kann das nicht mehr hören.

Wo ist Teddy?

Ich muss mit Pam sprechen.

Jetzt.

KAPITEL ACHTZEHN

MICHELLE

Mein Taxi hält vor Pams Tor. „Ich lass dich hier raus, Schätzchen", sagt der Fahrer zu mir. Er tippt schon auf seinem Handy nach der nächsten Fahrt und offensichtlich ist es ihm zu viel Aufwand, auf das Öffnen von Pams Tor zu warten.

Ich habe keine Kraft, mit ihm zu diskutieren, also steige ich aus und werfe ihm einen Zwanzig-Pfund-Schein hin. Ich verlasse das Auto und wappne mich gegen die Kälte. Die Auffahrt fühlt sich viel länger an, wenn man zu Fuß unterwegs ist.

Endlich erreiche ich die Tür und klingle. Ein unheilvolles Bim-Bam ertönt aus dem Inneren des Hauses. Keine Antwort.

„Komm schon", murmele ich in meinen Mantelkragen und versuche vergeblich, etwas Wärme zu finden.

Mein Taxi ist weggefahren und Pams Haus liegt mitten im Nirgendwo. Ich weiß nicht, was ich tun soll. Ich drehe mich ein paarmal um meine eigene Achse und versuche, meinen nächsten Schritt zu planen. Als sich Scheinwerfer dem Haus nähern, atme ich erleichtert auf.

Das Auto hält vor der Reihe von drei Garagen und die Fahrertür öffnet sich. „Michelle. Ist alles in Ordnung, Liebes?", ruft Pam in die Dunkelheit. „Du siehst schrecklich aus. Ich hatte schon befürchtet, dich nie wiederzusehen."

Pam eilt zu mir herüber, einen Regenschirm an ihrer Seite, öffnet die Tür und bedeutet mir, zuerst einzutreten. Pam zieht ihren Mantel aus und bringt ihn in die Garderobe neben der Tür. Sie kommt zurück und streckt ihren Arm aus, um meinen zu nehmen, aber ich ziehe meine Jacke fest um meinen Körper. Meine Arme umschlingen meinen Oberkörper wie eine Rüstung, und Pam nickt mir nur zu, Besorgnis steht ihr ins Gesicht geschrieben.

Jetzt, wo ich hier bin, weiß ich nicht, wo ich anfangen soll.

„Komm ins Wohnzimmer. Graham, würdest du bitte ein Feuer für uns anzünden?"

Ich drehe mich um. Ich habe Graham gar nicht hereinkommen hören. Er ist wie ein kleiner Gollum, der in den Schatten herumschleicht. Ohne ein Wort geht er ins Wohnzimmer, vermutlich um wie angewiesen das Feuer anzuzünden.

Er ist viel kleiner als Pam und trägt ein schwarzes Hemd und Chinohosen. Er ist ein kompletter Kontrast zu Pam, die einen blassrosa Hosenanzug trägt.

Pam sieht mich zittern und hakt sich bei mir ein. „Wir müssen dich aufwärmen." Ich sage ihr nicht, dass es das Adrenalin ist, das mich zittern lässt, nicht die Kälte.

„Wir setzen nur schnell Wasser auf", ruft Pam ins Wohnzimmer und bedeutet mir, ihr zu folgen. Graham steckt seinen Kopf aus der Wohnzimmertür und nickt kaum merklich. Ich beobachte, wie er uns nachschaut. Meine Füße schlurfen den Flur entlang, als wären sie aus B lei.

„Was ist los? Was machst du hier?", flüstert Pam.

„'Was ist los?' Was glaubst du denn, was los ist?" Mir war nicht klar gewesen, wie wütend mich unser letztes Gespräch zurückgelassen hatte. Und verloren. Jetzt, wo Pam vor mir steht, könnte ich ihr die Augen auskratzen. „Du bist eine Mörderin."

„Oh, sei nicht so plump. Da steckt mehr dahinter, und das weißt du auch. Diese Leute haben den Tod verdient, und tu nicht so, als würdest du mir da nicht zustimmen", faucht Pam. Sie dreht sich um und füllt den Wasserkocher. Wie kann sie es wagen, auf mich wütend zu sein? Ich sage es nur, wie es ist.

Ihre Motive mögen in ihrem Kopf Schwarz-Weiß sein, aber in meinem sind sie düstere Grautöne.

„Sag mir, wo Teddy ist."

Pam öffnet die Schublade und nimmt einen Teelöffel heraus.

„Er ist bei einer wunderbaren Pflegefamilie in den Cotswolds untergebracht."

Ich schnaufe verächtlich. „Lüg mich nicht an, Pam. Es ist überall in den Nachrichten. Teddy ist verschwunden und ich will verdammt nochmal wissen, wo er ist!" Ich schlage mit der Hand auf die Arbeitsplatte und lasse Pam zusammenzucken.

„Ist hier alles in Ordnung, meine Damen?", Graham steht in der Tür und hält seine ascheverschmierten Hände vor sich. Sein Blick trifft meinen und mir gefriert das Blut in den Adern. Seine Augen sind schwarz und winzig, wie kleine Kieselsteine. Es ist nicht ein Funken Wärme in ihnen.

„Eigentlich nicht", sagt Pam. „Ich denke, du musst uns erklären, wo Teddy ist."

Ich verrenke mir fast den Hals, als ich meinen Kopf ruckartig zu Pam, dann zu Graham und wieder zurück drehe. Zwischen Graham und Pam herrscht eine unangenehme Stille, und ich weiß nicht, was erschreckender ist - Pams laute Ausgelassenheit mit einem Hang zum Mord oder dieser stille Ninja, von dem ich das Gefühl habe, dass er noch größere Geheimnisse versteckt hält. Beide werfen sich Blicke zu, die töten könnten.

Pam wendet sich mir zu. „Ich habe dir bereits gesagt, Michelle: Graham ist mein Kontakt beim Jugendamt. Er hilft mir, die Kinder unterzubringen, denen ich helfe. Hast du wirklich geglaubt, er spaziert einfach mit einem Kind im Arm zur Arbeit und erzählt ihnen, was wir getan haben? Denkst du wirklich, es ist so einfach? Benutz deinen Verstand, Michelle."

„Und du bist damit einverstanden?", meine Stimme ist viel lauter als beabsichtigt, und Graham kneift die Augen zusammen, seine buschigen Augenbrauen verbinden sich über seinen stechenden dunklen Augen.

„Wenn du Pams schieren Heroismus meinst, dann ja." Er geht zum Wasserhahn und wäscht sich die Hände. Das Wasser läuft schwarz in den Abfluss. „Also, du bist Michelle. Pam hat mir von dir erzählt. Sie sagt, du seist etwas Besonderes."

Pam nickt mir nachdrücklich zu. Ich antworte nicht. „Besonders" wie? Wovon redet er?

Graham dreht sich zu Pam und verschränkt die Arme. „Sag mir, was hier los ist."

Pam errötet. „Ich möchte Michelle nur beruhigen. Du hast mir gesagt, Teddy sei in Obhut genommen worden, aber Michelle hat über Umwege gehört, dass die Polizei ihn nicht finden kann."

„Er ist in Obhut." Graham spricht langsam, während er ein Handtuch von einem Haken nimmt. Er trocknet sich die Hände in einem quälend langsamen Tempo, während wir auf weitere Erklärungen warten. Er dreht sich zu mir und ich winde mich unter seinem Blick. „Michelle, weißt du, wie schwer es ist, diese Kinder an einem sicheren Ort unterzubringen? Weißt du, wie vorsichtig ich sein muss, damit kein Muster entsteht? Ob ich damit einverstanden bin? Auf jeden Fall. Ich denke, wir haben gezeigt, wie weit wir für diese Kinder gehen würden. Und Teddy ist da keine Ausnahme."

Pam nickt sanft und streckt Graham die Hand entgegen. „Ich bin dir wirklich dankbar dafür."

Meine Augen huschen zwischen den beiden hin und her. Beide teilen einen Blick der Aufrichtigkeit, aber während Pams Blick Traurigkeit enthält, ist Grahams kalt. Pam arbeitet mit Mitgefühl. Er meint es ernst.

Ich bin immer noch nicht zufrieden.

„Aber wo zum Teufel ist er dann?", schreie ich. Ich habe genug von Pams Arschkriecherei und sehne mich nach einem starken Drink. Und nach ein paar verdammten Antworten.

Graham presst seine Finger zusammen, bevor er zu einem riesigen Weinregal an der Wand geht, das die Küche vom Essbereich trennt. Er zieht eine Flasche Rotwein heraus und sucht dann in der obersten Schublade neben dem Regal nach einem Korkenzieher.

Pam lässt den halbfertigen Tee stehen und holt pflichtbewusst drei Weingläser aus einem Schrank hinter ihr. Sie stellt sie auf die Theke, damit Graham sie mit der wunderschönen karmesinroten Flüssigkeit füllen kann.

Ihre Handlungen nehmen quälend viel Zeit in Anspruch, aber die Aussicht auf Wein ist zu verlockend, und ich warte geduldig, während mein Herz in meiner Brust hämmert.

„Wie du bereits weißt, ist Teddy bei einer Familie in den Cotswolds." Er nimmt einen Schluck von seinem Getränk und hinterlässt einen roten Fleck auf seiner Oberlippe. „Tracey und Mark Thompson versuchen seit Jahren, ein Baby zu bekommen, konnten aber leider nicht schwanger werden. Sie können sich keine künstliche Befruchtung leisten, und sie können nicht adoptieren, weil Mark vorbestraft ist. Betrug." Er senkt den Blick. Er sieht traurig aus. „Weißt du, wie herzzerreißend es ist, gesagt zu bekommen, dass man nie biologischer Elternteil sein kann? Es zerreißt einen."

Ich wende mich ab, beschämt von Grahams offensichtlichem Schmerz.

„Also habe ich ihnen geholfen. Inoffiziell. Ich verstehe deine Besorgnis, aber ich habe Teddy eine Chance auf wahres Glück gegeben. Er verdient die besten Eltern, und ich denke wirklich, dass Tracey und Mark ihm ein unglaubliches Leben ermöglichen werden. Ich hasse es, das zu sagen, aber das Jugendamt wird ihm nicht helfen können. Wir haben einfach nicht die Mittel dazu. Der arme Junge würde jahrelang herumgereicht werden und nie ein echtes Zuhause kennen. Ich denke, er verdient Besseres als das. Du nicht auch?"

Ich weiß nicht, was ich sagen soll, also nehme ich mir noch ein Glas Wein und leere die Flasche. Tief in meinem Inneren weiß ich, dass er Recht hat. Wenn das System so kaputt ist, dass Kinder getötet werden, macht es Sinn, dagegen zu kämpfen. Es steht zu viel auf dem Spiel.

Es ist alles einfach so verdreht. Das ist zu groß für mich, um es zu bewältigen.

Ich stöhne und lege meine Handflächen auf die Theke, den Kopf gesenkt. Meine Beine schmerzen. Warum stehen wir? Ich muss mich hinsetzen. Ich muss mich jetzt hinsetzen. Ich drehe mich um und suche; meine Beine zittern. Pam springt in Aktion und zieht einen Hocker zu mir. Dankbar setze ich mich hin und atme tief durch.

„Danke, Graham. Ich bin wie immer dankbar für deine Hilfe", sagt Pam und wendet sich dann mir zu. „Ich weiß, das ist viel zu verarbeiten, Liebes", sagt sie und legt ihre Hände auf meine Schultern, ihr Gesicht nur Zentimeter von meinem entfernt. Sie riecht nach Pfefferminz und Wein. „Denk an deine Kindheit zurück. Denk daran, wie deine Eltern dich behandelt haben und wie du dich dabei gefühlt hast. Wir können verhindern, dass das noch vielen weiteren Kindern passiert, Michelle."

Wir. Das Wort fühlt sich riesig an.

Pam blickt zu Graham und er nickt. Sie wendet sich wieder mir zu. „Du bist Speak Up beigetreten, um Kindern zu helfen. Jetzt ist deine Chance, wirklich zu helfen, Michelle. Ich habe nicht den Vorteil der Jugend wie du. Hilf uns, mehr Kinder wie Teddy zu retten."

„Du willst, dass ich Menschen töte?"

„Ich will, dass du dieses Land vom Bösen befreist."

Ich schnaufe. „Das klingt sehr dramatisch, Pam."

Pam zuckt mit den Schultern. „Aber es ist die Wahrheit. Die Wahrheit ist dramatisch."

Ich denke zurück, als ich sechs Jahre alt war. Ich war tagelang in meinem Zimmer gewesen und hatte Dosen mit Würstchen mit den Fingern gegessen, das scharfe Metall zwickte in meine Haut. Mum rief mich nach unten, und Hoffnung entfachte mein Herz. Ich war so aufgeregt, von etwas anderem als meinen Zimmerwänden umgeben zu sein, und betete, dass ich etwas zu essen bekommen würde. Mum wartete am Fuß der Treppe auf mich. Sie hatte ihr wütendes Gesicht aufgesetzt, und ich musste gegen den Drang ankämpfen, wieder nach oben zu rennen.

„Hast du Spaß?", fragte sie mich. Ich schüttelte den Kopf. „Ich habe dich da oben lachen gehört." Ich blickte nach oben und versuchte herauszufinden, was los war. Ich war mir so sicher, dass ich nicht gelacht hatte. Wann hatte ich das letzte Mal gelacht? War ich verrückt geworden?

Bevor ich die Chance hatte, eine Antwort zu finden, drückte Mum ihren Daumen in meinen Mund und hielt meine Zunge fest. Ich hustete, und sie packte fester zu. Meine Arme zappelten. Ich wollte, dass sie ging. Ich wollte einfach, dass sie mich in Ruhe ließ. Sie grinste mich an, genoss es, und ich saß einfach da, blinzelnd, und ließ es über mich ergehen. Terror durchströmte jede Zelle meines Körpers, als Mum ihren Daumen in meinen Rachen drückte. Sie hatte mich an die Treppe gepinnt. Ich konnte nicht schreien. Ich konnte nicht einmal weinen.

Ich wurde schlaff und ertrug es einfach, betend, dass es bald vorbei sein würde.

Der Klang ihres Lachens zerreißt mich, und ich schüttle mich zurück in die Gegenwart.

Ich beiße mir auf die Lippe und wende mich dann Pam zu. „Ich kann niemanden töten."

„Babyschritte, erinnerst du dich?"

Ich nicke, meine Augen auf ihre fixiert.

Pams Lachen klingelt um mich herum, ein krasser Gegensatz zu den sadistischen Lachern meiner Mutter. „Und natürlich wird eine vollständige Ausbildung von mir persönlich durchgeführt."

Ich nehme einen tiefen Schluck von meinem Wein. Pam und Graham beobachten mich. Pams Lippen sind zusammengepresst, ihre Augen voller Sorge. Graham lächelt mich an und enthüllt dabei seine gelben Zähne zwischen seinen dünnen Lippen. Er blinzelt nicht, kein einziges Mal.

„Gut. Ich werde darüber nachdenken."

KAPITEL NEUNZEHN

MICHELLE

Ich starre mich im Spiegel an. Wer ist diese Person, die mit so dunklen und geröteten Augen zurückstarrt? Mein Haar ist kraus, und graue Strähnen durchziehen das Dunkelbraun. Aber am schlimmsten ist, wenn man genau hinsieht, dass die Tiefen meiner Augen eine Dunkelheit enthalten, die ich von meinen verdrehten Eltern geerbt habe. Ein Abgrund, in den ich mich immer tiefer hineingrabe.

Kann ich jemanden töten, um ein Kind zu schützen?

Ich habe keinen Zweifel daran, dass ich meine Mutter getötet hätte, wenn ich die Chance gehabt hätte. Wenn nur meine winzigen Hände so stark gewesen wären wie meine Überzeugung.

Opfer häuslicher Gewalt bleiben oft bei ihrem Peiniger, weil sie Liebe für sie empfinden. In mir gab es keine Liebe. Ekel? Ja. Angst? Absolut. Aber keine Liebe. Wenn du ein Opfer von Missbrauch bist, wird das Konzept der Liebe so verdreht, dass du es mit Angst verwechselst. Mit Hass.

Es ist ein Wirbel von Emotionen, der dich zerbricht und dich auf einen Weg der Selbstzerstörung führt.

Als ich Pams Haus verließ, sagte ich ihr, ich würde darüber schlafen, bevor ich eine Entscheidung treffe. Sie packte meinen Arm, als ich in mein Taxi stieg, und sagte: „Michelle. Du musst dir sicher sein. Das ist nichts, wo du einfach mal den Zeh reinstecken kannst." Dann umarmte sie mich und flüsterte mir ins Ohr: „Ich stehe zu dir, egal was du tust. Bitte steh auch zu mir." Ein Schluchzen blieb mir im Hals stecken.

Ich habe drei Nächte darüber geschlafen. Ich habe mich in der Tierklinik krankgemeldet und es vermieden, zu Speak Up zu gehen, damit ich etwas Luft zum Atmen habe. Obwohl der Geruch in meinem Schlafzimmer ironischerweise auf einen ernsten Mangel an frischer Luft hier drin hindeutet. Es riecht nach Fleisch.

Es klopft sanft an meiner Tür. „Alles okay da drin?", ruft Kelsey. Ihr sechster Sinn hat ihr gesagt, dass ich so tief gesunken bin, dass man mich meiden sollte. Sie hat Recht damit. In mein Zimmer zu kommen, wäre wie den Bären zu reizen. Ich würde ihr hübsches kleines Köpfchen abreißen, wenn ich sie sähe, und ich möchte wirklich nicht gemein sein, wo wir uns doch so gut verstehen.

Ich antworte nicht. Nein, mir geht es wirklich nicht gut. Blöde Frage. Ich drehe mich in meinem Bett um und warte, bis Kelseys Schritte zurück über den Flur gehen und die Dielen unter ihren Füßen knarren, als sie sich entfernt.

Ich weiß, was ich als Nächstes tun will. Ich kämpfe nur damit, es direkt anzugehen. Es ist wie eine Sonnenfinsternis anzuschauen. Schaust du zu genau hin, bist du fürs Leben geschädigt, aber ein flüchtiger Blick ist zu verlockend.

Ich kann Pams Standpunkt verstehen. Verdammt, ein Teil von mir findet es sogar bewundernswert; aber es ist alles einfach zu dunkel. Zu unmoralisch. Es ist erschreckend.

Eines weiß ich jedoch sicher, ich werde sie nicht bei der Polizei anzeigen.

Ich werfe meine Bettdecke zurück und schlendere ins Badezimmer, wobei ich vorsichtig bin, dass Kelsey mich nicht mit ihrem unaufhörlichen Fragen überfällt. Ich kann sie unten in der Küche hören, wie sie dieses Lied aus Frozen singt. Schlecht.

Ich schnappe mir meine Zahnbürste und beladen sie mit Kelseys teuerer Aktivkohle-Zahnpasta.

Eine Million Fragen wirbeln durch meinen Kopf. Wie führt Pam die Tötungen durch? Sie kann doch nicht alle betäuben, oder? Das wäre zu offensichtlich. Und wie viele Leben hat sie schon genommen? Meine Fragen erschrecken mich. Meine Fantasie reizt meine Nerven.

Ich spucke die Zahnpasta ins Waschbecken und spüle meine Zahnbürste ab, während ich alle Gedanken an Pams außerschulische Aktivitäten aus meinem Kopf verdränge. Die Haustür knallt, als Kelsey zur Arbeit geht, und meine Schultern entspannen sich. Ich will nicht zurück in mein verdrecktes Zimmer. Ich sehne mich nach Sonnenlicht und frischer Luft.

In einem verzweifelten Versuch, abgelenkt zu bleiben, fasse ich den Mut, Aiden zu schreiben, ob er Zeit hat, sich zu treffen. Ich muss mit jemandem reden, der nicht Pam ist, um zu sehen, welche Informationen ich über die ganze Situation in Erfahrung bringen kann.

Er antwortet sofort. Ich kann mir den Nachmittag für dich freinehmen. Hast du gegessen? Xxx

Nein. Was hast du vor? Xxx

Ein Taxi holt dich in zehn Minuten ab. Xxx

Ich lasse mein Handy auf mein Bett fallen. Heilige Scheiße. Ich sollte mich besser beeilen.

Ich liebe es, das Haus für mich zu haben. Slipknot so laut wie möglich aus meinen Lautsprechern zu blasen, feuert mich an, mich der Welt zu stellen. Ich ziehe eine schwarze Skinny Jeans und ein tief ausgeschnittenes Top an. Meine Brüste sehen gut aus in dem tiefen V-Ausschnitt.

Ich schiebe alle Gedanken an Pam beiseite. Ich muss meine Aufmerksamkeit ablenken, um zu verhindern, dass ich in erschreckende Tiefen sinke, und Aiden ist die perfekte Ablenkung. Es ist wie am Rande der Hölle zu tanzen.

Ich finde nicht viele Männer attraktiv. Es ist, als würde mein Gehirn das Aussehen umgehen, also nahm ich immer an, dass dieser Teil von mir ausgeschaltet war. Aber Aiden ist wie ein Atemzug frischer Luft. Ich bekomme ein Flattern zwischen meinen Beinen, wenn ich an ihn denke. Ich beiße mir auf die Unterlippe in Erwartung, seine Bizepse durch seine Ärmel bauschen zu sehen, sein zerzaustes Haar über seine Augen fallen zu sehen und mir vorzustellen, wie seine riesigen Hände meinen Hintern umfassen. Okay, vielleicht brauche ich eine kalte Dusche.

Es ist eine lange Fahrt an den Rand des Geschäftsviertels. Es ist ein ungewöhnlich herrlicher Tag, und ich beobachte, wie Erwachsene herumflitzen und versuchen, so viel persönliche Zeit wie möglich in ihre einstündige Mittagspause zu quetschen. Einige Mutige haben es gewagt, kurzärmelig rauszugehen, obwohl ich schwöre, dass ich ihre Gänsehaut von hier aus sehen kann.

Als das Taxi mich am Stadtrand absetzt, wartet Aiden mit einem breiten Lächeln an der Tür eines umgebauten Telefonvermittlungsgebäudes. Die Sonne scheint auf ihn herab und hebt die grünen Sprenkel in seinen Augen hervor. Ich möchte ihn genießen, aber

Zweifel huschen durch meinen Kopf. Weiß er, was Pam vorhat? Sie hat mir versichert, dass er es nicht weiß, aber ich bin mir nicht mehr sicher, was ich glauben soll. So viel von unserer Freundschaft wurde auf Lügen aufgebaut.

Ich schüttle den Kopf und schiebe meine Fragen beiseite. Es gibt nur einen Weg, Antworten zu bekommen; ich muss richtig mit ihm reden.

„Hallo, Fremde. Ich dachte schon, du ghostest mich." Er zieht mich in eine Umarmung und ich atme seinen Sandelholzduft ein. Alle Gedanken an Pam verfliegen. Ich bin verloren in ihm.

„Tut mir leid, hatte ein paar harte Tage", sage ich, während Aiden mich eine Treppe hinaufführt. Ich bin überrascht, als ich feststelle, dass der Flur oben nur eine Tür hat. Erstreckt sich seine Wohnung über den gesamten Stock? Sie muss riesig sein.

Auf Aidens Aufforderung hin öffne ich die Tür und keuche auf. Seine Wohnung ist ein einziger großer Raum, der durch freistehende Metallsäulen und halbhohe Wände in Bereiche unterteilt ist. Die Küche befindet sich am anderen Ende des Raumes, modern und glänzend, während die Sonne durch die raumhohen Fenster hereinströmt.

Neben der Küche steht ein Esstisch, an dem acht Personen Platz finden. Die linke Wand wird von einem luxuriösen marineblauen Sofa dominiert, dem gegenüber ein mindestens 65-Zoll-Fernseher an der Wand montiert ist. Ich drehe mich um und nehme alles in mich auf. In der Ecke rechts von mir versteckt sich ein riesiges Bett. Es ist von luxuriösen, dicken Vorhängen umgeben, die den Raum vom Rest der Wohnung abtrennen.

„Wow", keuche ich. Ich habe noch nie einen so luftigen und geräumigen Raum gespürt. Ich verspüre einen lächerlichen Drang, im Kreis zu rennen und zu quietschen.

„Gefällt's dir?", lacht Aiden und führt mich zur Küche.

„Ich liebe es!" Ich folge ihm langsam und nehme die teuren Möbel und das perfekte Design in mich auf. Pam weiß wirklich, wie man sich um ihren Sohn kümmert.

Ein Holzbrett liegt auf der Küchenarbeitsfläche. Es ist beladen mit kaltem Aufschnitt und Käse. Ein frisch gebackenes Brot liegt daneben.

„Hast du das selbst gebacken?"

„Einen Scheiß hab ich", lacht Aiden. „Packungen öffnen und es schön auf einem Schneidebrett anrichten ist das Beste, was ich kann."

„Nun, es sieht fantastisch aus." Ich habe die letzten Tage von Pringles und Oliven gelebt, und mein Magen knurrt vor Vorfreude. Aiden dreht seinen Kopf langsam zu mir um. Er hebt eine Augenbraue bei meinem Magenknurren, und ich spüre, wie ich rot werde.

„Wir sollten besser essen, bevor der Alien ausbricht." Er stößt mich mit seiner Schulter an, und ich lache. Aiden nimmt das Brett und bringt mich zum Sofa, wo er das Essen auf den Couchtisch stellt. Ich werfe mich in das weichste Kissen, das ich je gefühlt habe.

Wir essen unser Mittagessen, während Aiden mir Geschichten aus seiner Jugend erzählt. Er erscheint mir als frecher kleiner Junge mit einer Vorliebe dafür, Leute aufzuziehen und Unfug anzustellen. Er erwähnt Pam häufig in seinen Geschichten, aber sein Vater fehlt auffällig. Ich bin neugierig und begierig darauf, das Gespräch vorerst von Pam fernzuhalten.

„Erzähl mir mehr von deinem Vater", frage ich ihn. Sein Gesicht verzieht sich, und ich bereue sofort, gefragt zu haben. „Tut mir leid, du musst das nicht tun. Das war dumm von mir."

Er wischt meine Bedenken mit einer Handbewegung beiseite. „Schon okay. Das ist längst Geschichte."

„Muss hart für dich gewesen sein. Ich stelle mir vor, ein Herzinfarkt gibt einem nicht viel Zeit, sich vorzubereiten."

Aiden seufzt und sinkt in das Sofa zurück. Er atmet tief ein, die Augen geschlossen. „Scheiß drauf. Ich hab nichts zu verbergen ... Er hat sich umgebracht." Seine Erklärung ist so brüsk, dass ich die Unterhaltung für beendet halte. Ich strecke die Hand aus, um seine zu berühren, aber er zieht sie weg. „Ich erzähle das nicht vielen Leuten. Es muss nicht besprochen werden, also sage ich den Leuten einfach, er hatte einen Herzinfarkt. Verhindert peinliche Fragen."

Peinlich? Ich habe mich noch nie in meinem ganzen Leben so peinlich gefühlt. Ich bin so ein Idiot, in sein Privatleben einzudringen.

In der Annahme, dass er etwas Raum braucht, nehme ich das Brett mit den Überresten des Mittagessens und bringe es in die Küche. Ich finde die Spülmaschine, die als Schrank getarnt ist, und lade sie ein.

Das Schuldgefühl lässt mich die Zähne zusammenbeißen. Warum bin ich nur so verdammt neugierig?

Als ich die Spülmaschine schließe, spüre ich, wie sich Aiden sanft von hinten an mich drückt. Er flüstert mir ins Ohr und gibt mir Gänsehaut. „Tut mir leid, ich wollte dich nicht in Verlegenheit bringen. Ich rede einfach nicht viel über Dad. Er war ein bisschen ein Arschloch."

Ich drehe mich um und lege meine Hände auf seine Schultern. Aiden hat eine seltsame Mischung aus Zuneigung und Hass im Gesicht. Von seiner Nähe her zu urteilen, nehme ich an, dass die erstere Emotion mir gilt. Aber warum hasst er dann seinen Vater? Ich nehme an, sich umzubringen ist eine schwer zu vergebende Sünde.

„Ich verstehe das. Ich rede auch nicht gerne über meine Eltern", flüstere ich. Seine Hand streift meine, und ich strecke meine Finger aus, um sie zu halten, aber er hat sich schon wegbewegt.

„Wir haben beide jede Menge Gepäck, was?"

Ich fange an zu lachen, aber bevor der Ton entweichen kann, kommt er wieder nah und presst seine Lippen auf meine.

Ein Schauer läuft mir den Rücken hinunter. Er ist so sanft, dass ich seine Lippen kaum auf meinen spüren kann. Gerade als ich in seine Zuneigung versinke, zieht er sich zurück und schaut mich an.

Wir schauen uns für eine gefühlte Ewigkeit in die Augen. Dann zieht Aiden mich zu sich, so dass mein Körper gegen seinen gepresst ist. Sein Mund begegnet meinem mit einer Kraft und Leidenschaft, die meine Knie weich werden lässt. Ein Stöhnen entfährt meinen Lippen.

Alle Gedanken an Pam sind mir entfallen. Es gibt nur diesen Moment. Jetzt. Hier.

KAPITEL ZWANZIG

TEDDY

Mein neues Schlafzimmer ist schön. Ich habe ein großes Bett mit einer Schublade darunter und dort sind ein paar Klamotten drin. Einige haben Löcher und auf dem Schlafanzug ist ein riesiger rosa Fleck, aber das macht mir nichts aus. Sie sehen an mir gut aus und auf einem Oberteil ist ein Piratenschiff. Das ist mein Lieblingsstück. In der Ecke steht auch ein kleines Bücherregal mit vielen Büchern. Einige haben Eselsohren und Kritzelspuren. Hinter der Tür liegt eine Puppe, die mich anstarrt, wenn ich im Bett liege. Ich habe ihr einen Tritt versetzt, damit sie sich umdreht und mich nicht mehr sehen kann.

Das Beste ist, ich darf mich jederzeit ins Wohnzimmer setzen. Die Dame hat mir gezeigt, wie man die Fernbedienung benutzt, aber es waren zu viele Knöpfe, und ich bin mir immer noch nicht sicher. Also schalte ich den Fernseher mit dem roten Knopf ein und schaue, was gerade läuft. Meistens sind es die Nachrichten, aber gerade schaue ich einer hübschen Dame zu, die ein paar Leuten ein Haus in einem Land namens Australien zeigt. Es sieht dort schön aus. Alle lächeln.

Die Haustür öffnet sich und der Mann mit den zusammengekniffenen Augen kommt herein. „Ich bin's", ruft er. „Glory, bist du da?"

Die Dame, Glory, kommt aus der Küche und wischt sich die Hände an einem Geschirrtuch ab.

„Hier. Gibt's was Neues?"

Sie klingt nervös. Vielleicht sogar ängstlich. Meine Augen wandern zwischen den beiden hin und her, während sie reden. Es ist, als wäre ich gar nicht im Raum.

Glory ist wirklich nett zu mir, aber ich ertappe sie immer wieder dabei, wie sie mich mit Tränen in den Augen beobachtet. Das gab mir ein seltsames Gefühl, also verlasse ich jetzt einfach den Raum, wenn sie hereinkommt.

„Ja. Er wird am Samstag abgeholt. Zur gleichen Zeit wie der letzte", sagt der Mann. Diesmal sieht er mich an. Ich wende mich ab; seine Augen machen mir Angst.

„Samstag? Herrgott, das ist ja noch ewig hin. Du weißt, dass ich mich nicht wohl dabei fühle, sie so lange hier zu behalten."

„Magst die Kohle aber, was?", gibt der Mann zurück. „Hat das nicht deine Tochter letztes Jahr in die Reha gebracht? Nicht, dass es was gebracht hätte." Er lacht.

Sie starren sich eine Weile an, bevor Glory sagt: „Okay. Wir werden bereit sein."

Wir? Meint sie mich? Bereit wofür? Wo gehe ich jetzt hin? Ich will hier bleiben. Ich mag die Bücher und ich darf die Fernbedienung benutzen.

Seit ich hier bin, habe ich die ganze Zeit an meine Mami und meinen Papi gedacht. Ich weiß, dass sie tot sind und das bedeutet, dass sie für immer weg sind, und ich vermisse sie sehr. Ein bisschen jedenfalls.

Sie waren die einzigen Menschen, die ich je kannte. Ich wusste nicht, dass die Welt so groß und seltsam sein würde. Alles ist einfach neu da draußen und ich mag es nicht. Kein bisschen.

Der Mann nickt Glory zu und wendet sich dann mir zu. Er kniet sich ganz nah zu mir, als hätte er ein Geheimnis, das er mir zuflüstern möchte.

„Du bist ein braver Junge, ja?"

Ich nicke.

„Du bist schön brav und leise für Glory?" Er zieht sein Handy aus der Tasche.

Ich nicke.

„Gut gemacht. Du wirst hier bald weggehen, okay?" Er schaut auf das Handy und lächelt.

„Wo gehe ich hin?", flüstere ich.

Er zwinkert mir zu, aber es ist kein nettes Zwinkern. Mein Körper zittert. „Irgendwohin weit weg von hier."

Ich suche nach Glory, aber sie ist in die Küche gegangen. Ich glaube, ich kann sie weinen hören.

Ich will nicht weit weg von hier gehen. Ich will nach Hause.

KAPITEL EINUNDZWANZIG

MICHELLE

Ich hatte nicht vor, über Nacht zu bleiben. Wer schläft schon beim ersten Date mit einem Typen? Ich bin so eine Schlampe. Aber ich bin ein bisschen stolz auf mich.

Wir saßen bis in die frühen Morgenstunden auf dem Sofa. Redeten, tranken, küssten uns. Als wir bemerkten, wie spät es war, machte es keinen Sinn mehr, ein Taxi nach Hause zu nehmen. Aiden schlief auf dem Sofa und ich im Bett. Jetzt grinse ich bei der Erinnerung auf dem Weg zur Arbeit.

„Aiden", flüsterte ich laut über den offenen Raum seiner Wohnung.

„Ja?", flüsterte er zurück. „Alles okay bei dir?"

„Nein. Mir ist kalt."

„Willst du noch eine Decke?"

„Nein. Ich will dich." Aidens Lachen durchschnitt die Dunkelheit; Sekunden später hüpfte er neben mir ins Bett. Ich finde Trost darin, dass wir keinen Sex hatten. Ich bin klassischer als das, außerdem waren wir ein bisschen zu betrunken. Aber wir küssten und kuschelten, und ich fiel in einen tiefen, wunderschönen Schlaf, seine Arme um mich geschlungen.

Ich fühlte mich sicher.

***

Maggie ist nicht da, um mich wegen meiner vorgetäuschten Krankheit zu verhören, als ich bei der Arbeit ankomme, was das fröhliche Gefühl in meinem Herzen noch verstärkt. Allerdings sinkt meine Stimmung etwas, als ich meine erste Kundin auf mich warten sehe.

„Guten Morgen, Pam", sage ich zu ihr und beuge mich hinunter, um Felix' Kopf in meine Hände zu nehmen. „Hi, Junge!"

„Guten Morgen auch dir. Du scheinst heute ja recht munter zu sein."

Ich drehe mich weg, damit Pam meine roten Wangen nicht sehen kann. Ich bin noch nicht bereit, mich ihr zu stellen. Ihre Anwesenheit ruft große Gefühle hervor, und ich möchte einfach noch ein bisschen länger auf meiner Wolke schweben.

Ich nehme Felix' Leine und Pam geht zurück zur Tür. Sie streckt den Kopf heraus, um zu sehen, wer in der Nähe ist. Zufrieden, dass die Praxis leer ist - bis auf Sharon, die sich an der Rezeption die Nägel feilt - schließt sie leise die Tür und dreht sich zu mir um.

„Ich wollte sehen, wie es dir geht."

„Du meinst, du willst wissen, was ich entschieden habe? Meine lebensverändernde Entscheidung, ob ich Menschen töten soll oder nicht?"

Pam legt den Kopf schief, ihre perfekten Locken fallen auf ihre rechte Schulter. „Nun ja; obwohl ich es vorziehe, daran zu denken, schutzbedürftige Kinder zu retten."

Pam klingt immer noch wie Pam. Sieht aus wie Pam. Verhält sich wie Pam. Nur dass ich jetzt ihre dunkelsten Geheimnisse kenne und sie sich mir so offenbart hat. Ich kann ihre Unverstelltheit sehen. Ich sehe ihre Wahrheit.

Und ich kann meine spüren, wie sie sich in mir nach oben schiebt. Und es ist erschreckend. Durch die Schockwellen hindurch kann ich nicht anders, als so etwas wie Respekt zu empfinden. Pam ist entschlossen, diesen Kindern zu helfen, auch wenn sie sich selbst dabei in Gefahr bringt.

Ich bewundere das. Obwohl ich die Bewunderung unterdrücke. Ich bin noch nicht bereit, mich damit auseinanderzusetzen.

„Ich möchte einfach nur wissen, wie du damit angefangen hast. Bist du eines Tages aufgewacht und hast gedacht, ich weiß, wie ich diesen Kindern helfen kann, ich gehe einfach hin und steche den Eltern eine Nadel rein?" Ich ziehe Felix in das niedrige Waschbecken, und er steigt widerwillig ein, um abgespritzt zu werden.

„Wenn ich es dir erzähle, darf es diesen Raum nicht verlassen. Du darfst Aiden nicht sagen, dass du es weißt. Ich weiß, wie nah ihr euch steht." Scheiße, weiß sie, dass ich letzte Nacht bei ihm geblieben bin? Ich habe seine Wohnung erst vor einer Stunde verlassen. Er kann es ihr doch nicht schon erzählt haben, um Gottes willen. Ich fühle mich ein bisschen eklig.

„Aiden hat mir gesagt, dass er plant, dich um ein Date zu bitten", grinst sie und zögert.

Ich stoße den Atem aus, den ich absichtlich angehalten habe. Oh Gott sei Dank, sie weiß nichts. Mit Pams Sohn zu flirten, während ich mich mit ihrem Geständnis auseinandersetze, fühlt sich beschämend an. Ich habe keine Selbstbeherrschung.

Felix schüttelt Wasser über mich und holt mich in die Gegenwart zurück.

Meine Neugier siegt. Ich möchte, dass sie auf ihren unheilvollen Vorschlag zurückkommt. Ich will wissen, wo das alles seinen Ursprung hat. Vielleicht kann ich, wenn ich verstehe, wo es angefangen hat, das ganze Bild sehen und einen Sinn in all dem finden.

„Ich werde es ihm nicht sagen."

Pam seufzt. „Du weißt, wie sehr ich meinen Sohn liebe. Und eines Tages, wenn du Kinder hast, wirst du verstehen, dass Liebe dich Dinge tun lässt, von denen du nie gedacht hättest, dass du dazu fähig wärst. Es ist eine Liebe, die dich wahnsinnig machen kann."

Ich spritze Felix mit einem desodorierenden Shampoo ein und arbeite es mit meinen Fingerspitzen in sein Fell ein. Er stöhnt und drückt seinen Rücken in meine Hände.

„Als Aiden mir erzählte, dass sein Vater ihn anfasste, sah ich nur noch rot."

Ich drehe meinen Kopf ruckartig zu Pam. Sie vermeidet meinen Blick, ihre Finger spielen am Reißverschluss ihres Mantels.

„Aidens Vater war mein erster Mord, Michelle, und ich bereue es nicht. Was er meinem Sohn angetan hat, war unverzeihlich. Das Justizsystem konnte einfach nicht die Gerechtigkeit liefern, die er verdient hatte. Er verdiente die höchste Strafe. Aiden verdiente das auch."

„Wie hast du ihn getötet?" Ich kann nicht glauben, dass ich frage. Will ich die Antwort wissen?

Pam winkt mit einer Nonchalance ab, die mir Schauer über den ganzen Körper jagt, und sagt dann: „Ich habe ihn mit Drogen vollgepumpt und ihm die Pulsadern aufgeschnitten."

Ich huste und schlucke die Galle hinunter, die mir im Hals aufsteigt. Ich stelle das Wasser ab und lasse Felix sich schütteln, bevor ich ein Handtuch über ihn werfe.

Ich zittere. Ich kann nicht atmen.

Felix springt aus dem Waschbecken und beginnt, im Raum herumzurasen, unbeeindruckt von der Spannung im Raum.

„Michelle." Pam steht direkt hinter mir; ihr Blumenparfüm erstickt meinen Geruchssinn. „Du musst verstehen, warum ich es tun musste. Dieser widerliche Bastard hat meinen Sohn an Stellen berührt, an denen ein Kind niemals, niemals berührt werden sollte. Er hat ihm so viel genommen. Ich musste ihm sein Leben nehmen, Michelle. Ich musste einfach. Es war das Mindeste, was ich tun konnte."

Zu meinem Entsetzen stelle ich fest, dass Pam in ihren Ärmel schluchzt. Sie sieht erbärmlich aus. Klein und schwach. Sie nährt sich von ihrem Heldentum, und ich habe es in etwas Hässliches verwandelt. Ich kann sehen, wie ihre Welt um sie herum zerbricht, als sie den ultimativen Schmerz wieder erlebt, den jemand verursacht hat, der sie eigentlich hätte lieben sollen. Ihre Integrität liegt in Stücken auf dem Boden.

Ich schlinge meine Arme um sie und ziehe sie an meine nasse Schürze. Felix trottet herüber und legt eine Pfote auf Pams Bein. Sie schluchzt weiter in eine Hand und streichelt Felix mit der anderen.

„Ich verstehe", flüstere ich. „Ich verstehe es wirklich."

Wir weinen gemeinsam und lassen den Schmerz heraus, den wir durchgemacht haben. Beide Opfer. Pam die Kämpferin. Pam tut, was sie tut, weil es da draußen so viele weitere Opfer gibt. Sie möchte dem einfach ein Ende setzen. Das kann ich sehen. Das kann ich fühlen.

Alles, was ich als Kind wollte, war mich sicher zu fühlen. Ich wollte keine Massen an Weihnachtsgeschenken oder Ausflüge nach Alton

Towers, nur Sicherheit. Pam bietet das diesen Kindern und, wenn ich ehrlich bin, auch mir.

Als unsere Tränen versiegen, zieht sich Pam zurück und sieht mich an. „Hör zu, wenn du nicht helfen willst, verstehe ich das vollkommen; aber bitte, du darfst niemandem von all dem erzählen. Es würde so viele Leben in Gefahr bringen."

Tränen laufen mir über die Wangen. Aiden war dreizehn, als Pam seinen Vater tötete. Wie viele Jahre war er einem solch widerlichen Missbrauch ausgesetzt? Wie konnte Aiden so sanft und süß werden? Er ist so ... nun ja ... normal. Besser als normal. Und das ist Pam zu verdanken.

„Du hast mein Wort, Pam. Dein Geheimnis ist bei mir sicher."

Pam schluchzt.

„Und, Pam?"

Sie dreht sich zu mir um. Ihr Make-up ist verschmiert und ich kann die Augenringe unter ihren Augen sehen. Sie hat seit Tagen nicht geschlafen. Sie tupft mit einem geblümten Taschentuch ihr Gesicht ab.

„Ich möchte dir helfen."

„Wirklich?" Sie lässt ihr Taschentuch fallen und klatscht vor Freude in die Hände. Felix schnappt sich das Taschentuch und nimmt es mit in die Ecke des Raums, um daran herumzukauen.

„Ja. Wir können nicht zulassen, dass Menschen damit durchkommen."

Pam klatscht wieder in die Hände. Ihre Wangen sind gerötet und glänzen von den Tränen. „Möchtest du mich bei meinem nächsten Fall begleiten? Das Handwerk lernen?"

„Ja." Ich nicke mit einer Zuversicht, die ich kaum aufbringen kann.

„Injizierst du ihnen jedes Mal etwas?"

„Oh nein, manchmal funktioniert das einfach nicht. Aber es ist ein guter Anfang."

Ich bin zu gleichen Teilen entsetzt und neugierig. Das fühlt sich an wie eine verdammt verrückte Jobeinführung. Trotzdem freue ich mich fast darauf zu sehen, wie das läuft.

KAPITEL ZWEIUNDZWANZIG

MICHELLE

Die letzte Woche hat sich endlos hingezogen, und jetzt ist es Donnerstagabend um zehn Uhr, als Pam vor meinem Haus vorfährt. Glücklicherweise ist Kelsey heute bei Travis, sodass ich ihre neugierigen Fragen nicht vermeiden muss. Ich verlasse das Haus, während die Last dessen, was passieren wird, auf meine Schultern drückt.

„Wie geht's dir?", fragt Pam, als ich die Tür des gemieteten Fiat Punto hinter mir schließe. Sie sieht seltsam aus in einer schwarzen Parka, ohne Make-up und mit straff zurückgebundenem Haar.

Ich antworte ihr nicht. Ich glaube nicht, dass es Worte gibt, die beschreiben können, wie ich mich fühle. Wie nennt man es, wenn man gleichzeitig verängstigt, erschüttert, angewidert und aufgeregt ist?

Pam fährt zur Hauptstraße und biegt links Richtung Autobahn ab. Unser Ziel, Kate, wohnt zwei Stunden entfernt, sodass Pam reichlich Zeit hat, mich über den Plan zu informieren.

„Es gibt drei wesentliche Regeln, die du nie vergessen darfst. Erstens, wir dürfen nicht gesehen werden." Ich nicke und starre durch die Windschutzscheibe in die Dunkelheit. Das ist eine verdammt offensichtliche Regel. Ein Schauer läuft mir über den Rücken und Pam fährt fort. „Zweitens, trag immer Handschuhe und binde deine Haare zusammen. Drittens, du beobachtest mich; das ist alles, was du tun musst. Dies ist ein Training - ein Vertrauensaufbau. Du greifst in keinem Fall ein."

„Okay." Meine Stimme klingt schwach, und ich räuspere mich, um sie etwas zu kräftigen. „Okay", wiederhole ich etwas lauter. Ja, das hat nicht funktioniert.

„Und, Michelle. Wenn du gehen musst, geh schnell und leise. Komm direkt zum Auto zurück und warte auf mich."

„Werden die Polizei das Auto nicht zu dir zurückverfolgen?"

Pam grinst. „Nein, sie werden es zu einer Diane Herne zurückverfolgen, die an einer nicht existierenden Adresse in Devon lebt."

Das ist wirklich nicht Pams erstes Mal. Ich versuche, mich in die Erfahrung hineinzuversetzen.

„Was werden wir benutzen, um ... du weißt schon ... sie zu töten?", frage ich sie. „Eine Überdosis Drogen?"

„Nein. Kate ist keine Drogenabhängige. Das bedeutet, wir haben keine offensichtliche Todesursache, auf die wir uns stützen können. Ich denke, wir können uns beide darauf einigen, dass dies einen Knalleffekt haben und schnell vorbei sein muss. Schau einfach zu und lerne."

Ich schlucke. „Was, wenn sie dich überwältigt?" Kann Pam jemanden überwältigen, der um sein Leben kämpft? Hat sie irgendwelche Superkräfte, von denen ich nichts weiß?

Pam wirft mir einen wissenden Blick zu. „Darüber musst du dir keine Sorgen machen", kichert sie.

Ich grunze frustriert. Pam tanzt absichtlich um die Ränder des Plans herum. Wahrscheinlich für den Fall, dass ich kalte Füße bekomme. Es nervt mich.

Ich zwinge meine Gedanken immer wieder zurück zu dem Grund, warum wir das tun. Ich sitze auf der Kante meines Sitzes, ein Teil von mir ist begierig darauf, aus dem Auto zu springen und wegzulaufen.

Ich weiß, dass diese Kate ihr Kind gezwungen hat, Bleichmittel zu trinken. Pam will mir nicht sagen, wer das Kind ist. Sie sagt, es würde mich von der Aufgabe ablenken und emotional machen, was zu Fehlern führen kann.

Pam fährt fort. „Graham hat Kates Tochter bereits in Obhut genommen. Er hat sie früher heute aus dem Haus geholt. Kate war anscheinend am Boden zerstört, aber es fällt schwer, Mitgefühl zu haben, wenn man ihr kleines Mädchen am Telefon schluchzen gehört hat. Graham trifft morgen ihre neue Familie, und er ist zuversichtlich, dass alles gut ausgehen wird."

Ich muss den Elefanten im Raum ansprechen. „Warum tun wir das also? Wenn ihre Tochter schon weg ist?"

„Weil die Frau Ungeziefer ist, Michelle. Und ekelhaftes Ungeziefer findet immer einen Weg zu gedeihen. Es wird nur eine Frage der Zeit sein, bis sie jemand anderen zum Spielen findet." Sie wechselt auf die rechte Spur und verfehlt dabei knapp einen weißen Lieferwagen. „Ich habe das öfter gesehen, als ich zählen kann. Ein Kind wird weggenommen und die Eltern langweilen sich. Monate später sind sie mit ihrem nächsten Spielzeug schwanger."

Ich höre Pams angestrengtes Atmen und warte, bis sie sich beruhigt hat, bevor ich meine nächste brennende Frage stelle.

„Hat sie keine anderen Verwandten, zu denen sie gehen kann?"

„In diesem Fall nein. Sie hat einen Onkel, aber der sitzt im Gefängnis, weil er jemanden mit einer zerbrochenen Flasche erstochen hat, und ganz ehrlich, selbst wenn sie Familie hätte, bedeutet das nicht, dass sie sicherer ist. Man weiß nie, ob dieses Familienmitglied das Kind von seinem Missbraucher fernhalten wird. Oft stellen wir fest, dass sie innerhalb von Wochen wieder in den Händen des Missbrauchers sind, und du kannst dir wahrscheinlich vorstellen, was ihnen dann bevorsteht."

Wir sind jetzt von der Autobahn runter und winden uns durch Wohnstraßen. Ich beobachte, wie die Straßenlaternen in einem Schleier vorbeisausen.

„Sie ist fünf, Michelle. In diesem Alter sind Kinder widerstandsfähig. Sie wird sich schnell anpassen, und Graham wird regelmäßig nach ihr sehen."

Wir sitzen schweigend da, unsere Gedanken klingen laut in unseren Ohren.

Schließlich biegt Pam mit dem Mietwagen in eine Seitenstraße ein und parkt am Straßenrand. Sie wendet sich zu mir. „Wir gehen von hier aus zu Fuß weiter, falls der Motor einen Nachbarn aufweckt. Es ist etwa eine halbe Meile in diese Richtung."

Wir warten eine Minute, dann steigen wir mit gesenkten Köpfen aus dem Auto. Pam bedeutet mir, ihr die Straße hinunter zu folgen.

Wir sehen auf unserem Weg keine Menschenseele. Alle sind hinter geschlossenen Vorhängen und verschlossenen Türen versteckt. Wir hören Musik aus einem Haus dröhnen und ich wende meinen Kopf ab, nur für den Fall, dass sie nach draußen schauen und zwei Mörder vorbeigehen sehen.

Eine Katze springt aus einem nahegelegenen Busch, und ich erschrecke mich fast zu Tode. Es ist ein mageres kleines Ding. Ihre Rippen stehen schmerzhaft hervor und ihr Halsband baumelt lose. Ich muss dem Drang widerstehen, sie hochzuheben und zu retten.

Pams Schritte werden langsamer, als sie die Hausnummern mustert. Lautlos schlüpft sie in den Durchgang neben einem Haus und ich folge ihr. Sie zieht mich in den pechschwarzen Ziegeltunnel. „Wir gehen durch den Hintereingang rein. Ich habe einen Schlüssel."

„Wie zum Teufel hast du einen Schlüssel bekommen?", flüstere ich ihr zu und weiche zurück.

„Graham." Ich kann das Achselzucken fast in ihrer Stimme hören. „Er hat einen mitgenommen, als er unser Mädchen abgeholt hat."

Der Garten ist voller Unrat. Neben der Hintertür stehen ein kaputter Stuhl, eine verschimmelte Dartscheibe und ein Müllsack, dessen Inhalt herausquillt, zerrissen von winzigen, scharfen Krallen.

Pam steckt den Schlüssel in die Hintertür und schiebt sie auf. Ich springe zurück, als sie quietscht. Mein Herz schlägt mir bis zum Hals.

Wir halten an der Schwelle zur Küche inne. Schmutziges Geschirr liegt auf allen Oberflächen verteilt, mit verschiedenen Schattierungen von Schimmel darauf. Es stinkt. Muffig und grimmig, und seltsamerweise etwas Süßliches. Ich verziehe das Gesicht in einem vergeblichen Versuch, den Gestank auszublenden. Jenseits der Küche liegt das, was ich für das Wohnzimmer halte, in völliger Dunkelheit.

„Woher weißt du, dass sie zu Hause ist?" Mein Flüstern dringt kaum in den Raum zwischen uns, aber Pam legt ihren Finger auf die Lippen und schüttelt den Kopf. Sie zeigt zur Decke, presst ihre Handflächen zusammen und legt ihren Kopf darauf, um Schlaf nachzuahmen.

Ich nicke.

Sie bedeutet mir, ihr zu folgen.

Wir bahnen uns vorsichtig unseren Weg ins Wohnzimmer, steigen über weggeworfene Essensverpackungen und Zigarettenstummel. Wir nehmen die Treppe langsam, verlagern unser Gewicht vorsichtig auf jede Stufe und lernen, welche knarren. Pam ist beeindruckend flink und zeigt ihre umfangreiche Erfahrung. Ich bin entsetzt bei dem

Gedanken an all die Leben, die sie genommen hat, aber ich kann nicht lügen; ich bin auch beruhigt durch ihre Fähigkeit.

Wir biegen um die Ecke am oberen Ende der Treppe. Drei Türen liegen über den Flur verteilt. Eine ist offen und offenbart ein kleines, schmutziges Badezimmer. Die anderen beiden Türen sind geschlossen. Pam hält ihre Handfläche zu mir ausgestreckt und bedeutet mir anzuhalten. Sie schlüpft ins Badezimmer und kommt mit einem Handtuch wieder heraus, das sie zu einem ordentlichen Rechteck faltet.

Wir setzen unseren Weg den Flur entlang fort.

Ein flackerndes Licht dringt aus dem Spalt unter der Tür am Ende des Flurs, und lautes Schnarchen erfüllt unsere Ohren. Kate muss beim Fernsehen eingeschlafen sein.

Mit mehr Zuversicht, dass unsere Schritte sie nicht aufwecken werden, gehen wir weniger zögerlich voran. Das Schnarchen geht weiter.

Pam betritt zuerst das Schlafzimmer.

Kate liegt in ihrem Bett, als hätte sie nicht eine Sorge in der Welt; als wäre ihr kleines Mädchen ihr nicht weggenommen worden. Ihre gewaltige Gestalt ist ausgebreitet und bedeckt fast das gesamte Doppelbett. Sie hat eine Maske über dem Gesicht. Sie macht ein beruhigendes, zischendes Geräusch, während sie Luft in Kates Nasenlöcher presst. Es riecht deutlich nach Flatulenz und Schmutz. Wir schleichen zur Seite des Bettes und schauen auf sie herab.

Sie grunzt und verlagert ihre Position, was mich keuchen und meine Hand gegen meinen Mund pressen lässt. Pam wirft mir einen scharfen Blick zu, eine Augenbraue hochgezogen.

Ich hebe entschuldigend meine Hand.

Pam hatte recht. Wenn diese Frau Widerstand leistet, wird sie nicht weit kommen. Sie ist nur ein paar Pfund davon entfernt, mit einem Gabelstapler hier rausgeholt zu werden.

Eine seltsame Ruhe überkommt mich, während wir dastehen und Kate beim Schlafen zusehen. QVC läuft im Fernsehen und bewirbt Schmuck im vierstelligen Bereich, den Pam zweifellos als billig und geschmacklos bezeichnen würde. Es stinkt hier nach Zigarettenrauch und verfaultem Fleisch.

Pam nickt sich selbst zu und mit schockierender Geschwindigkeit reißt sie die Maske auf Kates Brust herunter und schlägt das gefaltete Handtuch über ihr Gesicht. Ein kleines, trauriges Lächeln spielt um Pams Lippen.

Kates Schnarchen hört sofort auf und ihre Augen öffnen sich schlagartig. Ihr Blick fällt auf Pam und sie sieht verwirrt aus, was schnell durch Verzweiflung ersetzt wird, als die Erkenntnis einsetzt. Ihre Panik vibriert durch meinen ganzen Körper.

Sie versucht, ihre schweren Arme unter der Bettdecke hervorzuziehen, aber Pam stürzt sich mit überraschender Agilität aufs Bett und hält Kate fest.

Das Handtuch hat sich nach oben verschoben, sodass ich nur noch Kates Kinn sehen kann. Ich beobachte, wie die Falten wackeln, dankbar, dass ich den Terror in ihren Augen nicht mehr sehen kann. Und dass sie mich nicht mehr sehen kann.

Sie versucht sich aufzusetzen, aber ihre schiere Größe plus Pam, die gegen sie drückt, bedeutet, dass ihre Bauchmuskeln die Aktion nicht vollenden können.

Es dauert zu lange. Sollte sie nicht schon tot sein?

Mein Verstand sagt mir immer wieder, ich solle wegrennen, aber er scheint nicht mit meinen Füßen kommunizieren zu können, die wie angewurzelt stehen bleiben.

Schließlich wird Kate schwächer und verlangsamt ihren Kampf ums Überleben.

„So, so, Kate. Zeit zu schlafen." Pams Stimme ist voller Abscheu. Sie starrt auf das verkrustete Handtuch hinunter, ihre Brust hebt und senkt sich langsam mit ihrem ruhigen Atem. Sie sieht ernst aus, als hätte sie gerade einen kniffligen Geschäftsdeal abgeschlossen.

Kate liegt jetzt still, aber Pam drückt zur Sicherheit weiter auf ihr Gesicht. Sie lehnt sich vor und flüstert in Kates Ohr. „Ich weiß, was du getrieben hast, Kate. Hat es dir eine perverse Befriedigung verschafft, deinem kleinen Mädchen Bleichmittel in den Hals zu schütten? Hm?"

Pam hat endlich losgelassen, zufrieden damit, dass Kates Leben entglitten ist, ihre Seele von der Hölle beansprucht wurde.

„Becks wird jetzt sicher sein, du böses Miststück", faucht Pam.

Der Groschen fällt. Becks. Becks Peters? Ich kenne sie. Ich habe bei Speak Up mit ihr gesprochen. Sie ist ein wunderschönes kleines Ding. Sie hat eine Vorliebe für Vögel und möchte alle Vögel am Himmel in ihrem Schlafzimmer behalten.

Diese Frau war ihre Mutter?

Der Raum dreht sich. Meine Lungen fühlen sich eingeengt an, als ich alles in mich aufnehme. Die Ereignisse des Abends haben mich in die Brust getroffen. Ich möchte weinen. Ich möchte schreien.

Becks Peters hat in diesem Dreck gelebt? Mit dieser Scheißmutter?

„Ich hoffe, sie verrottet hier", spucke ich aus.

Kates Augen sind starr zur Decke gerichtet; rote Adern umrahmen ihre Pupillen und sie quellen aus ihren Höhlen.

Trotz des Dramas, des Schocks, bin ich froh, dass sie weg ist. Ihre Strafe war verdient.

Pam scheint meine Gedanken zu lesen und nimmt meine Hand in ihre. Sie gibt ihr einen kleinen Drück.

Wir brechen zügig auf. Pam stopft das Handtuch in ihre Handtasche, als wir gehen, und verlassen das Haus auf demselben Weg, auf dem wir gekommen sind.

Die Straßen fühlen sich dunkler an auf dem Rückweg zum Auto. Ich zittere heftig. Ich kann meine krampfenden Muskeln nicht entspannen.

Der Mietwagen ist in Sichtweite, als mir die Kotze in den Mund schießt und in den Abfluss spritzt. Mein Magen entleert die kleine Menge an Essen, die ich zum Abendessen vertragen konnte, und die Galle brennt in meinem Rachen.

Ich spucke Speichel, als Pam mich am Ellbogen packt und die Beifahrertür für mich öffnet. Ich setze mich und sie knallt die Autotür zu, bevor sie um die Frontseite des Wagens auf den Fahrersitz eilt.

Wir sind auf halbem Weg nach Hause, als Pam endlich den Mut aufbringt, mit mir zu sprechen. „Das erste Mal ist immer am schwersten. Ich verspreche dir, es wird leichter werden."

Ich lehne meine Stirn an die kalte Scheibe. Wir haben gerade jemanden umgebracht. Ich frage mich, wann man sie finden wird. In welchem Zustand wird ihr Körper sein? Das Haus stinkt bereits. Ich mag gar nicht daran denken, was ihre Leiche dem Ganzen noch hinzufügen wird.

„Michelle, sprich mit mir. Geht es dir gut?"

Ich lasse die Frage zwischen uns schweben. Geht es mir gut? Die Tat selbst wird für immer als eine Erinnerung existieren, die es zu vermeiden gilt, aber die Konsequenzen von dem, was Pam getan hat, resonieren so stark in mir. Kate kann Becks nicht mehr wehtun. Sie kann Kindern nicht mehr wehtun.

Ich fühle mich irgendwie gereinigt. Zu wissen, dass es einen Anruf weniger bei Speak Up geben wird, lässt mein Herz singen. Ein Kind weniger, das jahrelangen Missbrauch ertragen muss.

„Weißt du was?", ich drehe mich zu Pam um, und sie wirft mir einen Blick zu, bevor sie ihre Aufmerksamkeit wieder auf die Straße richtet. „Mir geht's mehr als gut. Mir geht's verdammt fantastisch."

KAPITEL DREIUNDZWANZIG

MICHELLE

Ich habe letzte Nacht bei Pam geschlafen. Wir kamen erst in den frühen Morgenstunden von Kate nach Hause, und der Gedanke, allein zu sein, machte mir Angst. Meine Gedanken springen ständig hin und her, und ich befürchte, dass ich in einem Zustand lähmender Schuldgefühle enden werde.

Ich weiß nicht, ob es Pams beruhigende Präsenz in der Nähe war oder das Nachlassen des Adrenalins, aber sobald ich in eines von Pams Gästebetten kroch, schlief ich sofort ein.

Es ist jetzt neun Uhr und Pam kommt herein, mit einem Tablett voller Kaffee und dick geschnittenem Toast.

Ich verschlinge zwei Scheiben Toast, eine mit Marmelade und eine mit Butter. Pam sitzt am Fußende des Bettes, beobachtet mich beim Essen und nippt an ihrer Tasse Earl Grey Tee.

„Hast du gut geschlafen?", fragt sie mich, während ich mir die Butter von den Fingern lecke.

„Ich habe geschlafen wie ein Baby." Ich grinse. „Danke, dass ich bleiben durfte."

„Es ist mir ein absolutes Vergnügen. Du kannst jederzeit bleiben. Wie fühlst du dich? Du siehst gut aus." Sie nimmt einen winzigen Schluck von ihrem Getränk, wobei ihr kleiner Finger absteht, als sie die Teetasse anhebt.

Ich stelle das Tablett auf den Nachttisch und ziehe meine Knie unters Kinn, während ich meine Arme um meine Schienbeine schlinge. „Viel besser, als ich dachte; obwohl ich nicht aufhören kann, an Becks zu denken."

„Sie wird nie wieder dorthin zurück müssen. Niemand wird ihr je wieder wehtun. Und Kate hat bekommen, was sie verdient."

„Ich weiß." Ich kaue auf meiner Wange. „Ich habe das Gefühl, ich sollte bereuen, was wir getan haben, aber ich kann es einfach nicht. Es fühlt sich alles einfach richtig an - wir haben getan, was wir tun mussten. Aber jetzt habe ich Angst. Ich habe Angst davor, erwischt zu werden."

Pam streckt die Hand aus und berührt meine. „Du weißt einfach, was getan werden muss. Das ist eine Eigenschaft, auf die du stolz sein solltest. Es braucht Mut, um auf diesem Planeten etwas zu verändern. Und wir werden nicht erwischt werden, Michelle. Wir treffen Vorsichtsmaßnahmen, und Graham hat umfangreiche Erfahrung darin, alle losen Enden bei der Polizei und den Sozialdiensten zu beseitigen. Wie denkst du, konnte ich das schon so lange machen?"

Ich nicke langsam. Ich kenne Graham überhaupt nicht, und es fühlt sich wie ein riesiges Risiko an, mein Leben in seine Hände zu legen. Ich muss mehr über ihn wissen.

„Wie habt ihr euch kennengelernt, du und Graham?"

„Wir haben uns in der Schule kennengelernt." Sie strahlt mich an. Ich bin überrascht. Graham sieht mindestens zwei Jahre älter aus als Pam.

„Graham war ein ziemlich schüchterner Junge im Jahrgang unter mir. Ich schätze, ich habe ihn unter meine Fittiche genommen und wir haben eine seltsame, lockere Freundschaft entwickelt. Dann sind wir uns im Laufe der Jahre nähergekommen. Als ich Speak Up gründete, war unsere Freundschaft endgültig besiegelt."

„Habt ihr zwei miteinander geschlafen?", grinse ich.

Pam kichert und schlägt auf das Bett. „Eine Dame spricht nie über ihre Liebhaber, Michelle."

„Also habt ihr doch!" Ich kann es mir einfach nicht vorstellen. Pam ist so glamourös und Graham ist so, nun ja - krötenartig.

„Oh, Michelle."

„Wie hat das alles angefangen? Ich meine, wer hat das Thema zuerst angesprochen?"

„Er war es." Pam starrt wehmütig über meine Schulter. „Er hasste es, jeden Tag zum Sozialdienst zu gehen und keine angemessene Hilfe leisten zu können. Er sagte mir, dass die Kinder ein Leben verdienen, das sie verdienen, und das würden sie nur bekommen, wenn ihre Eltern von einem Bus überfahren würden oder so. Nun, ich bot an, das ‚oder so' zu liefern. Graham gestand mir, dass er schon ein paar Jahre vor unserer Vereinbarung Berichte gefälscht hatte, also war es kein großer Sprung. Dann fügte sich alles zusammen."

„Wir fingen langsam an. Wählten unsere Ziele sorgfältig aus. Es dauerte sechs Monate, bis ich den Mut aufbrachte, mein erstes Ziel auszuschalten."

Pam steht auf, um mein Frühstückstablett abzuräumen.

Meine Gedanken kehren zu Kate und Becks zurück. „Ich glaube, ich will es wieder tun", gebe ich zu. „Ich will mehr lernen. Wann ist dein nächster Auftrag?"

Pam lacht. „Wir können nicht alle erwischen. Es braucht Monate akribischer Planung. Wir können nicht einfach hineinplatzen und alle gewalttätigen Eltern ausschalten. Außerdem würden wir sicher Aufmerksamkeit auf uns ziehen, wenn wir es zu oft tun."

Ich werde rot. Ich wollte nicht so leichtfertig klingen. Offensichtlich muss es viel Arbeit geben. Aber ich will lernen. Ich will beteiligt sein. „Aber du lässt mich helfen?"

„Ich sehe keinen Grund, warum nicht. Du hast einen bewundernswerten Enthusiasmus, aber du musst langsam vorgehen. Das gesagt, ich denke, wir werden großartige Dinge zusammen vollbringen." Pam strahlt mich an, bevor sie zur Tür geht. „Ich lasse dich wissen, wenn ich dich wieder brauche." Gerade als sie den Raum verlässt, ruft sie: „Oh, und Aiden ist auf dem Weg hierher."

Ich lächle und werfe die Bettdecke zurück. Mein Herz pocht und klischeehafte Schmetterlinge tanzen in meinem Bauch. Ich habe gestern Abend geduscht, aber ich bin paranoid, dass der Gestank von Kates Haus noch in meinen Haaren hängt, also gehe ich ins en-suite Bad, um mich noch einmal zu schrubben.

Ich stehe in der Dusche und spüre, wie das heiße Wasser über meinen zitternden Körper läuft. Ich weiß nicht, ob es Adrenalin oder Nervosität ist. Zweifel sickern aus meinem Verstand und graben sich in mein Herz. Was passiert mit mir?

Bin ich gestört? Was für ein Mensch tötet Leute und findet das in Ordnung? Ein Mörder, das ist es. Pam.

In meinem Kopf ist das Nehmen der Leben dieser Menschen so gerechtfertigt, dass ich das Gefühl habe, keine Wahl zu haben. Weniger Missbraucher auf diesem Planeten bedeuten weniger missbrauchte

Kinder und weniger zukünftige Missbraucher. Wir wissen alle, dass Menschen, die als Kinder misshandelt wurden, viel eher selbst zu Missbrauchern werden.

Indem ich Leben nehme, lindere ich so viel Leid. Das kann keine schreckliche Sache sein. Oder? Es geht hier nicht um Auge um Auge, denn es wird nie ein Gleichgewicht geben. Entferne eine Person und du veränderst das Leben eines Kindes; ein Kind, das weitermacht, um eine positive Veränderung für zukünftige Generationen zu bewirken. Es ist eine klare Sache.

Meine Mutter hat mir so viel Schmerz zugefügt. Ich habe mein ganzes Leben lang einsam und unglücklich gefühlt, und jetzt fühle ich mich, als würde ich aufwachen. Es ist, als ob meine Seele wieder in meinen Körper eingetreten wäre.

Als sie starb, hörte der Missbrauch auf. Ich mag Schwierigkeiten gehabt haben, damit umzugehen, aber zumindest habe ich überlebt, um die Geschichte zu erzählen. Ich habe überlebt, um meiner Berufung zu folgen, und das fühlt sich an wie der Weg, den ich gehen sollte.

Ich stelle die Dusche ab und steige aus, wickle mich in ein Handtuch. Vielleicht könnte ich hier einziehen, wenn Kelsey Travis bei sich einziehen lässt. Es ist so gemütlich und warm hier. Sogar die Handtücher fühlen sich teurer an als alles, was ich besitze.

Ich könnte Robin zu Pams Batman sein.

Ich gehe nach unten in den Kleidern, die Pam mir geliehen hat. Sie versprach, etwas Bequemes auf mein Bett zu legen, während ich duschte, und ehrlich gesagt bin ich stinksauer. Das Kleid, das ich trage, ist rosenrot. Ich neige eher dazu, Schwarz und Grautöne zu tragen, also fühle ich mich völlig exponiert. Außerdem ist es eng um meine Brüste. Versteh mich nicht falsch, sie sehen toll aus, aber Pams Küche ist nicht wirklich der Ort für sexy Outfits. Und zu allem Überfluss hat sie meine Kleidung zum Waschen mitgenommen. Schon gut, erinnere ich mich - sie müssen voller Beweise sein.

Aiden kommt aus dem Wohnzimmer, als ich die letzte Stufe erreiche. Er bleibt stehen und starrt, sein Mund dümmlich geöffnet. Langsam heben sich seine Mundwinkel und das Licht hinter seinen Augen tanzt verspielt.

„Du siehst gut aus, Michelle", sagt er und pfeift anerkennend.

Ich verdrehe die Augen so weit nach hinten, dass ich glaube, mein Gehirn sehen zu können. „Hör auf. Ich fühle mich lächerlich."

„Oh, das solltest du nicht. Glaub mir." Er leckt sich die Lippen und streckt eine Hand aus. Ich nehme sie und wir gehen in die Küche.

„Du weißt, dass das das Kleid deiner Mutter ist, oder?"

„Oh, danke, dass du meine unanständigen Gedanken ruiniert hast", stöhnt er und fährt sich mit den Händen durchs Haar. Ich lache über sein Unbehagen.

Er sieht bezaubernd aus in dunkelblauen Jeans und einem schicken, aber lässigen grünen Pullover. Er ist schicker gekleidet als die letzten Male, als ich ihn gesehen habe, und es steht ihm. Andererseits denke ich, dass ihm selbst ein Müllsack stehen würde.

„Was führt dich also hierher?", fragt er mich. Ich wollte ihn dasselbe fragen, aber dies ist das Haus seiner Mutter. Warum sollte er nicht hier sein? Wir kommen nicht alle aus kaputten Familien.

„Ich habe letzte Nacht mit Pam gearbeitet und wir haben später als erwartet aufgehört."

Aiden antwortet nicht, und ich frage mich, wie viel er weiß. Weiß er, was wir letzte Nacht gemacht haben? Verrät Pam ihre Geheimnisse ihrem kleinen Jungen? Ich bezweifle es stark. Sie würde ihre kostbare Beziehung zu ihrem einzigen Kind nicht riskieren.

„Wo ist deine Mutter?", frage ich und wechsle das Thema. Ich dachte, Pam würde hier herumwuseln, aber sie ist nirgends zu sehen.

„Sie musste kurz weg. Obwohl ich glaube, sie ist einfach verschwunden, um uns etwas Zeit alleine zu geben." Er hebt beide Augenbrauen und in seinen Augen ist ein freches Funkeln.

„Ja?" Ich schenke ihm, was ich hoffe, ein ebenso anzügliches Lächeln ist.

„Oh ja. Sie ist ziemlich erpicht darauf, dass wir zusammenkommen." Ich zucke zusammen. Pam hat mit mir über uns gescherzt, aber ich wusste nicht, dass sie auch mit Aiden darüber gesprochen hat. Wie viele Leute sind in dieser Beziehung? Ich habe keine Lust auf eine Dreier-Situation. Die Dinge sind schon kompliziert genug.

„Arbeitest du heute nicht?", fragt Aiden. Er steht super nah bei mir. Er riecht köstlich. Ich nehme Noten von Kokosnuss-Haarwachs und Menthol-Rasierschaum wahr.

Ich schüttle den Kopf. „Ich habe einige Stunden in der Tierklinik reduziert, um mehr Zeit bei Speak Up zu verbringen."

„Und du bist damit glücklich?"

„Sonst hätte ich es nicht gemacht. Warum fragst du?"

„Nun, ich weiß, wie aufdringlich meine Mutter sein kann. Ich wollte nicht, dass du zu etwas gedrängt wirst, mit dem du nicht hundertprozentig glücklich bist."

Ehrlich gesagt habe ich Zweifel daran, einige Stunden in der Tierklinik zu verlieren. Wenn Kelsey und Travis beschließen, ihre Beziehung auf die nächste Stufe zu heben und zusammenzuziehen, werde ich obdachlos sein. Ich muss proaktiv sein und für eine Anzahlung für eine neue Wohnung sparen. Ich mag nicht, wie die Ungewissheit in meinem Magen blubbert, wenn ich darüber nachdenke, wohin die Dinge führen. Ich hoffe einfach, Travis hat Angst vor Bindung oder so und ich kann weiter dort wohnen bleiben.

Ich schüttele diesen Gedanken ab. Letztendlich will ich einfach nur, dass Kelsey glücklich ist.

„Ich kann meine eigenen Entscheidungen treffen, danke", fauche ich. Ich weiß, dass ich gereizt bin, aber ich mag es nicht, wenn er andeutet, dass ich ein Duckmäuser bin. Wenn Pam mich drängt, dann mache ich mir Sorgen über die Richtung, in die ich gehe.

Nein. Ich kenne definitiv meinen eigenen Verstand.

Aiden zuckt mit den Schultern und wendet sich dem Kühlschrank zu, greift nach dem Apfelsaft. Er gießt zwei Gläser ein und reicht mir eins. Unsere Hände berühren sich kurz, und ich muss dem Drang widerstehen, ihn am Bund seiner Jeans zu packen und an mich zu ziehen. Ich will ihn in mich aufnehmen. Ich will sein Gewicht auf mir spüren.

Er schaut mir direkt in die Augen, eine Augenbraue hochgezogen, als könnte er meine schmutzigen Gedanken lesen. Ich wende mich ab und hüpfe auf die Arbeitsplatte, um meinen Saft im Sitzen zu trinken.

„Was machst du, Aiden?", frage ich ihn. „Ich meine, was arbeitest du?" Es ist ein Thema, das ich bisher vermieden habe. Ich hatte Angst, er würde sagen, er lebe von Pams Geld, und der Cringe-Faktor war zu groß, aber jetzt bin ich neugierig. Er ist heute auf jeden Fall schicker gekleidet. Kommt er gerade aus dem Büro?

„Ich arbeite im Transportwesen. Ich habe meine eigene Firma. Hauptsächlich Vertrieb von Crawley aus."

„Ja? Klingt interessant." Das tut es wirklich nicht.

„Versuch nicht, zu aufrichtig zu klingen." Aiden lacht. „Du hast Recht, es kann langweilig sein. Aber es zahlt die Rechnungen und schafft Arbeitsplätze, also beschwere ich mich nicht."

„Was transportierst du?"

„Alle möglichen Dinge", sagt er und dreht sich um, um sein Glas nachzufüllen. Weicht er der Antwort aus? Ich bohre nicht weiter. Ich würde auch nicht über meine jüngsten Aktivitäten sprechen wollen. Das ist definitiv ein Geheimnis, das ich mit ins Grab nehmen werde.

Aiden nimmt einen letzten Schluck Saft und stellt sein leeres Glas in die Spüle. Er hat einen Auftritt, der nach Bad Boy schreit, aber gleichzeitig eine Sanftheit, die Aufrichtigkeit ausstrahlt. Es ist eine berauschende Mischung. Wie kann dieser Mann mit seiner missbrauchten Vergangenheit so leicht funktionieren? Es ist ein Beweis für Pams Erziehung und seine unglaubliche Fähigkeit, sich über alles zu erheben. Er ist inspirierend.

Ich beobachte ihn, während er mir von einem Konzert erzählt, bei dem er vor ein paar Monaten war. Der Sänger sprang in die Menge, verschätzte sich aber völlig bei seinem Absprung. „Er knallte mit dem Rücken direkt gegen die Absperrung vor der Menge. Wir dachten alle, das gehöre zur Show, und haben wie bescheuert gejubelt! Der arme Kerl wurde auf einer Trage abtransportiert." Er gestikuliert enthusiastisch und sein Lächeln verschwindet nicht einmal von seinem Gesicht. Es ist so verdammt liebenswert und mein Lachen hallt durch den riesigen Raum.

„Du hast ein wunderschönes Lächeln", sagt er zu mir und lässt seine Hände an meinen Oberschenkeln hochgleiten. Elektrizität schießt mein Rückgrat hinauf und ich kann nicht mehr widerstehen. Ich strecke meine Beine aus und ziehe ihn näher zu mir. Ich schlinge meine Beine um seine Taille, während er zusieht, wie mein Kleid an meinen Oberschenkeln hochrutscht, und ich drücke meine Handflächen auf seine Wangen, lasse meine Fingerspitzen in sein Haar gleiten. Wir lächeln einander an und küssen uns dann.

Der Kuss beginnt langsam und zärtlich, aber der Geschmack des anderen entfacht eine Leidenschaft in uns, und ich ziehe ihn näher zu mir.

Ich keuche und atme seinen moschusartigen Duft ein.

„Lass uns nach oben gehen", flüstert er und zieht mich von der Arbeitsplatte, meine Beine fest um ihn geschlungen. Er eilt mit mir in den Flur und dann zum Fuß der Treppe. Ich kichere! Ich glaube, ich habe in meinem ganzen Leben noch nicht so viel gelacht!

„Oh, du meine Güte! Habe ich etwas unterbrochen?", ruft Pam von der Haustür aus. Ihr Lächeln verrät ihre Verlegenheit, als sie ihre Augen hinter ihren Fingern versteckt.

Aiden lässt mich auf den Boden gleiten und ich ziehe den Saum meines Kleides wieder herunter.

Ich wünschte, ich hätte Unterwäsche an.

KAPITEL VIERUNDZWANZIG

TEDDY

Der Boden ist eiskalt. Als wir in Bewegung waren, ging es noch, aber jetzt wird es wieder kalt. Ich vermisse das brummende Geräusch des Lieferwagens auf der Straße. Jetzt ist alles so still. Ich kann nicht einmal die Vögel singen hören. Ich stelle sie mir vor, wie sie in ihren Nestern hocken, so wie alle anderen gemütlich in ihren warmen Betten liegen.

Der Mann, der gefahren ist, ist schon ewig weg. Er hat einen Kranz aus grauen Haaren um seinen Hinterkopf und eine Falte im Nacken. Während der Fahrt sah es aus wie ein trauriges Gesicht, das mich anschaute. Das gefällt mir besser als das wütende Gesicht, das nach vorne blickt.

Ich ziehe meine Knie an die Brust und hauche in meine Hände. Ein Schauer beginnt an meinen Zehen und endet an meinem Kopf, wobei sich mein Kopf ganz kribbelig anfühlt. Ich wünschte, ich hätte eine Decke. Der Mantel, den Glory mir gegeben hat, ist schön, aber er ist zu kurz und die Ärmel rutschen an meinen Armen hoch, wenn ich meine Knie umarme. Trotzdem drücke ich mich fester zusammen.

Endlich höre ich jemanden singen. Die Stimme wird lauter, je näher sie kommt. Ich möchte wirklich laut rufen. Vielleicht könnte diese Person mir helfen. Aber dann könnte es der Mann sein, und er hat mich schwören lassen, ruhig zu sein. Er sagte, er würde mich töten, wenn ich auch nur einen Mucks mache, und ich will nicht sterben. Also presse ich meine Lippen zusammen.

Ich bleibe superstill. Der Gesang des Mannes klingt ganz verschwommen, und Mummy und Daddy haben mir beigebracht, dass eine verschwommene Stimme normalerweise bedeutet, dass man schlechte Laune hat. Gemein.

Die hintere Tür schwingt auf, und der Mann blickt auf mich herab. Er lächelt. Ich bin so froh, dass ich nicht gerufen habe. Alles ist in Ordnung.

„Na, Kumpel?" So hat er mich noch nie genannt. Er lehnt sich an die Lieferwagentür, um sich zu stabilisieren. „Dachte, du hättest vielleicht Hunger."

Er wirft mir eine braune Tüte zu. Sie riecht fantastisch, und die Tüte ist noch warm und hat Fettflecken. Sie brennt in meinen kalten Händen. Ich schaue auf das Essen, dann schaue ich den Mann an. Ist das wirklich für mich?

„Na los, du undankbarer Bengel." Ich lasse mir das nicht zweimal sagen und reiße die Tüte auf, wobei Pommes und Burger auf den Boden des Lieferwagens fallen. Ich mache mich daran, das Durcheinander so schnell wie möglich aufzuräumen.

Ich stopfe mir den Cheeseburger in den Mund und schlucke, ohne zu kauen. Wann habe ich zuletzt etwas gegessen? Es ist eine käsige, matschige Angelegenheit und das Brötchen hat kleine Samen darauf.

Ich glaube, die rote Soße heißt Ketchup. Es schmeckt himmlisch und meine Augen füllen sich mit Tränen.

Der Mann schwankt erneut und hält sich am Türrahmen fest, um nicht nach hinten zu fallen. „Langsam, Kleiner. Du musst es nicht so schnell reinstopfen. Du kriegst noch Dünnschiss."

Ich mache nicht langsam. Die Pommes sind lang, salzig und heiß, und ich schiebe mir vier auf einmal in den Mund. Das ist das beste Essen, das ich je gegessen habe. Ich schließe die Augen und erlaube mir für eine Sekunde zu vergessen, dass ich in einem Lieferwagen sitze.

Die Vorstellung hält nicht lange an. Sobald das Essen weg ist, schnappt sich der Mann die Tüte und wirft sie auf die Straße hinter ihm. Dann knallt er die Tür zu und singt wieder sein Lied darüber, ein Champion zu sein. Es ist ein Lied, das ich von zu Hause kenne. Daddy hat es immer gesungen, wenn er auf seiner imaginären Gitarre spielte, in der Luft zupfte und durchs Wohnzimmer sprang. Es ist eine schöne Erinnerung und Tränen brennen in meinen Augen, als ich daran denke.

Wir fahren wieder, aber der Lieferwagen fühlt sich diesmal wackeliger an. Ich glaube, das liegt daran, dass der Mann betrunken ist. Er furzt und es stinkt wirklich. Es riecht wie verdorbenes Fleisch und das Bier, das Daddy früher getrunken hat, bevor er … Der Mann kichert über sich selbst und lässt wieder nasse Blubber-Fürze. Mir wird übel davon. Das hastige Reinschlingen des Essens und der wacklige Lieferwagen haben mir schon ziemlich zugesetzt. Jetzt lässt sein Furzgeruch das Essen direkt wieder aus meinem Mund schießen.

Ich kotze überall hin.

„Was zum Teufel?!", schreit mich der Mann an. Er dreht sich zu mir um und reißt das Lenkrad herum. Ich werde gegen die Seite des Lieferwagens geschleudert und quetsche meinen Arm. Noch mehr Erbrochenes quillt aus mir heraus und bespritzt mein Gesicht.

Der Lieferwagen kommt mit einem Ruck zum Stehen, und ich krache gegen die Sitze vorne. Ich höre den Mann um die Seite stampfen, dann reißt er die Hintertür auf und drängt sich hinein. Ich schreie auf, als er mich am Knöchel packt und nach draußen zerrt. Mein Kotzgeruch vermischt sich mit dem Furzgestank und ich entleere den Rest meines Abendessens in den Schmutz. Bäume ragen wie riesige Monster über mir auf. Es ist so dunkel hier draußen.

„Du dreckiges kleines Scheißerchen!", brüllt mich der Mann an. „Zieh deine verdammten Klamotten aus und mach diesen Saustall sauber, bevor ich dich aufschlitze."

Ich bin zu geschockt, um mich zu bewegen, und er schlägt mir ins Gesicht. Ich fasse mir an die nasse Wange und weine.

„Heulen bringt dich nirgendwo hin, du kleiner Scheißkerl. Zieh deine Klamotten aus."

Langsam ziehe ich mich aus. Es ist so kalt, dass ich am ganzen Körper zittere und meine Haut brennt. Ich werfe meine Kleidung in den Graben am Straßenrand und stehe jetzt nur noch in meiner schmutzigen Unterhose da. Ich schlucke die brennende Flüssigkeit hinunter, die immer wieder hochkommen will, und kneife die Augen zusammen. Bitte, lass das alles einfach verschwinden.

Der Mann leuchtet mit der Taschenlampe seines Handys in den Lieferwagen. „Verdammte Scheiße", murmelt er. Er beugt sich vor und greift nach einer Rolle großer blauer Tücher, die er mir reicht.

„Mach das sauber. Und beeil dich, wir haben eine Frist einzuhalten."

Ich nehme das Tuch von ihm und reiße etwas von der Rolle ab. Dann mache ich mich daran, die Brocken von Magen-Burger auf den Boden außerhalb zu schieben. Es dauert nicht lange und bald rumpeln wir wieder die Straße entlang.

Alles, was ich auf der ganzen Welt besaß, liegt jetzt im Graben neben der Straße.

Nur ich bin hier, in diesem Lieferwagen, in meiner Unterhose. In der Kälte.

Der Mann ist jetzt still. Manchmal flucht er leise vor sich hin.

Ich wünschte, es würde hier drin nicht so schlimm riechen. Ich wünschte, ich wüsste, wohin wir fahren.

Eines weiß ich aber ... wo der Mann sein Handy fallen gelassen hat.

Ich drücke es fest. Ich werde es nicht loslassen.

KAPITEL FÜNFUNDZWANZIG

MICHELLE

„Na, wie läuft's?"

Ich zucke zusammen und verschütte fast meinen Kaffee. Lisa türmt sich über meiner Schulter auf. Das Scheinwerferlicht fällt auf ihren breiten Kopf und lässt ihre Statur bedrohlich wirken.

Es ist ein ungewöhnlich warmer Tag, und ich habe den Spaziergang vom Tierarzt zu Speak Up heute Abend genossen. Bilder von Aiden huschten immer wieder durch meinen Kopf und leisteten mir Gesellschaft, während ich über die gefallenen Blätter knirschte. Aber warum habe ich das Gefühl, dass Lisa im Begriff ist, meine Freude zu ruinieren?

„Ähm, gut?" Was will sie? Sie hat eindeutig eine Agenda; ich kann es an der Art erkennen, wie sie mich mustert. Außerdem spricht sie nie mit mir, es sei denn, sie muss es unbedingt, normalerweise wegen eines Dienstplanproblems oder eines großen Problems mit einem Kind. Ich hoffe auf Ersteres. „Wie geht's dir?" Ich schenke ihr ein breites, käsiges Lächeln in der Hoffnung, dass sie es mir leicht macht.

Sie erwidert es nicht. „Du und Pam, ihr werdet ja richtig dicke Freunde, nicht wahr? Ihr habt euch die ganze Woche in ihrem Büro verschanzt."

Ich schaue sie nur an, unsicher, wie ich darauf antworten soll. „Wir sind einfach gute Freunde", murmle ich schließlich.

„Was treibt ihr so? Zusammen."

„Tut mir leid, Lisa, aber was geht dich das an?" Warum stochere ich im Wespennest? Habe ich etwa Todessehnsucht oder so? Wenn sie herausfindet, dass Pam mir eine bezahlte Vollzeitstelle angeboten hat, wird sie ausrasten. Bisher ist Lisa die Einzige auf der Gehaltsliste. Alle anderen sind ehrenamtlich tätig. Vielleicht denkt sie, ich sei hinter ihrem Job her.

Es ist Lisas Aufgabe, die Zeitpläne aller Freiwilligen zu verwalten, also ist sie immer beschäftigt. Ich beneide sie nicht wirklich. Wenn Leute ihre Zeit spenden, sind sie oft sehr unzuverlässig mit ihren Zusagen, und sie muss ständig herumtelefonieren. Ich würde lieber direkt am Telefon den Kindern helfen.

Ich würde niemals ihren Job übernehmen, aber ich werde ihr auf keinen Fall die Neuigkeit meiner Anstellung mitteilen. Das ist Pams Aufgabe.

„Du solltest bei Pam vorsichtig sein. Sie ist nicht die gute Fee, für die sie sich ausgibt." Sie tippt sich an die Schläfe. „Ich weiß Dinge über sie, bei denen sich dir die Fußnägel aufrollen würden." Mit dieser Bombe dreht sie sich um und geht weg.

Was zum Teufel meint sie damit? Weiß sie von Pams Aktivitäten nach Feierabend? Ich beobachte, wie sie ihre massige Gestalt quer durch den Raum zurück zu ihrem Schreibtisch wuchtet und mir einen Blick über die Schulter zuwirft, als sie sich setzt. Sie kann es nicht wissen. Wenn Lisa es wüsste, wüsste es auch die Polizei. Daran besteht kein Zweifel.

Alles, woran ich denken kann, ist unseren nächsten Auftrag zu finden.

Ich kann nichts dagegen tun. In dem Moment, in dem ich zum Hörer greife, denke ich daran, dem Kind eine Chance auf Glück zu geben, die sonst niemand ihm geben kann. Mein Verlangen nach Vergeltung ist endgültig geweckt.

Wie Pam mich immer wieder erinnert, können wir nicht bei jedem Fall eingreifen. Als Kopf der Operation trifft Graham die endgültige Entscheidung bei allen Aufträgen. Wir können nicht einfach Hals über Kopf loslegen und alle Mistkerle ausschalten. Wir würden es sicher vermasseln. Außerdem muss Graham im Voraus eine Familie finden, die das Kind aufnimmt, sonst wird alles zu schnell zu kompliziert, und das gesamte Projekt wäre gefährdet.

Natürlich muss nicht jedes Kind gerettet werden. Wir bekommen mehrere Anrufe von Kindern, die ihre durchaus netten Eltern nicht mögen. Ein Kind ruft jedes Mal an, wenn seine Eltern „Nein" zu ihm sagen. Das macht mir nichts aus. Es ist schön, daran erinnert zu werden, dass das größte Problem mancher Kinder darin besteht, dass sie kein neues, glitzerndes, rosafarbenes Federmäppchen bekommen.

Pam ist heute Abend nicht da, und das Büro fühlt sich leer an ohne ihre Anwesenheit, obwohl zehn andere Freiwillige anwesend sind. Sie diniert mit einem potenziellen Finanzgeber. Pam ist reich, aber sie ist schlau genug, eine Spende anzunehmen, wenn sie angeboten wird. Es ist erstaunlich, was lokale Unternehmen hergeben, nur um ihr Logo auf der Speak Up-Website zu sehen.

Mein Telefon klingelt.

„Hallo, Speak Up. Michelle am Apparat. Wie kann ich Ihnen helfen?"

Stille.

Ich drücke den Hörer fester ans Ohr. Ich kann jemanden am anderen Ende atmen hören. Die Atemzüge sind kurz und panisch.

„Ich bin hier, wenn du bereit bist zu reden." Während der Einarbeitung wird uns beigebracht, dass es am besten ist, dem Kind Raum zu geben. Selbst Kinder neigen dazu, Stille zu füllen. Das liegt in der menschlichen Natur.

Die Stille dauert an, was sich wie eine Ewigkeit anfühlt. Ich öffne gerade den Mund, um zu sprechen, als eine winzige Stimme ertönt.

„Michelle, hier ist Teddy."

Ich hebe meine Hand an mein Gesicht und drücke den Kopfhörer fester an mein Ohr, um besser hören zu können.

„Teddy. Wie geht es dir?" Meine Stimme zittert. Ich vermisse es wirklich, mit diesem kleinen Kerl zu sprechen. Sein Wimmern zerreißt mir das Herz, und ich beuge mich vor, um aufmerksamer zu lauschen.

„Was ist los, Teddy?", frage ich ihn.

„Ich will nach Hause." Er schluchzt. „Wann kann ich nach Hause gehen?"

Ich öffne den Mund, um zu sprechen, aber ich weiß nicht, was ich sagen soll, und ende damit, etwas Unverständliches zu murmeln. Ich brauche mehr Informationen. Was geht hier vor? Wo sind seine neuen Eltern?

Die Leitung wird unterbrochen.

Ich habe schon oft mit Teddy gesprochen, seit ich hier angefangen habe, und ich weiß, welche Schrecken er erlebt hat, aber er hat noch nie so ... traurig geklungen. Ich fühle mich verzweifelt danach, ihn zu erreichen und ihm die größte Umarmung zu geben.

Teddys Worte gehen mir im Kopf herum. Er will nach Hause? Zu seinen Scheißeltern? Ist es so schlimm? Oder hat er nur einen Durchhänger? Sein Leben hat sich komplett auf den Kopf gestellt;

man kann nur erwarten, dass der kleine Kerl sich nach seinem alten Leben sehnt. Es ist alles, was er kennt. Auch wenn es grauenhaft war.

Ich stehe auf und gehe auf die Toilette. Ich brauche Abstand von meinem Schreibtisch, um meinen Herzschlag zu beruhigen.

Sowohl Pam als auch Graham haben versichert, dass Teddy jetzt in einem unglaublichen neuen Zuhause in den Cotswolds lebt. Ich vertraue Pam, wirklich. Aber warum klingt er dann so unglücklich? Was ist los?

Als ich zu meinem Schreibtisch zurückkehre, werfe ich einen Blick auf die Uhr. Ich bin erschöpft, und es ist erst zehn vor zehn. Zehn Minuten, bis ich Pam anrufen kann. Ich will es jetzt nicht tun, mit Lisas wachsamen Augen auf mir.

Ich öffne den Browser auf meinem Computer und tippe „vermisster Junge, Theodore Goodwin" in die Suchleiste. Ich klicke auf den obersten Link. Ein Bild von einem Team forensischer Ermittler erscheint auf meinem Bildschirm. Sie graben den Garten von Teddys Familienhaus um. Ich weiß, dass sie völlig falsch liegen, aber mir dreht sich trotzdem der Magen um.

Es ist ein sehr reales Schicksal für viele der Kinder, die hier anrufen, und es war eine reale Möglichkeit für Teddy.

Ich scrolle nach unten und lese den Bericht noch einmal. Man geht davon aus, dass Teddys Eltern ihn vor ihrem Tod im Gartenschuppen eingesperrt hatten. Er war tagelang dort drin, wie die Körperflüssigkeiten und Exkremente, die dort gefunden wurden, belegen.

Ein Schluchzen bleibt mir im Hals stecken. Die Wahrheit trifft hart. Graham fand Teddy im Schuppen. Er rettete unseren kleinen Kerl.

Ich bin so dankbar dafür.

Ich kann das nicht mehr. Ich brauche Luft. Ich fahre schnell alles auf meinem Computer für die Nacht herunter, schnappe mir meine Tasche und Jacke und jogge die Treppe hinunter auf die Straße.

Da es spät am Montagabend ist, ist es draußen ziemlich ruhig. Ein Mann schaut ins Schaufenster des Immobilienmaklers und studiert die „zu vermieten"-Anzeigen. Ein Obdachloser macht es sich mit seinem Hund in einem Hauseingang gemütlich. Er ist immer dort. Ich habe seinem Hund schon mal ein Leckerli gegeben, aber vielleicht sollte ich ihm eine Decke oder so etwas besorgen.

Ich versuche, Pam anzurufen, aber sie geht nicht ran. Nach zwei weiteren Versuchen gebe ich auf und hinterlasse ihr eine Nachricht.

„Pam? Ich muss mit dir reden. Kannst du mich zurückrufen, sobald du das hörst?"

Ich will nicht zu viel preisgeben. Pam hat mir eingebläut, keine Brotkrumen zu hinterlassen. Man kann nie vorsichtig genug sein.

Der Heimweg fühlt sich langsam an, wenn die Temperatur so fällt. Das Lächerliche ist, ich habe einen Führerschein. Ich will nur kein Geld für ein Auto ausgeben – die sind teure Biester. Aber jetzt, wo ich meinen täglichen Alkoholkonsum eingedämmt habe, könnte ich mir vielleicht einen kleinen Flitzer leisten.

Ich überprüfe mein Handy. Nichts.

Um meinen Kopf davon abzuhalten, verrückt zu spielen, denke ich über meine Autooptionen nach, während ich durch den Park eile. Ich will etwas Kleines; es ist Jahre her, seit ich gefahren bin, und ich muss mein Selbstvertrauen erst wieder aufbauen. Ich mag die Suzuki Swifts ganz gerne. Die sehen cool aus.

Was war das? Ich drehe mich um und versuche, die Quelle des Geräusches zu finden. Ich bin mir sicher, dass ich hinter mir einen Zweig knacken gehört habe. Vielleicht war es ein Tier. Aber da ist nichts – oder niemand – zu sehen.

Die Haare in meinem Nacken stellen sich auf. Ich spüre etwas, jemanden, der mich beobachtet, und ich beschleunige meine Schritte.

Schritte treffen hinter mir auf den Beton. Ich beginne zu rennen. Die Schritte werden schneller, passen sich meinem Tempo an.

Ich drehe meinen Hals, um zu sehen, wer mich verfolgt. Mein Atem geht schwer und meine Bauchmuskeln schmerzen vor Panik.

Ich sehe nur den Stein.

Dann fühle ich nichts mehr außer, wie mein Leben entgleitet.

KAPITEL SECHSUNDZWANZIG

MICHELLE

Herrgott, das tut weh.

Mein Kopf hämmert, als hätte ich den Abend damit verbracht, mich in einem teuren Merlot zu ertränken. Es wäre nicht das erste Mal.

Aber nein, ich habe gestern Abend nicht getrunken. Oder doch? Ich bin mir sicher, dass ich es nicht getan habe. Ich versuche, meine Verwirrung in Erinnerungen an die letzte Nacht umzuwandeln, aber ich kann keine Bilder heraufbeschwören. Alles ist einfach ... schwarz.

Ich bewege mich in meinem Bett. Es fühlt sich seltsam an. Es riecht sauber und die Laken sind kratzig. Das ist nicht mein Bett.

Dann kommt alles wie eine Flut zurück. Der Park. Die Schritte. Das Gefühl, wie mein Schädel eingedrückt wird.

Meine Augen weigern sich, von selbst aufzugehen, also zwinge ich sie mit meinen Fingern auf. Die Schläuche in meiner Hand machen es schwierig. Ich schaffe es, sie einen Millimeter zu öffnen, aber das Licht hier drin ist abscheulich hell. Ich kneife meine Augen wieder zu, um mich zu sammeln, bevor ich hinter meinen Fingern hervorspähe.

Dann setzen meine Ohren ein, und ich kann mehrere Leute hören, die außerhalb des himmelblauen Vorhangs, der mein Bett umgibt, herumwuseln. Das Personal lästert über jemanden namens Mavis, die eine beschissene Runde Tee gemacht hat. Nach der bunten Sprache, die sie benutzen, vermute ich, dass Mavis nicht in der Nähe ist, um sich zu verteidigen.

Es gibt seltsame Piep- und Summgeräusche, und wenn jemand vorbeigeht, weht mein Vorhang auf mich zu. Ich ziehe meine dünne Decke bis zum Kinn hoch.

Dann erscheint eine Lücke im Vorhang und eine hübsche, junge Dame in Krankenschwesternuniform steckt ihren Kopf durch.

Sie sieht, dass ich wach bin, und lächelt. „Hallo, Schlafmütze. Ich bin Priya. Ich muss deinen Blutdruck überprüfen. Ist das okay?" Sie kommt herein und schiebt ein Gerät vor sich her. Ohne auf eine Antwort zu warten, wickelt sie die Manschette um meinen Arm. „Du hast da eine ganz schöne Beule am Kopf abbekommen. Trotzdem war die Abschürfung größtenteils oberflächlich und Dr. Stephens hat dich gut zusammengeflickt."

„Wie bin ich hierhergekommen?" Ich bin beschämt, als ich einen Kloß in meinem Hals spüre und meine Stimme zittert. Werde ich weinen?

„Du hast noch mit niemandem gesprochen? Oh, nun - du hattest unglaubliches Glück, Schätzchen."

Ich sträube mich. Ich hasse es, „Schätzchen" genannt zu werden, besonders wenn es von jemandem kommt, der jünger ist als ich.

„Ein junger Mann hat dich gestern Abend im Stately Park gefunden. Du warst bei Bewusstsein, als der Krankenwagen dich eingeliefert hat, aber du warst in einem ziemlich schlimmen Zustand. Wir haben dich versorgt und zur Überwachung hier behalten."

„Wie spät ist es jetzt?"

„Vierzehn Uhr. Du hast das Mittagessen verpasst, aber ich habe dir etwas Shepherds Pie aufgehoben, wenn du jetzt möchtest?"

„Ich muss gehen."

Priyas Lächeln verwandelt sich in eine Grimasse; anscheinend ist sie von meinem mangelnden Verlangen nach Shepherds Pie beleidigt.

„Du kannst nicht gehen, bis der Arzt dich entlassen hat. Ruh dich einfach aus. Du hattest einen bösen Sturz."

„Aber ich bin nicht gestürzt. Jemand hat mich geschlagen." Ich greife nach oben, um die Stelle zu berühren, wo der Stein auf meinen Schädel geschlagen ist. Ich fühle Stiche, aber zum Glück fühlt sich der Schaden minimal an.

„Geschlagen? Nein, Schätzchen; du bist gestürzt. Der Mann, der dich hergebracht hat, sagte, du seist gestürzt."

„Wer hat mich hergebracht?", belle ich.

„Oh! Ich weiß es nicht, Schätzchen, meine Schicht hat erst vor ein paar Minuten begonnen. Ich werde es herausfinden. Wir müssen die Polizei rufen. Sie werden mit dir sprechen müssen."

„Nein! Es ist okay. Ich bin nur paranoid." Ich will nicht mit der Polizei sprechen. Ich will so weit wie möglich von der Polizei wegbleiben. Sie könnten Kates Mord an meiner Haut riechen.

„Aber wenn dich jemand angegriffen hat ..."

„Nein. Ich glaube, du hattest beim ersten Mal recht. Ja, jetzt erinnere ich mich. Ich bin auf Eis ausgerutscht und hingefallen. Ich bin ein tollpatschiger Idiot."

Die Krankenschwester sieht mich mit hochgezogener Augenbraue an, und ich schaue weg, zu ängstlich, um ihrem Blick zu begegnen, falls sie mich für meine Lüge zurechtweist. Wir wissen beide, dass es nicht kalt genug für Eis ist.

Ihr Mund öffnet sich, aber sie scheint nicht in Stimmung zu sein, um zu streiten.

Ein Piepsen ertönt an ihrem Gerät, und sie steckt ihr Stethoskop in ihr üppiges Dekolleté. „Deine Werte sind in Ordnung. Wen soll ich anrufen, um dich abzuholen? Wenn du entlassen wirst."

Ich schaue mich um und entdecke mein Handy auf dem kleinen Tisch neben mir. Ich gebe Pams Nummer durch und die Krankenschwester geht. Ihre Augenbrauen sind eng zusammengezogen, und sie bemüht sich nicht, ihr finsteres Gesicht zu verbergen. Sie ist so sauer. Sie weiß, dass sie angelogen wird. Egal; ich habe größere Probleme.

Nervosität durchströmt mich. Ich überprüfe meine Habseligkeiten und stelle fest, dass ich immer noch mein Handy, meine Bankkarte und 5,62 Pfund in meiner Jackentasche habe, also war derjenige, der mich geschlagen hat, nicht darauf aus, mich auszurauben. Oder doch? Vielleicht haben sie entschieden, dass mein altes Handy und das Kleingeld es nicht wert waren? Aber dann hatten sie mich schon geschlagen. Warum nicht nehmen, was sie können?

Ich kann das Gefühl nicht abschütteln, dass dies mit Speak Up zusammenhängt. Oder genauer gesagt, mit dem, was ich neulich mit Pam gemacht habe.

Weiß jemand, was Pam tut? Aber warum dann mich angreifen? Ich war erst bei einem Auftrag dabei, und ich habe nicht einmal etwas getan. Vielleicht war es eine Warnung, die für Pam gedacht war. Oder bin ich naiv? Vielleicht wollte jemand mich verletzen. Habe ich einen Feind?

Der Raum dreht sich, also kuschele ich mich tiefer in mein Bett. Ich muss mich nur für eine Minute beruhigen. Sich darüber aufzuregen wird nichts ändern.

Meine Gedanken schweifen zu Teddy. Pam hat meinen Anruf nicht erwidert. Ein schneller Blick auf mein Handy zeigt mir, dass die

Teddy-Untersuchung keine Fortschritte gemacht hat. Ich bin in der Schwebe.

Ich muss eingedöst sein, denn das Nächste, was ich weiß, ist, dass ich Pams Stimme in meinem Ohr höre.

„Pam, warum schreist du?"

Pam lächelt mich an, ihre Zähne so perfekt gerade und weiß. „Ich schreie nicht, meine Liebe. Ich habe kein Wort gesagt. Du musst geträumt haben."

Ich setze mich auf und reibe meinen Kopf.

„Du hast ja ganz schön was mitgemacht, nicht wahr?" Ihr blutrotes Mantel bedeckt ihren beigen, eng geschnittenen Anzug, und sie hat ihre Lippen in demselben Rotton geschminkt. Ihr Haar ist zu einem so straffen Pferdeschwanz zurückgezogen, dass es ihre Augen nach oben zieht. Sie sieht unheimlich aus, fast gruselig.

Ich will nicht über mich reden. Ich kann warten. Zuerst brauche ich Antworten.

„Teddy hat letzte Nacht angerufen." Ich versuche, aus dem Bett zu steigen, aber Pam drückt mich sanft zurück. „Pam, wir müssen ihn finden. Er klang so elend. Da stimmt etwas nicht, ich weiß es."

„Michelle, Teddy geht es gut."

Ich warte darauf, dass sie fortfährt, aber sie steht einfach auf und inspiziert die Steuerung meines Bettes. „Ich hätte gerne ein robotisches Bett", sagt sie. „Ich frage mich, wie viel die kosten. Weißt du, für ein wirklich gutes."

„Pam, bitte. Teddy!"

„Ach, um Himmels willen. Beruhige dich und schau." Pam öffnet ihre Handtasche und fischt ihr Handy heraus. Nach ein paar Taps auf dem Bildschirm dreht sie es zu mir.

Teddy schaut mich durch den Bildschirm an. Er lächelt, seine blauen Augen tanzen, als wäre er in Lachkrämpfen ausgebrochen.

Er hält eine Packung Kartoffelchips mit Salz, und Krümel sind über seine Lippen und seine linke Wange verstreut. Er ist wunderschön. Glücklich.

„Sie haben das gestern aufgenommen. Teddys neue Eltern haben es Graham geschickt, der es mir geschickt hat."

„Aber er klang so traurig."

„Niemand sagt, dass dies leicht für die Kinder ist. Ihr vorheriges Leben mag schrecklich gewesen sein, aber wir haben sie herausgerissen, und sie brauchen Zeit zum Heilen. Selbst das am meisten missbrauchte Kind kann seine Familie vermissen, bis es sich an die neue Normalität gewöhnt hat. Es braucht Zeit, aber ich verspreche dir, Teddy wird es gut gehen."

Wir sehen uns in die Augen. Ich bin in Gedanken bei Teddy versunken. Geht es ihm wirklich gut? Was Pam sagt, ergibt perfekt Sinn. Natürlich wird Teddy schwere Zeiten haben. Aber er klang nicht nur traurig – er klang traumatisiert. Wie die Version von Teddy, die ich von früher kannte. Als seine Eltern noch da waren.

Aber sie sind weg. Und Teddy geht es gut.

„Okay. Danke, Pam", sage ich, obwohl noch Zweifel bleiben.

Pam faltet ihre Hände. „Gut. Nachdem wir das geklärt haben, lass uns dich zurück zu mir bringen. Worüber bist du gestolpert? Sieht nach einer ziemlichen Beule an deinem Kopf aus."

Ich schiebe die Decke zurück und nehme meine Kleidung, die Pam am Fußende des Bettes platziert hat.

„Ich bin nicht gestolpert, Pam. Jemand hat mich geschlagen."

„Wie bitte?"

„Ich wurde verfolgt, und als ich mich umdrehte, um zu sehen, wer es war, hat mich jemand am Kopf getroffen."

„Aber wer würde dir das antun?"

Ich zucke mit den Schultern. „Keine Ahnung. Ich hatte gehofft, du würdest es wissen."

„Ich? Wie sollte ich das wissen? Wenn du auf unser kleines Projekt anspielst ..." Sie beißt sich auf die Unterlippe und nimmt dabei ein Stück ihres Lippenstifts mit. „Hast du jemandem davon erzählt, Michelle?"

„Natürlich nicht!" Ich bin entsetzt. Denkt Pam, ich erzähle den Leuten beiläufig, dass wir Leute ermorden?

„Dann hat das nichts mit mir zu tun. Ich kann dir versichern, dass unsere kleine Operation äußerst vertraulich von Graham und mir behandelt wird. Du bist die Einzige, der ich je von meinem kleinen Geheimnis erzählt habe, und das wird auch so bleiben. Soweit es mich betrifft, bist du sicher", sagt sie.

„Ich sollte zurück zu mir nach Hause gehen", sage ich. Ich bin mir nicht sicher, wie ich mich gerade über Pam fühle. Diese ganze Situation hat mich paranoid gemacht, und ich möchte allein sein.

„Oh, sei nicht albern. Bei mir wirst du es viel bequemer haben."

„Ich brauche Kleidung und Sachen, Pam. Es ist okay, ich ..."

„Die können wir unterwegs holen", fährt sie mich an. Ich sehe sie an, meine Stirn gerunzelt. Ich habe nicht die Kraft zu streiten, und ziehe mir mein Oberteil über den Kopf.

***

Pam in meinem winzigen Reihenhäuschen mit zwei Schlafzimmern zu sehen, ist seltsam. Versteh mich nicht falsch, es ist ein sehr schönes Reihenhäuschen mit zwei Schlafzimmern, aber ihre Präsenz füllt es aus. Es ist, als wäre ihre Persönlichkeit einfach zu viel für unseren kleinen Raum.

Ich bedeute Pam, im Flur zu bleiben, während ich Kelsey aufspüre. Sie wird ausflippen, wenn sie mich so zusammengeflickt sieht, und ich möchte allein mit ihr sprechen.

Als ich das Wohnzimmer betrete, kuscheln Kelsey und Travis auf dem Sofa. Sie müssen beide einen seltenen gemeinsamen freien Tag haben.

Als Kelsey mich sieht, quietscht sie so laut, dass ich denke, sie hat mein Trommelfell perforiert. „Mich! Ich hab dich so verdammt vermisst!" Sie zieht mich in eine feste Umarmung, die ich mit Inbrunst erwidere. Ich hatte nicht realisiert, wie sehr ich sie auch vermisst hatte.

„Wie läuft's?", fragt sie mich. Travis winkt mir vom Sofa aus kurz zu.

„Ähm, okay, denke ich." Meine Hand berührt unwillkürlich die Stelle, wo der Stein auf meinen Kopf geprallt ist, was Kelseys Aufmerksamkeit darauf lenkt.

„Oh mein Gott, was ist mit dir passiert?" Sie packt meine Arme und dreht mich herum, um die Stiche auf meinem Kopf zu untersuchen.

Ich schiebe sie sanft weg. „Ich bin gestürzt. Schau nicht so besorgt, mir geht's gut." Ich lache, aber es klingt gezwungen.

„Was ist los mit dir?", flüstert sie. „Du bist seit Wochen seltsam und irgendetwas fühlt sich einfach nicht richtig an bei der Sache." Sie wedelt mit ihrer Hand vor meinem Gesicht. „Die Dinge fingen gerade an, zwischen uns wieder gut zu werden, und dann stößt du mich wieder weg."

„Ach komm schon. Ich dachte, du wärst froh, dass ich öfter rauskomme. Du hast jetzt mehr Zeit mit deinem Freund."

„Oh, sei doch nicht so."

„Wie denn? Kels, ich wollte nicht zickig klingen. Es ist die Wahrheit. Ich freue mich wirklich für dich! Kannst du nicht versuchen, dasselbe für mich zu tun?"

„Ich werde mich für dich freuen, wenn du nicht mit Stichen im Kopf nach Hause kommst."

„Ich hab dir doch gesagt - es war ein Unfall."

Kelsey sieht nicht überzeugt aus und wendet sich an Travis, um Unterstützung zu bekommen. Er starrt mich nur an und nimmt alles in sich auf.

Pam durchbricht die Stille, indem sie den Raum betritt, und Kelsey tritt erschrocken zurück, als sie sie sieht.

„Geh und pack deine Tasche, Michelle. Wir sollten los", sagt Pam zu mir.

Kelsey drückt meine Hand. „Ich weiß einfach, dass bei dir etwas im Busch ist. Ich kenne dich, schon vergessen?"

Ich hab keine Lust mehr darauf, in zwei Richtungen gezerrt zu werden. Ich bin kein verdammtes Haustier.

„Kelsey, du bist nur genervt, weil du mich nicht mehr kontrollieren kannst. Ich kann meine eigenen Entscheidungen treffen."

Sie lässt meine Hand los. Ich weiß nicht, warum ich das gesagt habe. Kelsey war nichts als großartig zu mir. Die Ereignisse der letzten Nacht haben mich total aufgewühlt.

„Ich werde bei Pam bleiben. Euch beiden etwas Raum geben."

Zu meiner Überraschung steht Travis auf. Er durchbricht die Spannung zwischen mir und Kelsey, indem er Pam die Hand reicht. „Pamela, schön, Sie wiederzusehen."

Ein Lächeln zuckt um Pams Lippen. „Ach, hallo. Was für eine angenehme Überraschung. Wie geht es Ihnen?"

Sie schütteln sich lasch die Hände.

„Sehr gut. Setzen Sie Ihren Preis für gute Taten gut ein?"

Pam lacht ihr glockenhelles Lachen. Ich beobachte, wie sich ihr Blick fokussiert und Erkenntnis über ihr Gesicht huscht. Ihr wird gerade klar, dass sie sich bei irgendeiner Preisverleihung getroffen haben müssen. Ihr Lächeln wird gezwungener. Das Leuchten in ihren Augen erlischt.

„Es ist immer schön, für unsere gute Arbeit anerkannt zu werden."

Wir müssen hier raus. Man könnte die Spannung mit einem Messer schneiden. Ich renne nach oben, um ein paar Klamotten aus meinem Zimmer zu holen. Kelsey folgt mir.

„Also, das ist die berühmte Pam, ja?"

„Ich würde nicht sagen, dass sie berühmt ist. Hör zu, du weißt, dass Pam wirklich gut zu mir war. Sie hat mich aus einem riesigen Loch geholt und mir Möglichkeiten gegeben, die ich brauchte, um mein Leben wieder zu leben. Ich war zu lange traurig, und jetzt bin ich endlich glücklich. Ich dachte, du wolltest das für mich?"

Kelsey sieht zu, wie ich ein paar schäbige BHs aus meiner oberen Schublade greife, und seufzt. „Du hast Recht. Ich schätze, das ist alles einfach nur ... anders. Aber anders heißt nicht unbedingt schlecht."

„Genau."

„Ich vermisse dich einfach", flüstert sie.

„Ich vermisse dich auch. Ich werde öfter vorbeikommen, versprochen."

Ich beende das Packen und gehe wieder nach unten. Ich finde Pam und Travis, die schweigend auf gegenüberliegenden Seiten des Wohnzimmers sitzen. Pam sitzt auf der Kante des Sessels und versucht, ihren teuren Anzug nicht mit unseren verblichenen braunen Kissen in Berührung zu bringen. Beide sehen angepisst aus.

„Fertig?", fragt Pam mich. Ich nicke. „Dann lass uns gehen."

Ich wende mich Travis zu, aber er schaut weg, also drehe ich mich zu Kelsey, die immer noch besorgt aussieht. Sie gibt mir eine kurze Umarmung und ich gehe.

KAPITEL SIEBENUNDZWANZIG

MICHELLE

Ich kuschle mich auf Pams Sofa und halte eine heiße Schokolade, als Aiden hereinkommt. Er sieht elegant aus in einer dunklen Jeans mit geradem Schnitt und einem knackigen weißen Hemd. Er hält einen Strauß dunkelroter Rosen in der Hand.

„Hallo, Schöne. Mum sagt mir, du brauchst etwas Gesellschaft", sagt er mit einem breiten Grinsen. Seine gebräunte Haut steht im Kontrast zu seinem weißen Hemd und seine Unterarme sehen muskulös aus.

Ich möchte ihn küssen. Stattdessen nehme ich die Blumen und schwärme von ihrem Duft. Die Blumen sind riesig, die Blütenblätter zart und die Farbe leuchtend. Ich spüre, wie sich ein Gefühl der Freude tief in meinem Bauch ausbreitet.

„Vielen Dank, sie sind wunderschön", sage ich und stelle die Blumen auf den Couchtisch. „Ich bin überrascht, dass sie dich angerufen hat, nach dem, was sie beim letzten Mal gesehen hat." Ich werde rot bei der Erinnerung daran, wie Pam mich sah, meine Beine um die Taille ihres Sohnes geschlungen, meine Pobacken lugten unter dem (ihrem) Kleid hervor.

„Ach bitte. Mum konnte es kaum erwarten, mir von dem Fräulein in Nöten zu erzählen." Er setzt sich ans Ende des Sofas, legt meine Füße auf seinen Schoß und streichelt mein Schienbein. „Sie scheint zu glauben, dass ein süßes Mädchen wie du mir helfen wird, mich zu benehmen."

„Zu benehmen? Bist du denn ein ungezogener Junge?"

„Möchtest du das nicht gerne wissen?" Er zwinkert mir zu. Ich mag es, dass er ungezogen ist, aber welche Geheimnisse verbirgt er? Eines Tages, wenn ich mehr Energie habe, werde ich sie aus ihm herauslocken.

„Arbeitest du heute nicht?"

„Doch, schon. Aber ich bin der Chef." Er zuckt mit den Schultern. „Normale Regeln gelten für mich nicht, also dachte ich, ich mache eine kurze Pause, um zu sehen, wie es dir geht."

Ein Schauer durchfährt mich. Regeln zu brechen klingt genau nach meinem Geschmack.

Aiden schnaubt beim Anblick des Tabletts auf dem Couchtisch, das mit Saft und Snacks beladen ist. „Das erinnert mich an meine Kindheit. Sie brachte mir immer Tabletts mit Essen. Ich schwöre, sie wollte insgeheim ein süßes dickes Kind!"

Ich lache. „Sie ist einfach eine sehr gute Mutter. Du hast Glück, sie zu haben."

„Oh, das weiß ich nur zu gut."

Wenn man vom Teufel spricht - Pam kommt mit einem Bier herein. „Aiden, ich dachte, ich hätte dich gehört." Sie versucht, ihm die Flasche zu reichen, aber er hält abwehrend die Hände hoch.

„Nein danke, Mum. Ich kann wirklich nicht bleiben. Entgegen Michelles Annahme habe ich tatsächlich einen Job, zu dem ich muss."

Ich stoße ihn sanft mit meinem Fuß an seinen Oberschenkel, und er drückt ihn leicht. Pam platzt fast vor Freude, als sie unsere Zuneigung beobachtet. Sie muss ihren Jungen wirklich verkuppeln wollen.

„Das ist schade", säuselt sie kläglich.

„Tut mir leid, Mum. Ich wollte nur nach unserem kleinen Tollpatsch hier sehen." Er wendet sich mir zu. „Alles okay bei dir, ja? Mum hat mir erzählt, dass dir jemand das angetan hat. Hast du gesehen, wer es war?"

„Nein, es war dunkel und alles ging zu schnell. Um ehrlich zu sein, fühle ich mich wie ein riesiger Idiot. Wer läuft schon allein im Dunkeln durch den Park?"

„Du solltest dir keine Vorwürfe machen, Liebes", wirft Pam ein. „Jeder sollte überall und jederzeit spazieren gehen können, ohne angegriffen zu werden."

„Ja, aber du und ich wissen beide, dass die Welt ein beschissener Ort ist", sage ich.

Wir sitzen in nachdenklichem Schweigen. Aiden unterbricht meinen Gedankengang, indem er sich vorbeugt und mich auf die Wange küsst. Die Zärtlichkeit überrascht mich so sehr, dass ich meine Finger dorthin führe, wo er mich geküsst hat.

„Ich sehe dich bald, okay? Wie wäre es, wenn ich dich ausführe, wenn es dir besser geht?"

„Das würde mir gefallen."

Pam verlässt leise den Raum und nimmt meine Blumen mit. Aiden lehnt sich vor und umfasst mein Gesicht mit seinen Händen. Ich spitze meine Lippen, bereit, geküsst zu werden.

„Sag mir Bescheid, wenn du dich an irgendetwas über den Typen erinnerst, der dir das angetan hat."

Ich sehe ihn verwirrt an, meine Lippen öffnen sich. Er fährt fort: „Denn ich schwöre dir, ich werde ihn umbringen."

Ohne ein weiteres Wort steht er auf und geht. Ich höre, wie die Haustür hinter ihm zuschlägt, und Momente später brüllt sein Motorrad auf, als er die Auffahrt hinunterfährt.

Ich bin so ein Idiot. Ich habe verdammt noch mal die Lippen gespitzt, und er hat abgelehnt. Er muss meinen Fauxpas bemerkt haben; ich schäme mich. Stöhnend ziehe ich mir die Decke über den Kopf. Ich fühle mich heiß vor Scham.

Ich versuche, mich zu trösten. Hat er es bemerkt? Er schien so damit beschäftigt zu sein, meinen Angreifer umbringen zu wollen, dass er vielleicht gar nicht gesehen hat, wie ich mich völlig zum Narren gemacht habe. Außerdem will er den Kerl umbringen, der mir das angetan hat. Das ist ziemlich romantisch.

„Alles okay da drunter?", kichert Pam. Ich ziehe die Decke herunter. Sie steht mitten im Zimmer mit einem rosa Notizbuch unter dem Arm. „Bist du fit genug, um über unser nächstes Ziel zu sprechen? Ich dachte, es könnte dich von den Dingen ablenken. Es sei denn, du hast andere Sachen, über die du nachdenken möchtest?" Ihr Grinsen lässt mich erneut zusammenzucken. Nein, ich möchte definitiv nicht über meine Dummheit nachdenken.

Ich ignoriere ihre Spitze. „Ja. Komm und setz dich." Vielleicht sollte ich weniger enthusiastisch über unser nächstes Ziel klingen, aber meine Gedanken von Aiden abzulenken, ist im Moment sehr verlockend.

„Also gut. Graham hat angerufen. Das nächste Kind heißt Michael und soll in Pflege genommen werden." Pam liest aus ihren Notizen vor. Das Notizbuch ist voll mit ihrer geschwungenen Handschrift. Ich frage mich, ob es jeden Fall enthält, an dem sie je gearbeitet hat. Die Polizei hätte einen Feldtag, wenn sie das in die Hände bekämen.

„Du schreibst alles da rein?", frage ich sie. „In das?"

„Nun, ich muss es irgendwo aufschreiben; es gibt viele Details zu merken. Und das ist schwerer zu finden als ein Computer, unmöglich zu hacken und leicht schnell zu zerstören."

Dagegen kann ich nichts sagen.

Sie fährt fort. „Michael ist etwas jünger als die, denen wir normalerweise helfen - er ist erst zwei, der Arme. Fast drei."

„Was ist mit Michael passiert? Ich meine, was haben seine Eltern ihm angetan?" Es ist eine verdrehte Frage, aber ich muss es wissen. Ich brauche eine Rechtfertigung.

Pam sieht mich an und presst die Lippen zusammen. Sie sieht traurig aus meinetwegen. „Seine Mutter starb letztes Jahr an Leukämie und sein Vater, Lesley, gab Michael die Schuld dafür. Er fing an, ihn zur Strafe zu schlagen. Graham hat bereits Kontakt mit dem Vater aufgenommen. Er hat zugestimmt, ihn ohne Fragen zu stellen herzugeben."

„Ist es so einfach?"

„Oh nein - Geld wurde versprochen. Du siehst, wie sehr dieser Mann sein einziges Kind liebt", sagt Pam düster.

Ich bin angewidert. Der Mann gibt seinen Sohn bereitwillig für etwas Geld her.

„Natürlich hilft ein bisschen Erpressung auch. Lesley hatte keine Lust auf einen Besuch von der Polizei."

Ich schnaube. Alles ist einfach so verdreht.

„Wie habt ihr von ihm erfahren? Er ist zu jung, um bei Speak Up anzurufen."

„Sie haben nicht alle Verbindungen zu meiner Wohltätigkeitsorganisation. Dieser Fall wurde beim örtlichen Jugendamt gemeldet. Graham hat eine Handvoll Leute, die ihm helfen, und die haben den Anruf getätigt."

Wie viele Leute sind in diese Operation involviert? Mehr Leute bedeuten mehr Hände, um das hier richtig zu machen, nehme ich an. Aber auch mehr Leute, die möglicherweise einen Fehler machen könnten.

„Michael lebt in Kent, also ist es eine ziemliche Fahrt. Ich schlage vor, wir nehmen uns ein Hotel, machen eine Nacht daraus."

Mein Magen dreht sich um. Mord in einen Urlaub zu verwandeln, ist nicht gerade das, was ich eine erholsame Auszeit nennen würde.

„Was ist der Plan?" Ich ziehe meine Beine an und lege mein Kinn auf meine Knie.

„Lesley ist ein trockener Alkoholiker. Er nimmt keine Drogen; er trinkt nicht einmal Koffein. Er ist außerdem über 1,80 m groß und ein eifriger Gewichtheber, also müssen wir einen Weg finden, diesen Actionmann zu überwältigen." Pam kichert über ihren kleinen Scherz. „Allerdings denke ich, wir sollten ein Messer die ganze Arbeit machen lassen. Ein Mann mit der Neigung zu solcher Gewalt gegen ein Kind hat immer Feinde. Feinde, auf die die Polizei mit dem Finger zeigen kann."

Vor ein paar Wochen wäre ich schockiert gewesen, sogar angewidert. Aber die Dinge haben sich geändert. Ich habe mich geändert.

„Kann ich es tun?", frage ich. Die Frage sprudelt aus meinem Mund, bevor ich überhaupt weiß, dass sie da ist. Ich berühre meine Wange vor Schock, aber jetzt, wo es ausgesprochen ist, fühlt es sich richtig an.

„Aber sicher", lächelt Pam mich an und klappt ihr Notizbuch zu.

KAPITEL ACHTUNDZWANZIG

MICHELLE

Graham hat in den letzten drei Wochen einen Privatdetektiv auf Michaels Vater angesetzt. Dieser PI-Typ hat herausgefunden, dass Lesleys Routine wunderbar vorhersehbar ist.

Dreimal pro Woche geht Lesley in einen Boxclub mitten in Tunbridge Wells. Er hat eine Vereinbarung mit dem Manager, dass er nach Feierabend trainieren darf im Austausch für kostenlose Haarschnitte in seinem Friseursalon.

Dank des PIs wissen wir, dass er nach dem Verlassen des Fitnessstudios abschließt und dann in den Pub in der Nähe seines Hauses in Poundsbridge geht, um ein oder zwei Orangensäfte zu trinken. Lesley hat nicht ein einziges Mal beim Jugendamt angerufen, um nach Michael zu fragen. Er hat nicht einmal seine Routine geändert. Es scheint, dass das Training viel wichtiger ist als seinen Sohn zurückzubekommen.

Wir sitzen jetzt vor dem Fitnessstudio in unserem Mietwagen und reiben unsere Hände, um uns warm zu halten. Wenn alles nach Plan läuft, haben wir noch zehn Minuten, bevor Lesley herauskommt. Wir können ihn durch das Fenster sehen, wie er Gewichte stemmt, die mehr wiegen müssen als ein ausgewachsener Mensch.

„Aiden hat von dir gesprochen", sagt Pam in der Dunkelheit.

„Ja?" Ich drehe mich zum Fenster, um Gleichgültigkeit vorzutäuschen.

„Er sagt, er nimmt dich mit ins The Apollo Kitchen. Ich war schon dort, es ist wunderschön."

„Ach wirklich? Ich weiß nicht viel darüber." Ich habe das Restaurant und die Speisekarte schon gegoogelt, und ich weiß, wo ich sitzen möchte und genau, was ich bestellen werde. Und ich habe mein Outfit geplant. Ja, ich habe viel darüber nachgedacht.

„Michelle, auch wenn ich Gefahr laufe, zu überfürsorglich zu klingen, magst du ihn wirklich? Versteh mich nicht falsch, ich liebe dich auch; aber ich muss fragen. Ich möchte einfach nicht, dass er verletzt wird."

Oh, jetzt geht's los. Die ganze „Du wirst meinem Jungen besser nicht wehtun"-Nummer.

Ich stoße die ganze Luft aus meinen Lungen und wende mich Pam zu. „Ich mag ihn, okay? Und ich habe nicht vor, ihm wehzutun." Ehrlich, wer hat schon die Absicht, jemandem wehzutun? Ich umklammere das Messer in meiner Tasche und erschaudere über meine Heuchelei.

Pams Blick hält meinen im Mondlicht fest. Sie kneift die Augen zusammen, denkt nach und entspannt dann ihre Schultern. „Gut. Ich dachte mir schon so etwas. Ich musste einfach etwas sagen. Um Zeit totzuschlagen, weißt du?"

Ich kichere. „Was auch immer."

Das Licht, das aus den Fenstern des Fitnessstudios fällt, erlischt plötzlich. Momente später öffnet sich die Tür und der Hulk kommt heraus. Nur dass dieser Hulk nicht grün ist und Lesley heißt.

Wir beobachten, wie er den Schlüssel in die Tür steckt und abschließt. Er zieht die Rollläden herunter und schließt das Vorhängeschloss. Das ist mein Stichwort.

„Bereit?", fragt mich Pam.

„Pam, ich wurde bereit geboren." Ich wünschte nur, meine Worte würden nicht meinem Selbstvertrauen widersprechen.

Ich schlüpfe aus dem Van und lasse Pams glockenhelles Lachen zurück. Ich nicke ihr zuversichtlich durchs Fenster zu, bevor ich meine Mütze tief ins Gesicht ziehe und auf Lesley zugehe.

„Hallo!", rufe ich. „Hast du Feuer?" Er dreht sich um und sieht mich an. Seine Masse ist aus der Nähe noch viel größer. Er muss in diesem Fitnessstudio mehr tun als nur schwere Gewichte zu stemmen. Meine Gedanken wandern zu Michael, dem Sandsack dieses kolossalen Mannes. Ich widerstehe dem Drang, ihm direkt in die Eier zu treten.

„Nein, tut mir leid, Schätzchen; ich rauche nicht. Ist nicht gut für dich, weißt du." Er lächelt und ich schrecke innerlich vor dem Zahn-zu-Zahnfleisch-Verhältnis zurück. Ich zähle drei Zähne. Wie isst dieser Kerl? Ich stelle mir vor, dass er von Proteinshakes und einem Cocktail aus muskelaufbauenden Drogen lebt.

„Kein Problem. Wo gehst du hin?" Ich beiße mir auf die Unterlippe und hoffe, dass ich verführerisch wirke.

Er lächelt mich an. Ich bemerke, dass sein Kopf an der Seite einge-drückt ist und seine Ohren knorrig sind. Er ist ein hässlicher Mistkerl.

„In den Pub. Lust auf einen Drink?"

Ich tue so, als würde ich es in Erwägung ziehen. „Oh, warum nicht. Ein gutaussehender Kerl wie du? Wie könnte ich widerstehen?"

Ich folge ihm in die Gasse neben dem Fitnessstudio, die zu seinem geparkten Auto führt. Hier gibt es keine Lichter und der Weg ist schmal. Seine Masse blockiert den größten Teil des Straßenlichts von der Straße, während er vor mir hergeht. Ich ziehe das Messer aus meiner Tasche und drücke den Knopf, um die zwanzig Zentimeter lange Klinge auszufahren.

Ich beiße die Zähne zusammen. Ich muss das richtig machen. Wenn Lesley nicht stirbt, ist es aus für mich. Wenn ich ihn nicht überrasche, könnte er mich leicht überwältigen. Ihn in den Rücken zu stechen, reicht nicht aus. Ich gehe Pams Anweisungen noch einmal durch und zementiere sie in meinem Gehirn.

Sei schnell. Hinterlasse keine Beweise. Verletze dich nicht. Es ist wie ein Mantra, das in meinem Kopf kreist.

„Lesley!", rufe ich. Lesley bleibt wie angewurzelt stehen und zieht die Schultern zurück, um sich aufzurichten. Seine Größe lässt mich zurückschrecken, und ich muss die Zähne zusammenbeißen, um stark zu bleiben.

Der Idiot braucht ewig, bis der Groschen fällt. „Warte mal, woher kennst du meinen Namen?" Er dreht sich langsam zu mir um.

Ich ramme das Messer in seinen Bauch und reiße es zurück. Ich mache einen Schritt zurück und sehe zu, wie er sich den Bauch hält. „Dein Sohn Michael hat es mir erzählt. Ich weiß auch, dass du ein Stück Scheiße bist." Blut färbt sein weißes Unterhemd karmesinrot. Es breitet sich in alarmierendem Tempo aus und tropft von seinen Händen, als er sich vorbeugt. Er schaut mir direkt in die Augen und ist wütend.

„Du kleine Schlampe", gurgelt er.

Er fällt auf die Knie und beugt sich nach vorne. Blut beginnt sich um ihn herum zu sammeln. Seine Haut ist schockierend weiß, selbst in der Dunkelheit.

Es reicht nicht. Ich umklammere das Messer mit beiden Händen und schlage zu, ramme es in seinen oberen Rücken. Eine Wut überkommt mich, und ich wiederhole die Bewegung immer und immer wieder, bis ich aufhöre zu zählen. Ich höre erst auf, als sein Körper völlig erschlafft und mit einem widerlichen Schmatzen zu Boden fällt.

Ich schwitze und wische mir mit dem Handschuh über die Stirn. Meine Arme schmerzen. Ich trete von diesem Klumpen weg und widerstehe dem Drang, auf ihn zu spucken. Die wichtigste Regel, die Pam mir gegeben hat, war, nichts zu hinterlassen, und DNA fühlt sich wie ein massiver Verstoß gegen diese Regel an.

„Verrotte in der Hölle, du Dreckskerl!"

KAPITEL NEUNUNDZWANZIG

TEDDY

Ich zucke zusammen, als ich den weichen Schorf an der Seite meines Auges abkratze, wo der Mann mich geschlagen hat. Einmal in seinem Van zu kotzen ist schlimm, aber zweimal verdient einen Schlag. Jedes Mal, wenn ich den Schorf abkratze, sehe ich sein verzerrtes Gesicht, kurz bevor er zum Schlag ausholt. Trotzdem kratze ich weiter daran. Ich mag es, dass es brennt, und ich genieße es, wie das Blut an meinem Gesicht herunterläuft. Es hilft mir, die Kälte zu vergessen. Aber dann fängt es an zu jucken, und das hasse ich.

Jetzt zerrt er mich aus dem Van. Ich zittere auf dem Parkplatz und versuche, mich zu bedecken. Ich wünschte, ich hätte mich nicht über meine ganze Kleidung übergeben.

Der Mann springt auf die Ladefläche und ich höre, wie er herumwühlt und leise flucht. „Es stinkt hier verdammt ... Wo ist es?"

Ich glaube, ich muss mich wieder übergeben. Wenn er sein Handy findet, wird er auf jeden Fall herausfinden, dass ich es benutzt habe.

„Aha, hier ist es!" Der Mann steigt aus dem Van und sieht zufrieden aus, als er sein Handy in seine Gesäßtasche steckt. „Es rutscht beim Fahren immer aus meiner Tasche; man sollte meinen, ich würde daraus lernen, oder?" Er klingt freundlich – er ist nicht mehr sauer.

Meine Schultern entspannen sich und ich sehe mich um. Wo sind wir?

Der Mann winkt mir zu und ich folge ihm entlang der Wand eines riesigen Gebäudes. Die Fenster haben Gitter und in einigen ist das Glas zerbrochen. Die Abflüsse stinken wirklich übel.

Der Mann klopft an eine Tür und ich höre, wie ein Schloss zurückgeschoben wird. Wir treten ins dunkle Innere.

„Mooney, lange nicht gesehen. Wie geht's dir, Kumpel?"

Noch ein Mann. Ich kann ihn nicht wirklich sehen, aber er klingt nett. Er hat Schwierigkeiten, den Buchstaben „S" auszusprechen, genau wie mein Vater. Tränen steigen mir in die Augen.

„Alles gut", sagt der Fahrer zu ihm. „Ist der Boss hier?"

Ich höre etwas sich bewegen, also denke ich, der andere Mann hat irgendwohin gezeigt.

Wir gehen einen Flur entlang, meine Augen gewöhnen sich langsam an die Dunkelheit. Es gibt viele Türen, alle geschlossen, aber wir gehen bis zur offenen Tür ganz am Ende des Korridors. Auf der anderen Seite flackert Licht. Es erinnert mich an einen Fernseher und Aufregung kitzelt mich. Ich würde so gerne fernsehen.

Wir betreten den Raum und ich muss mich zurückhalten, um nicht aufzuschreien.

Es müssen über zehn Kinder hier sein. Alle sitzen im Schneidersitz auf dem Boden. In völliger Stille schauen sie fern. Ich war noch nie von so vielen Kindern umgeben und weiß nicht, wo ich zuerst hinschauen soll.

Sie schauen jetzt alle mich an, und ich erinnere mich, dass ich nur eine Unterhose trage. Ich suche nach dem Mann, aber er spricht jetzt mit jemand anderem. Ihre Köpfe sind dicht beieinander und ich denke, sie führen ein wichtiges Gespräch, also sollte ich nicht stören.

Ich sehe mich wieder im Raum um und ein Mädchen mit feuerrotem Haar winkt mir kurz zu. Ich winke zurück. Sie klopft auf den Boden neben sich. Meint sie, ich soll mich dorthin setzen?

Ich schaue wieder zum Mann rüber, aber er geht weg, also trotte ich zum Mädchen und setze mich neben sie auf den Boden.

„Keine Sorge, sie werden dir Klamotten besorgen", flüstert sie mir aus dem Mundwinkel zu. „Ich bin Juno."

„Teddy", sage ich ihr und ziehe meine Knie an die Brust. Alle haben sich wieder dem Fernseher zugewandt, wo Homer gerade Bart würgt. Jemand lacht, aber ich finde das nicht witzig. Überhaupt nicht witzig.

„Psst", kommt eine tiefe Stimme von hinten. „Wer zum Teufel war das?" Es ist der Mann, mit dem der Fahrer gesprochen hat. Er versteckt sich im Schatten, aber ich weiß vom Klang seiner Stimme, dass er der Boss ist.

Ich drehe meinen Kopf vom Fernseher weg, damit ich mich darauf konzentrieren kann, was die Männer sagen.

„Noch zwei Nächte und wir schaffen diesen Haufen weg."

„Zwei? Ich dachte, letzte Nacht war die letzte?"

„Ich weiß, aber ich habe noch eine, die aus Irland rübergebracht wird, und ich will warten, bis sie hier ist."

„Das ist unsere bisher größte Ladung. Bist du sicher, dass du sie alle hier rausbekommst?"

„Das ist nicht deine Sorge, Mooney. Entspann dich."

Mooney grunzt. Er klingt nicht sehr glücklich. „Schon gut. Ich kann es nur kaum erwarten, den Babysitter-Job loszuwerden, das ist alles."

„Ach, halt die Klappe, willst du? Du jammerst doch immer, oder?"

„Überhaupt nicht, Boss. Ich bin froh, dass ich Ihnen helfen kann. Das wissen Sie doch." Seine Stimme ist ganz weich und schwebend geworden.

Er schmeichelt sich ein. Das hat Mami immer gesagt, wenn ich versuchte, nett zu sein, es aber nicht wirklich ernst meinte. Sie mochte es nicht, wenn ich mich einschmeichelte. Es machte sie wütend. Zum Glück scheint es diesem Mann nichts auszumachen.

„Nicht mehr lange."

Nicht mehr lange bis was? Was wird als Nächstes passieren?

KAPITEL DREISSIG

MICHELLE

Lesley zu töten, war erschreckend einfach. Es war, als hätte ich all den Schmerz, den ich in meinem Leben erfahren habe, zu einem riesigen Gewalthaufen zusammengerollt. Die Entladung war kathartisch, und ich reite seitdem auf diesem Hochgefühl.

Ich wohne bei Pam, seit wir vor ein paar Tagen aus Kent zurückgekommen sind. Wenn ich nicht gerade im luxuriösen Wohnzimmer kuschele und mit Pam amerikanische Trash-Shows schaue, bin ich bei Speak Up und nehme mehr Anrufe entgegen als je zuvor. Mein Durst, diesen Kindern zu helfen, ist unersättlich.

Apropos durstig, Aiden nimmt mich heute Abend mit aus und ich nippe an einem Merlot, während ich mich fertig mache. Vorbei sind die Zeiten, in denen ich Wein hinunterkippte, als hinge mein Leben davon ab. Mein Leben ist jetzt erfüllt von Sinn und Wein kann genossen werden. Es ist ein Getränk und nicht länger meine Rettungsleine.

Pam war gestern mit mir einkaufen, und ich habe das eleganteste schwarze Kleid gekauft, das ich mir leisten konnte. Pam versuchte ständig, mich zu überreden, sie dafür bezahlen zu lassen, aber es fühlte sich so falsch an, sie das Kleid kaufen zu lassen, das ihr Sohn mir ausziehen würde.

Das Kleid ist allerdings wunderschön. Es sitzt herrlich eng und gibt mir die perfekte Sanduhrfigur. Der eingearbeitete BH schiebt meine Brüste nach oben und sorgt für ein üppiges Dekolleté. Und, wie Pam bemerkte, sind meine hübschen Beine normalerweise in meinen zerrissenen Jeans versteckt. Sie zu zeigen, fühlt sich nuttig an - im positiven Sinne.

„Aiden wartet unten", sagt Pam zu mir, setzt sich auf mein Bett und hält ihr Glas von der Flasche, die wir teilen. „Du siehst wirklich umwerfend aus, Liebes."

Ich beende das Auftragen meines Lippenstifts und drehe mich zu Pam um. Ihr Gesicht ist voller Liebe und Güte, und ich habe plötzlich den Drang, sie zu umarmen. Ich bin zu jemandem herangewachsen, den ich nicht kommen sah, und ich habe nur Pam dafür zu danken. Sie ist wie die Mutter, die ich nie hatte, und wenn es mit Aiden und mir klappt, wäre sie die beste Schwiegermutter. Ich erröte bei dem Gedanken.

Pam steht auf, legt ihre Handflächen auf meine Arme und blinzelt mich an. „Ich hätte nie etwas davon erwartet", flüstert sie. In ihrer Stimme liegt ein Zittern und ich bete, dass sie sich zusammenreißen kann. Wenn sie weint, werde ich weinen, und ich habe ewig für mein Make-up gebraucht.

„Ich habe das Gefühl, wir wurden aus einem bestimmten Grund zusammengeführt. Das alles sollte so sein."

Ich fühle genauso. Pam kennenzulernen, war das Beste, was mir je passiert ist. Sie hat mein Leben komplett auf den Kopf gestellt; ein Leben, für das ich vor ein paar Monaten nicht einmal dankbar war.

„Danke, Pam", ist alles, was ich flüstern kann. Sie nickt, ihre Augenbrauen zusammengezogen.

„Du wirst einen wunderbaren Abend haben. Aiden wird dich gut behandeln. Aber auf die Gefahr hin, dass ich wie deine Mutter klinge", sagt sie, „geh heute Abend vorsichtig mit dem Wein um. Wir wissen alle, dass Alkohol dazu neigt, die Zunge zu lockern, und Aiden hat ein bemerkenswert geschicktes Händchen dafür, sich einzuschmeicheln."

Was meint sie damit? Glaubt sie wirklich, ich würde ihm erzählen, dass ich zugesehen habe, wie ein Mann in der Gosse verblutet ist? Klingt für mich nach der schnellsten Art, ein Date zu beenden.

„Keine Sorge. Ich habe mir bereits ein Limit von drei Gläsern auferlegt. Ich will mich nicht zum Affen machen."

Pam strahlt mich an. „Das ist gut. Ich habe Graham gesagt, dass du ein braves Mädchen sein wirst."

Ich wende mich ab und beiße mir auf die Unterlippe, meine gute Laune ist plötzlich verflogen. Was zum Teufel hat Graham mit meinem Date mit Aiden zu tun? Er hat seine Krallen überall in diesem Haus. Ich werde verdammt sein, wenn er sich in mein Liebesleben einmischt.

Ich habe nur einmal richtig mit Graham gesprochen, aber er ist einfach überall. Pam redet ständig von ihm. Ich kann seinen muffigen Geruch in der Küche riechen, wenn ich morgens aus dem Bett rolle. Er diktiert, was wir tun und wie wir es tun. Ich fühle mich bloßgestellt, also muss ich tiefer in diesen mysteriösen Herrscher eindringen.

Pam versucht, mich zu beschwichtigen. „Er macht sich nur Sorgen um unser Projekt. Es hat einige Überzeugungsarbeit gekostet, dich reinzulassen, wie du dir sicher vorstellen kannst. Es ist nur natürlich, dass er sich Sorgen macht."

Ich schätze, sie hat Recht, aber ich bin immer noch sauer. Ich würde sicherlich niemand anderen in unser Geheimnis einweihen wollen. Das Gefängnis würde mir wirklich nicht gut bekommen.

„Eine letzte Sache, bevor du gehst", sagt Pam und steht auf. Sie hält eine kleine dunkelblaue Schachtel in der Hand. Als sie sie öffnet, keuche ich auf. Darin ist ein einfacher Amethyst, mein Geburtsstein, umgeben von einem Ring aus Diamanten. Er hängt an der zartesten Kette. Pam nimmt sie heraus und bedeutet mir, meine Haare zurückzuschieben, damit sie sie mir um den Hals legen kann.

„Oh, Pam. Das kann ich nicht annehmen." Ich habe Angst, dass ich sie zerbrechen werde. Ich hatte noch nie etwas so Schönes, und sicher würde etwas so Schönes an mir einfach seltsam aussehen.

„Sei nicht albern. Sie wird wunderbar zu deinem neuen Kleid passen." Sie legt sie um meinen Hals und schließt geschickt den Verschluss. „Du hast es verdient, Michelle. Du bist meine beste Freundin gewesen."

„Sie ist wunderschön!", rufe ich aus. Die Diamanten blitzen, als sie das Licht einfangen. Sie ist wirklich umwerfend. „Danke, Pam."

„Das ist doch selbstverständlich. Nun, hab ein wunderbares Date. Achte darauf, dass er dich gut behandelt."

„Oh, bitte - wir wissen beide, dass du einen Prinzen erzogen hast."

***

Aiden steht am Fuß der Treppe. Er streckt mir eine Hand entgegen und nimmt meine zärtlich. Für einen Sekundenbruchteil denke ich, er wird den Handrücken küssen wie ein Gentleman aus dem achtzehnten Jahrhundert, und ich zucke innerlich zusammen. Zum Glück geht er nicht so weit.

Stattdessen küsst er mich auf die Wange und drückt seinen Körper gegen meinen. Er fährt mit einer Hand durch mein Haar. „Du siehst unglaublich aus", haucht er mir ins Ohr und sendet Schockwellen durch meinen Körper.

„Du siehst selbst auch nicht schlecht aus", necke ich ihn. Aiden sieht immer gut aus. Es spielt keine Rolle, ob er den Grunge-Look oder den Look eines gepflegten Geschäftsmannes gewählt hat. Heute Abend sieht er besonders sexy aus in einem schwarzen Hemd und einer dunkelgrauen Chinohose. Er hat sein dichtes braunes Haar zurückgeschoben und trägt das breiteste Lächeln. Ich möchte, dass er mich einfach mit zu sich nach Hause nimmt und mich fickt, aber ich will auch zumindest den Anschein erwecken, damenhaft zu sein.

***

Das Restaurant ist viel größer als der Eindruck, den ich von der Website bekommen habe. Die Decken sind hoch, und die Beleuchtung glitzert über uns, funkelt auf die stereotypische blau-weiße Einrichtung herab. Dieser Ort strotzt vor Exklusivität und ich fühle mich sofort fehl am Platz. Ich senke den Kopf und Aiden nimmt meine Hand, als der Kellner uns zu unserem Tisch führt, und ich bin dankbar für seine Ritterlichkeit.

Wir sitzen in einer Ecke des Raumes, weit weg vom Trubel und den hellen Lichtern der Bar, und Aiden rückt seinen Stuhl so, dass er neben mir sitzt, anstatt mir gegenüber. Es ist eine einfache Geste, aber eine, die mich trotzdem erregt.

Die Speisekarte ist seitenlang und die griechischen Wörter sind einschüchternd, also beschließe ich, es einfach zu halten und bestelle Gyros. Aiden entscheidet sich, abenteuerlustiger zu sein und bestellt etwas, das ich nicht einmal aussprechen kann. Mein Magen knurrt und ich bete, dass das Essen schnell kommt. Ich habe heute nur einen Crumpet gegessen, und das ist schon Stunden her.

Ich war noch nie mit Aiden in der Öffentlichkeit, und ich spüre, dass er dasselbe denkt, als sich eine peinliche Stille über den Tisch legt. Ich schaue mich um. An der Bar sorgt ein Junggesellinnenabschied für Aufruhr. Ein Paar verrät das Alter ihrer Beziehung durch ihre mangelnde Interaktion. Und zu meiner Linken sitzt ein Mann allein, der glücklich seinen Salat verschlingt, während er über seinen Kindle gebeugt ist.

Aidens Husten bringt mich zurück zu meinem Date.

„Glaubst du, der Mann wurde versetzt?", deutet er auf den Mann, der allein isst.

„Nun, wenn dem so wäre, scheint es ihn nicht zu stören. Ich denke, er zieht die Gesellschaft eines guten Buches vor."

Aiden lacht leise. „Dann ist er ein Idiot. Soweit ich weiß, kann ein Buch einen nicht auf die gleiche Weise befriedigen wie eine Frau."

Ich presse meine Lippen zusammen und lache unter meinem Atem. „Ach ja? Wann hast du zuletzt ein Buch gelesen?"

„Nie. Zu beschäftigt damit, an Frauen zu denken."

Ich lache jetzt. Aiden grinst mich über sein Getränk hinweg an. Er zwinkert.

Ich drücke mein Bein unter dem Tisch gegen seines, und er hebt eine Augenbraue. Es wird heiß hier drin.

„Mum hatte Recht mit dir. Du bist einfach perfekt." Seine Stimme ist rauchig und tief, er lehnt sich zu mir, und ich bekomme einen Hauch seines Aftershaves.

„Ich habe Mum noch nie so positiv über jemanden sprechen hören. Ihr zwei habt eine echte Verbindung."

Ich lehne mich frustriert zurück. Ich möchte jetzt wirklich nicht über Pam reden. Nicht während ich mich so erhitzt fühle.

Eine Kellnerin kommt mit unserem Essen und stellt es vorsichtig auf den Tisch, ohne zu fragen, wer was bestellt hat. Mein Pita, hoch beladen mit Schweinefleisch, Zwiebeln und Tomaten, sieht göttlich aus.

„Du hast mir nie von deinen Eltern erzählt." Aidens Bemerkung erwischt mich unvorbereitet und ich huste. Ich nehme einen Schluck Wein, um mich zu beruhigen. „Ich weiß, dass du eine wirklich beschissene Vergangenheit hattest, aber ich weiß nichts über sie. Du weißt schon, als Menschen."

„Was möchtest du wissen?"

„Was haben sie beruflich gemacht?"

Ich verziehe das Gesicht. Aiden und Pam haben alles für sich. Sie haben eine so herausragende Arbeitsmoral und ich befürchte, dass sie manchmal vergessen könnten, dass anderen dieser Ehrgeiz fehlen kann. Oder dass manche Leute gerne auf ihrem Hintern sitzen und nichts tun.

„Nun, Mum hat nichts anderes getan, als herumzusitzen und Sozialleistungen zu beziehen, auf die sie keinen Anspruch hatte. Und Dad war irgendeine Art von Fabrikarbeiter. Er hat hart gearbeitet. Oder zumindest war er die ganze Zeit aus dem Haus, also nahm ich an, er sei bei der Arbeit." Meine Augenbrauen ziehen sich zusammen. Mir ist gerade aufgefallen, dass er vielleicht gar nicht bei der Arbeit war; vielleicht wollte er einfach nicht nach Hause kommen.

Aiden verwechselt meine Verwirrung mit Traurigkeit. „Es muss doch irgendwo eine gute Erinnerung vergraben sein? Freunde? Schule? Ich möchte mehr über dich wissen."

Ich schüttle den Kopf und schlucke meinen Bissen hinunter. Meine Gyros schmecken immer bitterer, je länger das Gespräch andauert.

„Meine Eltern hatten ein wirklich cooles Auto." Die Enthüllung schockiert mich. Sie hatten wirklich ein cooles Auto. Sie hatten einen stinknormalen Ford Cortina wie die meisten Leute damals, aber Dad hatte ihn von Hand bemalt - zweifellos in dem Versuch, Mum am Wochenende zu entkommen. Er war lindgrün mit lila Flammen auf der Motorhaube. Im Nachhinein war es lächerlich grell, aber als ich ein kleines Mädchen war, war es das coolste Auto der Welt.

Ich kann nicht glauben, dass ich es vergessen hatte. Es ist, als hätte mein Gehirn alle guten Erinnerungen gelöscht und nur die schlechten behalten.

„Was für ein Auto war es?"

„Ein Ford Cortina. Du weißt wahrscheinlich nicht einmal, was das ist. Ich wette, du hattest einen Rolls Royce in deiner Kindheit", necke ich ihn.

Aiden senkt den Blick, was mein Lachen abrupt beendet.

„Tut mir leid. Das war schäbig von mir", sage ich zu ihm. Ich schätze, es ist grausam, sich über jemandes Erziehung lustig zu machen, egal ob sie reich oder arm waren. „Ich weiß, dass deine Kindheit nicht einfach war, weißt du, mit dem Tod deines Vaters ..." Ich möchte ihn unbedingt nach seinem Vater fragen, aber ich kann ihm nicht verraten, dass ich von dem Missbrauch weiß. Ich will den Abend nicht ruinieren.

„Oh, das ist es nicht", sagt Aiden und beruhigt mich, indem er meine Hand in seine nimmt. „Ich habe eine schreckliche Erinnerung an einen Ford Cortina, die ich wohl nie vergessen werde."

„Willst du sie teilen?"

Er nimmt einen großen Schluck von seinem Wein und lehnt sich vor, so dass er nur noch Zentimeter von meinem Gesicht entfernt ist. „Wenn ich es dir erzähle, musst du es für dich behalten. Erzähl es niemandem."

„Du kannst mir vertrauen."

Er schaut mir tief in die Augen. Die Pause fühlt sich wie eine Ewigkeit an.

Er nickt und stellt sein Weinglas auf den Tisch. „Als ich ungefähr zehn war, ist Mum mit unserem Auto – einem Audi, kein Rolls-Royce – versehentlich auf einen Ford Cortina aufgefahren. Im nächsten Moment krachte das Auto gegen einen Baum."

Mir läuft es eiskalt den Rücken runter. „Heilige Scheiße. Sind alle okay gewesen?"

„Ja. Mum meinte, alle hätten überlebt. Weiß der Teufel wie. Muss ein höllischer Knall gewesen sein."

„Was hat Pam danach gemacht?"

„Sie geriet in Panik und ist einfach weitergefahren."

„Scheiiiße." Das Wort kommt lang und übertrieben heraus.

„Ich weiß. Ich werde das Auto nie vergessen, als wir daran vorbeirasten. Die Leute darin hatten keine Chance. Die Front war völlig zerknautscht, und die Motorhaube war über das Dach zurückgeworfen. Es war ein seltsam aussehendes Auto. Grün mit lila Flammen darauf gemalt."

KAPITEL EINUNDDREISSIG

MICHELLE

„Michelle, halt!", ruft Aiden mir nach, als ich aus dem Restaurant fliehe. Die Gyros in meinem Magen drohen, sich über die anderen Gäste zu ergießen, und ich halte mir den Mund zu, während ich nach draußen renne.

Aiden wird vom Kellner aufgehalten, der darauf besteht, dass er die Rechnung bezahlt, was mir Zeit gibt, die Straße hinunterzulaufen, wobei meine Absätze auf dem Pflaster klicken. Ich winke ein herannahendes Taxi heran und werfe mich auf den Rücksitz.

***

Zwanzig Minuten später reiße ich Pams Haustür auf. Pam kommt gerade aus der Küche, eine dampfende Tasse und eine Packung Hobnobs in der Hand. Ihre Augenbrauen schießen in die Höhe, als ich durch die Tür gestürmt komme.

„Du hast sie getötet." Meine Brust fühlt sich eng an, und mein Atem geht kurz. Ich höre, wie das Taxi die Auffahrt hinunterfährt. Pam runzelt verwirrt die Stirn und bleibt wie angewurzelt stehen.

„Michelle. Ist alles in Ordnung? Du siehst furchtbar aus. Wo ist Aiden?" Sie stellt ihr Getränk und die Kekse auf den Beistelltisch und kommt zu mir, legt ihre Hände auf meine Oberarme.

„Du hast sie getötet!", kann ich mich nicht davon abhalten zu schreien.

„Wen?"

„Meine Eltern."

Pam tritt einen Schritt zurück und legt ihre Finger an die Lippen. Ihre Augen sind weit aufgerissen und sie macht ein schmatzende Geräusch in ihrer Kehle. Ihr Gesichtsausdruck schreit die Wahrheit heraus.

„Wusstest du, wer ich war? Wusstest du, wer ich war, als du in der Tierarztpraxis zu mir kamst?"

„Michelle, bitte, es war ein Unfall." Sie tritt noch weiter zurück. Ihr Gesicht ist so weiß, dass es fast durchsichtig ist. „Ich hatte nicht vor, sie zu töten. Sie fuhren wie verrückt über die Straße und das Wetter war furchtbar. In einem Moment waren sie noch ein gutes Stück vor mir, und im nächsten hatten sie voll gebremst. Ich hatte keine Chance zu reagieren."

Sie bewegt sich langsam auf mich zu, aber ich trete zurück. Ich kann nicht zulassen, dass diese Frau mich berührt. Ihre Worte sprudeln in einem fast unverständlichen Tempo aus ihrem Mund. „Ich sah, wie sie von der Straße abkamen, aber ich hatte Aiden im Auto und geriet in Panik! Wir waren allein und ich konnte nicht ins Gefängnis gehen, Michelle. Ich konnte nicht zulassen, dass sie mir meinen Jungen wegnehmen."

„Aber es war in Ordnung, dass ich ins Heim kam?"

„Ich wusste nicht, dass es dich gab!", Pam wendet sich von mir ab, ihre Arme fuchteln wild. „Zumindest nicht bis später."

„Also wusstest du von mir, bevor wir uns trafen?"

Pam nickt langsam. Warum ist sie so undurchsichtig? Ich will einfach nur die Wahrheit! Sie setzt sich auf die unterste Treppenstufe und stützt ihre Stirn in ihre Hände. Ich möchte sie schütteln – die Wahrheit aus ihr herausschütteln.

„Schau, Michelle, hast du dich je gefragt, was mich hierher geführt hat? Warum ich das tue, was ich tue?"

Was hat Pams Hang zum Töten von Menschen mit mir zu tun? Hat es ihr Spaß gemacht, meine Eltern zu rammen? Hat es ihr den Geschmack dafür gegeben? Ich schlage mit den Fäusten gegen die Wand. Ich warte darauf, dass Pam fortfährt, mein Kopf dreht sich. Ein grollendes Stöhnen entfährt mir.

„Der Tod deiner Eltern war überall in den Nachrichten, weil es ein ... du weißt schon ... ein Unfall mit Fahrerflucht war."

Als ich sah, dass sie ein kleines Mädchen hatten, verlor ich einfach den Verstand. Du musst verstehen, ich wollte meine Schuld von den Dächern schreien. Aber ich hatte gerade Aidens Vater verloren. Ich konnte nicht auch noch Aiden verlieren."

„Verloren? Du hast ihn getötet, Pam. Was stimmt nicht mit dir? Übernimm endlich Verantwortung!"

„Ja!", schreit Pam. „Ich habe ihn getötet und ich bereue das keine Sekunde. Dann, als in den Nachrichten bekannt wurde, dass die getöteten Personen Kindesmissbraucher waren, hörte ich auf, auch das zu bereuen. Ich war froh, dass sie weg waren."

Sie sieht mich an, und das Feuer in ihren Augen lässt mich wegschauen. „Du bist eine wunderbare junge Frau, Michelle, und das ist nicht ihr Verdienst."

„Also was – sollte ich dir dankbar sein?"

Sie beobachtet mich, ihre Brust hebt und senkt sich heftig. Als sie wieder spricht, ist ihre Stimme sanfter, flehend. „Was meinst du, wie Becks sich fühlen sollte? Und Michael? Es gibt einen Grund, warum du dich eingemischt hast, und dieser Grund gilt auch für dich."

Ein Schluchzen entfährt mir und ich sinke zu Boden. Das ist alles zu viel. Ich hasste meine Eltern, aber zu denken, dass sie so tragisch starben, wegen dieser Frau, die direkt vor mir steht. Meine Mentorin. Meine einzige Familie jetzt.

„Warum hast du mir das nicht alles vorher erzählt?"

„Wie hätte ich das tun können, Michelle? Ich wollte dir so sehr helfen und hatte solche Angst, dass du mich wegstoßen würdest." Tränen laufen über Pams Wangen und hinterlassen Streifen in ihrem Make-up. Ich schäme mich, als ich merke, dass ich auch weine.

„Also wusstest du, wer ich war, als du an diesem Tag in die Tierarztpraxis kamst?"

Pam nickt. „Ich habe dich all diese Jahre im Auge behalten. Ich musste wissen, dass du in Sicherheit warst. Als ich sah, dass du bei Kelsey eingezogen bist, war ich so erleichtert. Du und sie wart zusammen stärker. Geschützt.

„Aber dann sah ich dich eines Tages von der Arbeit kommen und du sahst so verloren aus. So traurig. Es brach mir das Herz. Du nahmst ab; deine Augen waren eingefallen. Ich musste etwas tun. Ich musste einen Weg finden, dir die Hilfe zukommen zu lassen, die du so dringend brauchtest. Und ich bin so froh, dass ich es getan habe."

„Wer wusste noch davon? War dein kleiner Freund auch eingeweiht?"

Sie seufzt. „Graham war mein Zugang zu dir. Er hielt mich auf dem Laufenden, wo du untergebracht warst und wie es dir ging. Ich habe viel, wofür ich dankbar sein kann. Graham hat sich wirklich um dich gekümmert."

„Du nennst das Fürsorge?", schreie ich. Alle Energie hat mich verlassen. Ich möchte mich zusammenrollen und schlafen.

„Du hast keine Ahnung, wie gut du es hattest, im Vergleich zu anderen Kindern."

Ihr Ton überrascht mich. Wie kann sie es wagen, wütend auf mich zu werden? Ich bin das Opfer in all dem.

„Also, nachdem du meine Eltern einem langsamen, schmerzhaften Tod überlassen hast, hast du was? Speak Up gegründet, um mehr Beute zu finden?"

„Nein, ich habe Speak Up gegründet, um Kindern wie dir zu helfen. Du und Aiden habt mich inspiriert. Meine Beute, wie du sie nennst, ist ein glückliches Nebenprodukt."

Gänsehaut kribbelt auf meiner Haut und meine Füße schmerzen vom Rennen in hohen Absätzen. Die Uhr in der Küche tickt laut und erinnert mich daran, dass die Welt sich weiterdreht.

Das Brüllen von Aidens Motorrad wird lauter, als er die Auffahrt hochrast. Wir hören zu, ohne uns zu bewegen.

Momente später platzt Aiden durch die Tür. Seine Haare stehen zu Berge, wo er seinen Helm abgenommen hat. Seine Augen weiten sich, als er mich zusammengesunken auf dem Boden sieht, dann quellen sie fast aus ihren Höhlen, als er das verschmierte Gesicht seiner Mutter erblickt.

„Was zum Teufel ist hier los?", krächzt er, jedes Wort von Angst durchzogen. Er überquert den Raum zu Pam.

„Mum? Was ist los?" Er sieht mich nicht an. „Mum, du weinst." Er versucht, einen Arm um ihre Schultern zu legen, aber sie schüttelt ihn ab.

Endlich wendet sich Aiden mir zu. „Was hast du ihr angetan?"

Ich möchte ihn anschreien, weil er mir die Schuld gibt, aber tief im Inneren kann ich es ihm nicht verübeln, dass er seine Mutter beschützt. Das ist es, was er tut. Ich schlucke meinen Ärger hinunter.

„Bitte, bitte sei nicht böse auf sie", sagt Pam. Ihr Körper wirkt alt und gebrechlich, als sie auf der untersten Treppenstufe zusammensinkt. „Michelle hat gerade einige schlechte Nachrichten erhalten, das ist alles." Ihre Augen flehen mich an. Sie möchte, dass ich das für mich behalte; aber hat er nicht das Recht, die Wahrheit zu erfahren?

Sicherlich sollte Aiden wissen, wer – und was – seine kostbare Mutter wirklich ist.

„Was für schlechte Nachrichten?" Er blickt von mir zu Pam und wieder zurück zu mir.

Wir verharren in einer Pattsituation. Die Atmosphäre im Raum lastet schwer auf meinen Schultern.

„Das Auto, das deine Mum in jener Nacht von der Straße gedrängt hat?" Die Worte kommen heraus, bevor ich es überhaupt bemerke. „Es waren meine Eltern."

Aiden starrt mich an. Er sitzt jetzt neben Pam auf der Treppe mit seinem Arm um sie, aber ich bemerke, wie sein Griff sich lockert, als die Schwere meiner Worte ihn trifft.

„Aber deine Eltern sind tot?"

„Genau."

Ich lasse ihn in Stille die Teile zusammensetzen. Sein Mund öffnet sich ein paar Mal und seine Augen huschen zwischen mir und Pam hin und her.

„Du hast Michelles Eltern getötet?" Endlich lässt er seine Mum los und sie sinkt zu Boden, eine Pfütze des Elends. Sie muss nicht antworten. Ihr Gesicht sagt alles.

Wir sitzen schweigend da und lassen die Ereignisse der letzten Stunde sacken. Pam bleibt, wo sie ist, auf dem Boden. Ihr Weinen hat nachgelassen, aber ihre Schluchzer brechen ab und zu durch die Stille.

Aiden fährt sich mit den Händen durchs Haar. „Verdammt noch mal. Ich brauche Zeit zum Nachdenken." Und zu meinem Entsetzen dreht er sich um und geht zur Tür hinaus.

***

Trotz meiner Bedenken schlafe ich bei Pam. Zu Kelsey zu gehen, würde viele Fragen aufwerfen, die ich einfach nicht beantworten kann. Außerdem könnte Travis dort sein, und jetzt mit einem Detektiv herumzuhängen, wäre keine gute Idee.

Ich hörte Pam nach oben kommen, als ich gerade meinen Pyjama anzog. Sie hielt vor meiner Tür an, und ich kniff die Augen zusammen und betete, dass sie nicht hereinkommen würde. Ich stellte mir vor, wie sie ihre Knöchel gegen die Tür presste, aber sie klopfte nicht.

Jetzt liege ich im Bett und kann keine bequeme Position finden. Meine Muskeln spannen sich immer wieder an und ich habe furchtbare Kopfschmerzen.

Ich kann nicht aufhören, an meine Eltern zu denken.

In der Nacht, als sie starben, war ich allein zu Hause. Ich war sechs. Sie waren ausgegangen, um Freunde zu treffen, und ich hatte mir Makkaroni mit Käse in der Mikrowelle gemacht, bevor ich ins Bett ging. Es war stockdunkel draußen, als die Polizei an die Tür hämmerte. Der Terror, den ich in diesem Moment fühlte, übertraf alles, was ich je gefühlt hatte. Ich war allein zu Hause und jemand hämmerte an die Tür.

Ich versteckte mich hinter dem Wäschekorb, als eine Frauenstimme durch den Briefschlitz rief. Es war die Polizei.

Ich erinnere mich nicht an viel danach. Viele Leute redeten auf mich ein oder drückten meine Hand ein wenig. Dann wurde ich weggebracht.

Ich fühlte mich nicht traurig, das weiß ich. Vielleicht taub. Verloren. Nicht traurig. Ins Heim zu kommen, war das Beste, was mir je passiert ist. Die Narben, die meine Eltern hinterlassen hatten, waren zu tief; es gab nichts, was irgendjemand tun konnte, um diese Wunden wieder zu öffnen.

Aber hatten sie es verdient, so zu sterben?

Ich wälze mich in meinem Bett und ziehe mir das Kissen über die Augen.

Es war ein Unfall. Das weiß ich. Macht es einen Unterschied, ob er von meinen Eltern oder von Pam verursacht wurde?

Im großen Ganzen nein. Aber es beeinflusst sicherlich meine Gefühle gegenüber Pam.

Ich habe Pam so viel anvertraut. Wir haben so verdammt viel zusammen durchgemacht und ich empfinde eine Liebe für sie wie für keine andere. Sie war wie eine Mutter für mich.

Aber sie hat mir meine leibliche Mutter weggenommen.

Genau wie ich Lesley von Michael weggenommen habe. Genau wie Pam Kate von Becks weggenommen hat. Und der kleine Teddy, der in die Cotswolds geschickt wurde. Und ich habe keinen Zweifel daran, dass es das Richtige war.

Ich seufze und drehe mich um, genieße die kühlen Laken auf meiner heißen Haut.

Es klopft an der Tür.

„Geh weg, Pam", murmle ich in mein Kissen. Warum zum Teufel klopft sie um diese Zeit an meine Tür? Es ist gerade erst 2 Uhr morgens – kaum die Zeit für einen Plausch.

Ich höre, wie sich die Klinke dreht, und reiße meinen Kopf herum. „Jetzt nicht, Pam!"

Die Tür öffnet sich. „Ich bin's", flüstert Aidens Stimme durch die Dunkelheit. „Kann ich reinkommen?"

Ich schlage meine Bettdecke zurück und klopfe aufs Bett. Aiden schließt vorsichtig die Tür hinter sich. Er hüpft vollständig bekleidet ins Bett und zieht mich eng an sich. Er ist herrlich kalt, und ich zittere an seiner Brust.

„Geht's dir gut?", fragt er mich. Sein Atem kitzelt meinen Nacken.

„Ich bin einfach verwirrt. Und du?" Eines ist sicher: Aiden hat nichts davon verdient. Wir stecken beide im selben Schlamassel.

Er streichelt meine nackte Schulter mit seinen Fingerrücken. „Es tut mir so leid, dass du das durchmachen musstest."

Ich nicke und kuschle mich noch enger an ihn.

„Ich will Pam hassen, das will ich wirklich; aber da ist diese kleine Stimme in meinem Kopf, die mich anschreit, dankbar zu sein für das, was sie getan hat."

Es entsteht eine Pause, bevor Aiden spricht.

„Ich verstehe das. Ja, es ist wirklich beschissen, was sie getan hat und dass sie es so verdammt lange geheim gehalten hat." Er atmet durch die Zähne ein. „Aber was wäre die Alternative gewesen? Sich selbst stellen? Du wärst sowieso ins Heim gekommen, nur ohne Graham, der auf dich aufpasst."

„Du weißt davon?"

„Ja, ich war bei ihm."

Ich werde unruhig. Schon wieder mischt sich Graham in meine Angelegenheiten ein.

„Und ich wäre auch ins Heim gekommen", fährt er fort.

Er hat Recht. Wenn meine Eltern in jener Nacht nicht gestorben wären, hätte der Missbrauch noch viele Jahre angedauert, und ich hätte Kelsey nie kennengelernt. Wenn Pam gestanden hätte, hätte niemand gewinnen können. Speak Up würde es auch nicht geben.

Große Erkenntnisse machen mich müde.

„Sollen wir das alles für heute ruhen lassen? Vielleicht bringt uns etwas Schlaf mehr Klarheit?"

„Schlafen? Ich habe eine bessere Idee." Er zieht mich noch enger an sich, und ich schlinge mein Bein um seine Hüfte, ziehe ihn zu mir. Er küsst mich mit einer Intensität, die ich noch nie zuvor gespürt habe.

Er drückt mich auf den Rücken und hält mich fest, und ich gebe mich ihm hin. Die Mauern, mit denen ich mich umgeben habe, sind offiziell gefallen. Ich verliere mich in ihm.

Alle Gedanken an Pam und meine Eltern schweben davon.

Kapitel Zweiunddreißig

MICHELLE

Als ich am nächsten Tag aufwache, haben sich die Wolken verzogen, und nur ein vager Dunst bleibt zurück. Mein Bett fühlt sich unglaublich weich und warm an.

Nach dem Tod meiner Eltern gab ich mir selbst die Schuld. Ich dachte, alles wäre meine Schuld - der Missbrauch, die Vernachlässigung und ihr Tod. Ich konnte die Schuld nie abschütteln, und jetzt frage ich mich, ob meine jüngsten Taten mit Kate und Lesley wirklich meine Suche nach Sühne sind.

Wenn Pam Papas Auto nicht von der Straße gedrängt hätte, glaube ich ehrlich, dass ich jetzt in einer Ecke eines heruntergekommenen Hauses hocken und mir dreckiges Heroin in die Venen spritzen würde. Ich hatte meine Eltern oft genug dabei gesehen. Bis ich mein Elternhaus verließ, dachte ich, Heroin wäre einfach etwas, das Leute tun; eine Medizin, um Elend zu beseitigen.

Jetzt beschütze ich andere Kinder vor diesem Schicksal.

Als ich heute Morgen aufwachte, wurde mein Schock von gestern Abend von einer vorsichtigen Dankbarkeit für Pam überlagert. Sie hat mich gerettet. Mein ganzes Leben war ein Schlamassel. Nur Pam hat mir Glück und eine Zukunft gegeben. Was sie getan hat, war so verdammt falsch, aber ich kann nicht leugnen, dass ich froh bin, dass meine Eltern tot sind. Sie waren pures Gift. Wie kann ich Pam dafür die Schuld geben, dass sie mich von diesem Schmerz befreit hat?

Ich rutsche rüber, aber die andere Seite des Bettes hat Aidens Wärme längst verloren, und die Kälte zwingt mich aufzustehen. Er ist erst seit einer halben Stunde weg, aber ich vermisse ihn schon.

Ich werde rot bei den Erinnerungen an letzte Nacht. Ich kann immer noch sehen, wie Aiden sein Oberteil auszieht und seine herrlichen Bauchmuskeln im Mondlicht enthüllt. Er blickte zu mir herunter und leckte sich die Lippen, bevor er mir mit überraschender Geschicklichkeit die Shorts auszog. Dann küsste er mich an Stellen, die normalerweise nicht das Tageslicht sehen.

Ich verbringe lange Zeit unter der Dusche und schwelge in der Freude der letzten Nacht, bevor ich nach unten gehe, um nach Pam zu suchen. Wir müssen reden.

Sie ist nicht da, also nehme ich an, dass sie gegangen ist, um sich mit Aiden zu versöhnen oder zu Speak Up zu fahren. Die Küche ist makellos, also überspringe ich das Frühstück, falls ich einen Krümel auf der glänzenden Arbeitsplatte hinterlassen sollte. Dann gehe ich zur Bushaltestelle, um zur Speak Up-Zentrale zu fahren.

Nach der Scheiße von gestern Abend muss ich etwas Gutes in die Welt bringen.

Das Büro ist heute ruhig. Die meisten unserer Freiwilligen arbeiten oder studieren tagsüber und engagieren sich abends ehrenamtlich, sodass tagsüber immer nur eine Notbesetzung arbeitet. Von Pam ist keine Spur zu sehen.

Ich gehe zu meinem Schreibtisch und erspähe Lisa in Pams Büro, die mit dem Rücken zu mir steht. Sie ist allein, und die freche Kuh wühlt in Pams Aktenschrank.

An meinen Schreibtisch gelehnt, stehe ich da und beobachte sie mit verschränkten Armen. Ich warte.

Schließlich dreht sie sich um und sieht, dass ich sie beobachte. Ihr Gesicht wird blass, und ich ziehe die Augenbrauen hoch. Sie sollte besser eine gute Ausrede haben.

Sie senkt den Kopf und huscht mit leeren Händen hinaus.

„Ich habe nur nach einem neuen Wandkalender gesucht", murmelt sie im Vorbeigehen. „Wir müssen uns auf das neue Jahr vorbereiten."

„Ach ja? Ich dachte, die werden im Büromaterialschrank aufbewahrt?"

Lisa kratzt sich am Kopf und meidet meinen Blick. „Ich weiß, ich konnte einfach keinen finden und dachte, vielleicht hat Pam sie verlegt."

Mein Herz hämmert in meiner Brust. Ist Lisa uns auf der Spur? Ich kann sehen, dass sie lügt - ihr Hals ist rot angelaufen und ihre Augen huschen überall hin, nur nicht zu mir. Wir halten inne, jede versucht, ihren nächsten Zug zu entscheiden. Sie sieht ängstlich aus. Ich befürchte, ich tue es auch.

Sekunden vergehen, bevor Lisa zurück an ihren Schreibtisch huscht und in ihren Stuhl plumpst, wo sie vorgibt, super konzentriert auf ihre Bildschirme zu starren. Was hat sie vor?

Mein Telefon klingelt und lenkt meine Aufmerksamkeit von Lisas Treiben ab und versetzt mich in den Arbeitsmodus.

Die Anrufe, die in den nächsten Stunden eingehen, sind langweilig. Ein Scherzanruf regt mich wirklich auf, aber ich schiebe ihn beiseite, als ich einen Anruf von einem Mädchen namens Mila bekomme.

Wir haben noch nie einen Anruf von Mila erhalten, aber noch bevor sie spricht, weiß ich, dass ihre Tragödie größer ist als alles, womit ich je zu tun hatte. Sie hat Schwierigkeiten zu atmen. Ihre hochpitchigen Schreie sind tragisch.

„Das Baby atmet nicht", keucht sie.

Die Haare in meinem Nacken stellen sich auf. „Okay, Mila. Kannst du mir mehr Informationen geben? Wo bist du?" Ich versuche, die Dringlichkeit aus meiner Stimme herauszuhalten. Ich will sie nicht verschrecken.

„Mein kleiner Bruder, Dylan. Papa hat ein Kissen auf sein Gesicht gelegt, damit er es bequem hat, und jetzt ist Papa weg und das Baby atmet nicht. Was soll ich tun?"

Eine rasende Hitze durchströmt meine Adern. Ich kneife mich mit den Nägeln in den Arm und ziehe Blut. Ich möchte schreien, fluchen und weinen, aber ich kann nicht. Ich kann Mila nicht helfen, wenn ich zusammenbreche.

„Wo wohnst du, Mila? Ich rufe einen Krankenwagen für dich." Ich schließe die Augen und bete, dass sie nicht dicht macht. Leg nicht auf, bete ich.

Zu meiner Erleichterung rattert Mila ihre Adresse ohne nachzudenken herunter. Sie wohnt gleich auf der anderen Seite des Kanals, zwei Minuten entfernt. Ohne nachzudenken, lege ich auf und renne los, während ich den Notruf 112 auf meinem Handy wähle.

Ich prüfe meine Jackentasche nach meinem Messer.

***

Meine Brust brennt vom Einatmen der kalten Luft und meine Sicht schwankt, während ich renne. Ich erreiche das Haus in knapp vier Minuten.

Milas Haus ist klein, aber ordentlich. Es steht allein, versteckt hinter einer Reihe riesiger Lebensbäume am Ende einer ruhigen Sackgasse. Ich hämmere an die Tür, aber es gibt keine Antwort. Ich spähe gerade durchs Fenster, als sich von hinten ein Mann nähert, der mit den Hausschlüsseln in der Hand klappert.

„Kann ich Ihnen helfen?" Er trägt einen schmutzigen Overall, hat aber perfekt frisiertes Haar und ein strahlendes Lächeln. Als könnte er kein Wässerchen trüben.

„Wohnen Sie hier?"

Er antwortet nicht. Er hat die Nerven, verwirrt auszusehen.

Ich sehe ihm in die Augen. „Ich bin wegen Ihres Sohnes hier."

„Was? Wer sind Sie?"

„Bringen Sie mich zu ihm." Warum ist dieser Arsch so fröhlich? Er sollte verdammt nochmal Angst haben. Ich umklammere das Klappmesser in meiner Tasche. Ich trage es seit der Nacht mit mir herum, in der ich Lesley erledigt habe. Ich weigere mich, mich verletzlich zu fühlen.

„Sagen Sie mir, wer Sie sind, bevor ich die Polizei rufe."

„Die Polizei ist schon unterwegs, du kranker Bastard. Jetzt bring mich zu Dylan!"

„Dylan?" Sein ganzes Gesicht wird lila. Seine Hand ballt sich zur Faust um seine Schlüssel. Angst huscht durch meinen Geist, aber ich schiebe sie beiseite. Ich muss mich konzentrieren. Ich muss die Kinder in diesem Haus beschützen.

„Lady, Sie fangen an, mich zu nerven. Jetzt verschwinden Sie, bevor ich etwas tue, was ich bereue."

„Nicht bevor ich Ihren Sohn gesehen habe", knurre ich. Die Zeit ist nicht auf meiner Seite. Ich muss zu diesem Monster durchdringen.

Er stampft auf mich zu und bevor ich reagieren kann, packt er mich an der Kehle und drückt mich gegen die Wand. Ich habe nicht den Atem, um um Hilfe zu rufen, und ich bete, dass jemand vorbeikommt, aber es ist keine Menschenseele in Sicht. „Wer zum Teufel glaubst du, wer du bist, du dumme Schlampe?", murmelt er in mein Gesicht.

Seine Hand greift fester zu und meine Fersen heben sich vom Boden. Meine Füße zappeln herum und versuchen, mit den Zehen den Boden zu erreichen.

Meine Hand findet meine Tasche und ich taste nach dem Klappmesser. Das Messer springt mühelos auf und ich stoße es in das Fleisch des Mannes. Er grunzt und lässt los, und ich falle auf meinen Hintern.

Der Mann sinkt zu Boden und hält sich die Seite. Seine Schlüssel klirren, als sie neben ihm fallen. Ich steige über die sich ausbreitende Blutlache und hebe sie auf. Ich gehe zur Tür, schließe auf und trete ein.

„Mila?", rufe ich. Keine Antwort. Oh Gott, bitte lass sie okay sein. Ich suche das Erdgeschoss ab und finde keine Spielsachen, keine kleinen Kleidungsstücke, keine Bücher. Es gibt keine Spur von Kindern, also renne ich nach oben. Das erste Schlafzimmer ist das Hauptschlafzimmer; das Bett ist gemacht und kein einziges schmutziges Kleidungsstück liegt auf dem Boden. Ich versuche es in den anderen Schlafzimmern.

Nichts. Nicht einmal ein Kinderbett oder eine einzelne kleine Socke. Oder ein Kind.

Ich fühle mich, als würde ich schmelzen. Dieser Mann hat keine Kinder. Ich habe den falschen Mann erwischt.

Oder es war ein weiterer Scherzanruf.

Sirenen heulen von der Straße hinter dem Haus. Scheiße.

Ich renne wieder nach draußen. Der Mann liegt bewusstlos auf dem Kies, Blut sickert zwischen den Steinen hindurch und bildet kleine morbide Inseln. Er atmet, aber nur gerade so.

Ich renne.

KAPITEL DREIUNDDREIßIG

MICHELLE

Ich brauche drei Versuche, um die Haustür aufzuschließen, und als ich in den winzigen Flur des stillen Reihenhauses in der Devonshire Street trete, kneife ich die Augen zusammen und fahre mit den Händen über meinen Kopf, wobei ich Blut durch meine Haare ziehe. Die Tür knallt hinter mir zu.

Mein Keuchen geht in ein Pfeifen über, als die Panik einsetzt. Ich drehe meine Hände vor mir um. Blutstreifen ziehen sich über meine rechte Handfläche. Es sitzt unter meinen Fingernägeln, noch feucht. Ich drücke auf einen Nagel, und Blut quillt unter dem Nagelbett hervor.

Ich würge und renne in die Küche.

Mein Erbrochenes schafft es gerade noch in die Spüle. Es läuft in Klumpen am Rand herunter. Tränen strömen über mein Gesicht.

Ich drehe den Wasserhahn auf und halte meine Hände unter das heiße, fließende Wasser.

Das Wasser läuft rosa, vermischt mit den Spritzern von Galle.

„Was ist mit dir passiert? Oh mein Gott, bist du verletzt?" Ich drehe mich um und sehe Kelsey in der Küchentür stehen, ihr Mund weit geöffnet, als sie auf das Durcheinander in der Spüle starrt. Ihre Augen huschen zu meinem Gesicht.

Ich stehe da und starre. Ich bin wie festgefroren. Mein Mund hängt offen.

Kelsey reißt ihren Blick von meinem blutbefleckten Oberteil und schaut mir in die Augen. Ich möchte wegschauen, aber ich weiß nicht wohin. Also starre ich einfach in ihre tiefen braunen Augen. Mein ganzes Leben zieht an mir vorbei. Kelsey war bei jedem beschissenen Schritt meines Lebens für mich da. Sie hat mich aus der Gosse gezogen, mir ein Zuhause gegeben und mir einen Job besorgt.

Ich kann ihr das nicht antun. Ich kann sie nicht in mein Chaos hineinziehen.

Kelsey findet als Erste ihre Stimme wieder. „Ernsthaft, was ist passiert?"

Sie kommt zur Spüle und nimmt meine Hände in ihre. Sie dreht sie um und versucht, die hartnäckigen Blutflecken wegzureiben.

„Oh, Michelle", flüstert sie. Immer und immer wieder. „Hat dir jemand wehgetan?"

Ein Schluchzen bricht aus meinem Inneren hervor, und ich breche in einem Meer aus Trauer auf dem Boden zusammen. Kelsey lässt sich mit mir zu Boden sinken und bettet meinen Kopf auf ihrer Schulter. Sie schlingt ihre Arme um mich und drückt meine Taille.

Sie wartet, während ich weine.

Jedes Stückchen Schmerz quillt aus mir heraus. Ich habe mein ganzes Leben lang Schlag um Schlag eingesteckt und es zu lange in mich hineingefressen. Ich kann das nicht mehr. Sieh dir an, was aus mir geworden ist.

„Komm schon, Süße. Lass uns das in Ordnung bringen."

Kelsey zieht mich hoch und öffnet den Reißverschluss meiner Jacke. Sie hebt eine Augenbraue angesichts meines blutdurchtränkten T-Shirts und zieht mir wortlos die Jacke aus und das Shirt über den Kopf.

Mit der freien Hand öffnet sie die Waschmaschine und wirft mein T-Shirt hinein.

Ich habe den überwältigenden Drang, mich zu erklären. „Kelsey, bitte versteh mich. Ich hatte keine Wahl. Ich dachte, er hätte das Baby getötet. Ich dachte, er würde mich umbringen."

„Oh, Michelle. Was hast du getan?"

Ich erzähle ihr von dem Scherzanruf und dem unschuldigen Mann, den ich ... getötet habe. Ermordet. Ich zwinge meine Stimme, ruhig und besonnen zu bleiben. Ich muss ihr sagen, was ich getan habe.

Kelsey nickt einfach, als würde ich ihr von einem schlechten Tag im Hundesalon erzählen.

Ohne ein Wort nimmt sie meine Jacke, gleitet mit der Hand in die Tasche und zieht das Klappmesser heraus.

„Was machst du da?", frage ich sie und drücke mich in die Ecke des Raumes.

Als sie aufsteht, drückt sie auf den Entriegelungsmechanismus des Messers und zuckt zusammen, als es aufklappt. Ich zucke bei der Erinnerung an das Geräusch von vor wenigen Augenblicken zusammen. Bevor ich es in den Bauch dieses armen Mannes gestoßen habe.

Kelsey lässt das Messer in die Spüle fallen und bückt sich, um die Bleiche aus dem Schrank zu holen. Sie gießt die gelbe Pampe über das Messer und bedeckt es damit, lässt es einwirken.

„Was machst du da?"

„Zieh deine Jeans aus, die müssen auch gewaschen werden."

Sie meint es ernst, und ich wage es nicht, mich zu weigern. Ich knie mich hin und schiebe meine Jeans herunter, schlüpfe heraus. Kelsey nimmt sie mir ab und wirft sie zusammen mit meiner Jacke in die Waschmaschine. Sie stellt sie auf die heißeste Stufe, und die Maschine springt an, ihre einzige Aufgabe ist es, die Beweise für das, was ich getan habe, zu beseitigen.

„Kelsey. Du musst das nicht tun."

„Irgendjemand muss dich in Ordnung bringen."

„Das musst nicht du sein. Ich kann mich selbst in Ordnung bringen."

Sie wirft mir einen Blick zu, der schreit, dass man mir nicht trauen kann. Sie hat einen Punkt.

„Warum tust du diese Dinge für mich? Du räumst immer meinen Mist auf, ohne Fragen zu stellen."

„Weil. Ich dich liebe."

Sie setzt sich wieder zu mir auf den Boden und lehnt sich gegen die Hintertür. Sie sitzt mit überkreuzten langen Beinen da. Ihre Handflächen ruhen auf ihren Knien. Es liegt eine Traurigkeit in ihr. Ich zerstöre sie.

„Nein, wirklich - warum räumst du immer wieder hinter mir her? Es muss einen besseren Grund geben, als mich einfach nur zu lieben. Das hier ...", ich winke mit dem Arm durch die Küche, „... ist keine Liebe. Ich war schon immer so ein Chaos, und du hast mich immer wieder aufgeräumt. Und gerade wenn ich denke, ich hätte mich sortiert, tue ich das hier. Das kann nicht nur Liebe sein."

Sie sieht mich neugierig an, und ihre Augenbrauen ziehen sich zusammen.

„Du erinnerst dich wirklich nicht?"

„Woran erinnern?"

Sie zögert, bevor sie den Kopf schüttelt. „Ich glaube nicht, dass das jetzt das richtige Gespräch ist."

„Nein, es ist definitiv das richtige Gespräch für jetzt!", schreie ich. Was ist los mit allen, die Geheimnisse vor mir haben? Ich ertrage keine weiteren Geheimnisse mehr.

„Ich rufe Travis an", kündigt sie an und drückt sich vom Boden hoch. „Geh duschen."

„Was? Nein! Du kannst ihn nicht anrufen. Hör zu, ich stelle mich dem, wenn ich bereit bin. Ich brauche nur Zeit, um das alles zu verarbeiten."

„Nein, du Idiot. Ich liefere dich doch nicht aus, oder?" Sie nickt in Richtung Waschmaschine, wo meine Kleidung herumgeschleudert wird und die Blasen rosa sind. „Wir brauchen seine Hilfe. Du brauchst seine Hilfe."

Ich schüttle den Kopf und ziehe meine Knie an die Brust. Ich zittere, aber ich weiß nicht, ob es vor Kälte oder vor Angst ist.

„Bitte ruf ihn nicht an", wimmere ich. „Er wird mir nicht helfen. Ich weiß, du liebst ihn, Kels; aber er wird mir nicht helfen."

„Er steht auf deiner Seite. Vertrau mir."

Ich vertraue ihr - wie könnte ich nicht? Aber es gibt keinen Weg zur Hölle, dass ich ihrem Detektiv-Freund vertrauen kann. Ich kann ihm nicht vertrauen, und ich kann das Kelsey nicht antun. Ich bin auf mich allein gestellt.

Ich muss Eier haben und mich stellen, bevor ich jemand anderen mit hineinziehe.

Ich seufze.

„Denk nicht mal dran", sagt Kelsey zu mir.

„Was?"

„Dich zu stellen."

Verdammt. Wie macht sie das?

„Was ist die Alternative? Weglaufen? Oh, komm schon, Kelsey! Das ist das Mindeste, was ich verdiene."

„Sprich mit Travis."

Warum ist sie nur so verdammt hartnäckig?

„Herrgott, Kelsey, du denkst wohl, ihm scheint die Sonne aus dem Arsch, oder? Er kann mir nicht helfen. Welcher Detektiv steht auf der Seite des Mörders?"

„Einer, der die Wahrheit kennt, Michelle."

Wahrheit. Das wäre was Feines. Niemand hier ist zu Wahrheit fähig. Ich starre Kelsey an, fordere sie heraus, es mir zu sagen, aber sie starrt nur mit ausdruckslosem Gesicht zurück.

Kelsey gibt als Erste nach. „Travis weiß, in was du hineingezogen wurdest, und er hat Mitgefühl."

„Mitgefühl?"

„Sagen wir einfach, er weiß mehr über Pam als du."

„Sag es mir."

Stille. Ich merke, dass ich stehe. Wann bin ich aufgestanden? Meine Haut juckt, und ich kratze Nagelspuren in meine Arme.

Stille.

„Sag es mir!", schreie ich.

„Vertrau mir einfach in dieser Sache. Bleib Pam fern, und alles wird gut. Es dauert nicht mehr lange, und du willst nicht zwischen die Fronten geraten."

Scheiß drauf. Scheiß auf alle.

Ich dachte, der Missbrauch wäre schlimm. Die Depression. Aber es stellt sich heraus, dass immer und immer wieder belogen zu werden, ein Schmerz ist, der viel tiefer schneidet. So viele Geheimnisse. Es scheint, jeder hat Informationen über mich. Außer mir.

Und ich habe die Schnauze voll von diesem Scheiß.

Als ich nach oben gehe, höre ich Kelsey hinter mir rufen, aber ich ignoriere sie und knalle meine Schlafzimmertür hinter mir zu.

Ich schnappe mir ein paar Klamotten vom Schlafzimmerboden und ziehe sie meinem zitternden Körper über.

Ich will nicht zurück in die Küche, um meine Stiefel zu holen, also finde ich ein paar schäbige Turnschuhe, mit denen ich früher gejoggt bin (vor vielen Jahren), und schlüpfe hinein.

Als ich das Zimmer verlasse, fleht Kelsey mich immer noch an.

„Bitte, Michelle, geh nicht zu ihr. Sie bedeutet nichts Gutes."

Ich drehe mich auf der Treppe um und bohre meinen Finger in ihren Bauch. „Hör zu, Kels, ich bin dankbar für alles, was du für mich getan hast, aber du weißt einen Scheißdreck über Pam. Ich werde bekommen, was ich verdiene, aber ich werde verdammt sein, wenn ich zulasse, dass Pam auch untergeht."

Ich gehe weiter die Treppe hinunter und greife nach dem Türknauf.

„Und was ist mit Graham? Bist du dir bei ihm so sicher?"

Ich drehe meinen Hals, um sie anzusehen.

Sie sieht unsicher aus. Und verängstigt.

„Was weißt du über Graham?"

„Mich, er ist in irgendeinen Kinderhandelsring verwickelt. Er wurde verhaftet! Du musst dich von diesen Leuten fernhalten. Sie sind abscheulich. Und sieh nur, was sie dir antun."

Ich gehe. Ich muss Pam warnen.

KAPITEL VIERUNDDREISSIG

MICHELLE

Ich bin ein Wrack. Mein Haargummi hält sich nur noch mit Mühe, und Strähnen kleben an meiner schweißnassen Stirn. Ich stinke auch. Eine Mischung aus Körpergeruch, Blut und Terror.

Der Uber-Fahrer wirft mir immer wieder Blicke im Rückspiegel zu. Ich funkle zurück und verscheuche so seinen höflichen Smalltalk übers Wetter.

Mein Kopf ist ein Wirrwarr aus Verwirrung. Kelsey kann nicht recht haben; sie versucht nur, mir Angst einzujagen. Sie mochte Pam noch nie, und angesichts meines Absturzes ist es kein Wunder, dass sie nach jemandem sucht, dem sie die Schuld geben kann.

Aber ich bin schuld. Das geht alles auf meine Kappe.

Ich kenne Pam. Ihre Leidenschaft im Leben ist es, Kindern zu helfen. Ihr eigenes Kind wurde missbraucht, um Gottes willen. Sie würde Kinder nicht von ihren Missbrauchern wegnehmen, nur um sie dann sprichwörtlich vom Regen in die Traufe zu werfen. Das würde sie einfach nicht tun.

Ich starre aus dem Autofenster und die Gedanken kreisen in meinem Kopf, immer und immer wieder. Ich habe jemanden erstochen. Ich habe verdammt nochmal jemanden erstochen. Unsere Mission fühlte sich vorher so richtig an, und jetzt habe ich eine Infektion zugelassen. Es stellt sich heraus, dass es sich ganz anders anfühlt, einem Kinderschänder ein Messer in den Leib zu rammen als irgendeinem x-beliebigen Arschloch.

Kann ich es als Notwehr bezeichnen? Ich meine, er hatte seine Hände um meinen Hals. Aber wie würde ich das Messer in meiner Tasche erklären? Warum bin ich einfach so weggerannt?

Pam wird wissen, was zu tun ist.

Ich möchte schreien und weinen. Ich möchte mir die Haare büschelweise aus dem Schädel reißen, nur um einen anderen Schmerz zu spüren. Mein Leben stellt sich immer wieder auf den Kopf, und diesmal gibt es keinen Ausweg.

Ich muss einfach nur zu Pam kommen. Sie wird wissen ... Sie muss einfach wissen.

„Fahren Sie schneller", sage ich dem Fahrer. Er nickt knapp, tritt aber nicht fester aufs Gaspedal. Ich werfe mich auf meinem Sitz zurück und verdrehe die Augen.

Als wir vor Pams Haus vorfahren, bin ich erleichtert, ihr Auto in der Auffahrt zu sehen, und ich renne hinein. „Pam!", rufe ich. Ich höre Bewegung im Obergeschoss und will gerade nach oben gehen, als Pam aus dem Esszimmer erscheint.

„Michelle, Liebes? Du siehst furchtbar aus. Ist alles in Ordnung?"

„Oh mein Gott, Pam, ich hab's echt versaut." Ich breche in Tränen aus und lasse mein Handy und meine Geldbörse auf den Beistelltisch neben der Tür fallen. Pam streckt die Arme aus und schließt mich in ihre Arme.

„Erzähl mir alles."

Mein Mund öffnet sich. Dann schließt er sich wieder. Ich weiß nicht, wie ich ihr sagen soll, dass ich einen unschuldigen Mann getötet habe. Ich habe alle Worte vergessen. Stattdessen breche ich in dicke Babytränen aus. Ich stöhne und winde mich in ihren umschlingenden Armen.

Es tut mir einfach so leid. So leid, dass ich diesen Mann getötet habe. So leid, dass ich alles verkompliziert habe. So leid, dass ich Pam abgelenkt habe, als sie sich auf das hätte konzentrieren sollen, was um sie herum passierte. So leid, dass ich Travis in ihr Leben gebracht habe.

Das ist alles meine Schuld.

„Oh mein Gott, Michelle! Bist du verletzt?" Sie deutet auf meinen blauen Hals, dann zieht sie mich in die Küche und setzt mich auf einen Hocker. Sie wendet sich dem Weinregal zu und zieht eine Flasche Whiskey heraus und macht sich daran, mir ein großes Glas einzuschenken. Ich erspähe Felix, der draußen herumstreift, am Gras schnüffelt und sich in irgendetwas Ekligem wälzt, das er aufgespürt hat.

Ich nehme den Drink. „Ich weiß nicht, wo ich anfangen soll", murmele ich.

„Fang am Anfang an."

Sie muss alles wissen. Wenn ich etwas gelernt habe, dann dass das Verschweigen von Dingen nur zu größeren Problemen führt.

Ich erzähle ihr von dem Anruf von Mila über ihren sogenannten Bruder Dylan. Ich erzähle ihr, wie ich den Mann niedergestochen habe, dem man wohl den Mord an dem Baby in die Schuhe geschoben hatte.

„Was hast du dann gemacht? Nachdem du ihn niedergestochen hast", fragt mich Pam. Sie hat ihre Handflächen auf die Küchenarbeitsplatte gelegt und starrt auf den Marmor zwischen ihnen. Ihre Lippen sind zusammengepresst und bilden einen dünnen, blassen Streifen.

„Ich bin weggelaufen", flüstere ich.

„Verdammt nochmal, Michelle. Was glaubst du eigentlich, was du da tust? Warum bist du überhaupt dorthin gegangen?"

„Ich dachte, ich würde helfen. Ich hab einfach rot gesehen."

„Wir dürfen nicht ‚rot sehen', Michelle. Wir müssen kühl und berechnend bleiben. So funktioniert diese ganze Operation. Ist dir klar, dass du gerade alles ruiniert hast? Hast du mal über die Auswirkungen davon nachgedacht, Michelle? Du hättest die Polizei gleich mit offenen Armen bei Speak Up empfangen können, die Handgelenke ausgestreckt zum Fesseln. Wir sind erledigt!"

„Ich weiß", wimmere ich. „Ich musste es dir einfach sagen, bevor ich zu ihnen gehe. Ich musste dich warnen."

„Ihnen?"

„Der Polizei."

„Sei nicht albern. Du gehst nicht zur Polizei."

„Aber ich muss. Ich kann nicht einfach jemanden erstechen und dann weggehen."

Pam lacht, und der hohe Ton klingelt in meinen Ohren. „Wie bei Lesley, meinst du?"

„Das ist was anderes und das weißt du."

Wir stehen in betäubtem Schweigen da. Pam ist so wütend, dass ich zu viel Angst habe, ihr den Rest der Neuigkeiten zu erzählen.

„Wo ist das alles passiert?" Pam verlässt die Küche und kommt mit ihrem Handy in der Hand zurück. Ich gebe ihr die Adresse und sie tippt wütend darauf herum.

„Pam, du solltest dich da nicht einmischen. Du ..."

Sie hebt die Hand, um mich zum Schweigen zu bringen, und ich klappe meinen Mund zu.

Schließlich knallt sie ihr Handy auf die Arbeitsplatte und starrt mich an. „Graham wird sich darum kümmern. Jetzt müssen wir nur warten", sagt sie. Ich möchte verzweifelt fragen, was los ist, aber Pam läuft im Zimmer auf und ab und denkt über alles nach.

Ich trinke meinen Whiskey in einem großen Schluck aus.

„Da ist noch mehr." Meine Stimme kommt als winziges Piepsen heraus.

Pam verdreht die Augen zur Decke und hebt ihre Hand, um mir zu bedeuten, dass ich warten soll. Sie dreht sich zum Kühlschrank und holt eine Flasche Chardonnay heraus. Sie gießt sich ein großes Glas ein und trinkt die Hälfte davon aus. Dann nickt sie mir zu und fordert mich auf, fortzufahren.

„Die Polizei denkt, du seist in einen Kinderhandelsring verwickelt."

„Was?", bellt sie.

„Graham wurde verhaftet. Ich bin sicher, er wird sie davon überzeugen, dass sie sich irren."

„Verhaftet!" Sie knallt ihr Glas auf die Arbeitsfläche und bricht dabei den Stiel ab. „Das hättest du mir sagen können, bevor ich ihm verdammt nochmal eine SMS geschickt habe!"

„Sie irren sich doch; das werden sie schon herausfinden." Ich stottere wie ein Idiot. „Er ist wahrscheinlich schon wieder draußen."

„Natürlich irren sie sich, verdammt nochmal, Michelle. Es gibt keinen Menschenhandelsring. Da hat wohl jemand was falsch verstanden!" Sie trinkt ihren Wein aus dem zerbrochenen Glas aus. „Aber glaubst du wirklich, wir brauchen die Polizei, die in unseren Angelegenheiten herumschnüffelt? Unsere Aktivitäten sind kaum legal. Graham ist ein kluger Mann, aber ich zweifle nicht daran, dass er irgendwo einen Fehler gemacht hat. Die Anzahl der Dokumente, die er über die Jahre gefälscht hat ... Oh, das ist so, so schlimm."

„Was ist schlimm?" Aiden schlendert mit einer Gleichgültigkeit in den Raum, die mich verblüfft.

„Oh, nichts, Liebling. Nichts, worüber du dir Sorgen machen musst", sagt Pam und klebt sich ein falsches Grinsen ins Gesicht, ihre Augen stumpf vor Angst.

Er war die ganze Zeit oben?

„Ach komm schon - welchen Job hast du versaut? Ich dachte, du hättest im Moment keinen bösen Buben auf der Liste?"

Was? Mein Mund bleibt offen stehen. Weiß er Bescheid?

„Oh, Aiden, Liebling. Es ist nichts."

„Mum, sag mir, was los ist." Sein Ton ist ruhig, doch seine Haltung ist eisig. Ich habe diese Seite von ihm noch nie gesehen. Ich kann mein Blut an meinen Ohren vorbeirauschen hören und ich wünschte, der Erdboden würde mich verschlucken.

Pam wirft mir einen Blick zu, und eine peinliche Stille erfüllt die Luft. Aiden lässt sie nicht aus den Augen.

„Ach komm schon, Mum, sag's mir - welchen Job hast du versaut?"

Meine Augen tanzen zwischen den beiden hin und her. Ich weiß nicht, wo ich hinsehen soll.

„Darum geht's nicht. Alle Jobs, an denen ich gearbeitet habe, waren sauber. Michelle kann das bezeugen. Graham selbst kann das bezeugen."

Aidens Augen huschen zwischen mir und seiner Mutter hin und her. „Also, was ist das Problem?"

Ich kann es nicht mehr zurückhalten. „Du weißt, was Pam tut? Was wir tun?"

„Natürlich weiß ich das. Mum kann ja ihre große Klappe nicht halten, oder?" Er zeigt mit dem Zeigefinger in Pams Richtung und sie zuckt zurück.

„Aiden wusste schon immer Bescheid, Michelle. Ich habe keine Geheimnisse vor ihm." Ihre Stimme zittert. Warum hat sie solche Angst?

„Und du bist damit einverstanden?", frage ich ihn.

„Na ja, klar. Es ergab für mich Sinn nach dem, was ich mit meinem Vater durchgemacht habe. Gerade du müsstest das doch verstehen."

Aidens Handy klingelt in seiner Tasche. Er nimmt es heraus, schaut auf den Bildschirm und lehnt den Anruf ab.

„Aiden, Schatz, du brauchst dir keine Sorgen zu machen. Geh zur Arbeit. Bis du mit der Arbeit fertig bist, wird sich das alles gelegt haben."

„Sei nicht so dumm. Ich gehe nicht weg, bis ich weiß, was los ist. Du bist meine Mum und du siehst aus, als würdest du gleich umkippen. Außerdem sieht die Frau, in die ich mich verliebe, scheiße aus. Also, wird mir jetzt bitte jemand sagen, was zum Teufel hier los ist?"

Ich fahre mir mit der Hand durchs Haar, meine Finger bleiben an getrocknetem Blut hängen.

Pam wirft mir einen Blick zu, und ich hole tief Luft. „Du brauchst dir keine Sorgen um deine Mum zu machen. Es war mein Fehler", sage ich und gehe zu Aiden hinüber. Ich drücke meine Handfläche gegen seine Brust.

Ich möchte, dass er seine Arme um mich schlingt, aber er bewegt sich nicht. Er schaut weiterhin mit seinen kalten Augen auf mich herab. „Ich habe jemanden getötet, ohne die richtigen Wege zu gehen. Ich habe alles komplett vermasselt. Aber deiner Mum wird es gut gehen. Dafür werde ich sorgen."

Wie ich dafür sorgen werde, weiß ich nicht so genau. Ich werde reichlich Gelegenheit haben, mit der Polizei zu sprechen. Ich werde alles gestehen, wenn es bedeutet, dass Pam nicht ins Gefängnis muss. Und dass Speak Up weiter arbeitet.

„Wen hast du getötet?"

„Nur einen Typen, der mit einem Kind bei Speak Up zu tun hatte."

„Wen, Michelle?"

„Du kennst ihn nicht. Bitte, Aiden, lass es einfach gut sein."

Pam unterbricht. „Sobald Graham rauskommt, können wir etwas regeln. Es gibt kein einziges Problem, das er nicht lösen kann. Da bin ich mir sicher."

„Rauskommt?" Aiden schiebt sich an mir vorbei und ich stolpere über meine eigenen Füße, lande vor ihm auf dem Boden. Ich bin zu erschüttert, um mich zu bewegen. „Raus woraus, Mum?"

Pam meidet die Augen ihres Sohnes und murmelt: „Er wurde verhaftet. Nur ein kleines Missverständnis."

Aiden greift plötzlich nach den Haaren seiner Mutter und zieht ihren Nacken brutal zu seiner Brust hinunter. Er beugt sich über sie. „Sag mir, was passiert ist!"

„Das ist alles, was ich weiß!", keucht sie. Er zieht fester. „Aber ich bin sicher, es gibt keinen Grund zur Sorge. Sie wollen nur mit ihm über einen Kinderhandelsring sprechen. Er ist wahrscheinlich nur wegen seines Jobs darin verwickelt. Er wird das bald klären."

„Das ist eine verdammte Scheiße!", schreit Aiden und schlägt den Kopf seiner Mutter auf die Küchentheke. Ihr Schädel prallt mit einem lauten Knacken auf und sie federt zurück, bevor sie auf den Boden zusammensackt. Ich weiche angewidert zurück und rutsche mit dem Hintern in die Schränke hinter mir.

Felix bellt an der Hintertür, springt gegen das Glas, Schaum fliegt aus seinen Mundwinkeln.

Ich bin wie gelähmt. Ich kann nicht atmen.

Aiden wendet sich mir zu.

„Die Polizei wird bald hier sein." Sein Ton hat sich völlig verändert, als er mich ansieht. Er ist sanfter; traurig. „Wir müssen sofort weg."

„Weggehen? Nein." Ich beobachte, wie Pams Körper heftig am Boden zuckt. „Was hast du ihr angetan?"

„Vergiss sie. Ich werde mich um dich kümmern. Nichts davon ist deine Schuld. Ich habe Mum gesagt, sie soll dich nicht hineinziehen, aber sie bestand darauf. Nach der kleinen Enthüllung über deine Eltern gestern Abend weiß ich jetzt warum", erzählt er mir.

Wie kann ich diesem Typen vertrauen, wenn ich nicht weiß, wer er ist? Ich schüttle den Kopf. Ich kann meinen Blick nicht von Pam abwenden.

„Aiden, bitte lass mich nicht so hier zurück", gurgelt Pam vom Boden. Blut tropft in ihre Augen.

Aiden ignoriert sie und packt fest meinen Arm. „Komm schon, wir müssen gehen." Ich schüttle den Kopf und drücke meinen Rücken gegen die Schranktür. Ich kann meinen Blick immer noch nicht von Pam abwenden. „Jetzt, Michelle!"

„Geh nicht", wimmert Pam. „Wir können das alles klären."

Aiden stöhnt und dreht sich zu ihr um. Er senkt den Kopf und tritt ihr in den Magen. Sie grunzt, als sie gegen den Schrank hinter ihr prallt. „Du hast alles versaut!" Er tritt sie wieder. Seine Arme fliegen zur Seite, während er weiter mit seinem Stiefel auf sie eintritt.

An einem Punkt öffnet Pam die Augen und sieht ihn an. Da ist immer noch Liebe. Liebe und Terror.

„Du bist eine Last, Mum. Du hattest einen Zweck, und jetzt hast du's vermasselt. Du bist jetzt nichts. Nichts!"

Ich werfe mich auf ihn und ziehe ihn weg. „Hör auf! Bitte!", schreie ich ihn an. Ich kann nicht glauben, dass das passiert. Alles ist so kaputt. „Wer bist du überhaupt?"

Aiden dreht sich zu mir um. „Du weißt, wer ich bin. Ich bin einfach Aiden. Dein Aiden."

„Nein, bist du nicht; du bist ein Fremder. Ein verdrehtes und gemeines Stück Arbeit."

„Sagt die Mörderin", zuckt Aiden mit den Schultern. Mein Magen sinkt. Er hat recht. Ich bin eine riesige Heuchlerin.

Ich fühle mich niedergeschlagen. Ich muss ihn beschäftigt halten, während ich die Dinge kläre. „Warum hast du mir nicht gesagt, dass du von all dem wusstest?"

„Ich wollte nicht, dass du darin verwickelt wirst, Michelle. Und ich muss zugeben, mich in dich zu verlieben hat mich aus der Bahn geworfen." Er sieht gequält aus. „Ich habe versucht, es ihr zu sagen, aber es war zu spät - du stecktest schon zu tief drin. Also versuchte ich, dich abzuschrecken, aber du warst wie ein Hund mit einem Knochen. Du kamst noch eifriger zurück."

„Mich abschrecken?"

Aiden schaut aus dem Fenster in die Bäume hinter dem Haus. „Der Angriff im Park. Das war ich. Aber du musst verstehen ..."

„Du hast mich geschlagen?", unterbreche ich ihn.

„Nein! Ich könnte dir nie wehtun, Michelle. Ich habe irgendeinen Abschaum dafür bezahlt. Aber er sollte dich nur ein bisschen aufmischen. Dich erschrecken. Nicht ins Krankenhaus bringen. Der Bastard ist zu weit gegangen. Und dieser Bastard musste dafür bezahlen."

„Aber ... warum?" Ich bin so verwirrt. Verletzt. Wie konnte Aiden mir das antun? In einem Augenblick hat er sich von süß und nett zu einem absoluten Monster verwandelt.

„Ich dachte, du würdest die Verbindung zu Mums kleinem Projekt herstellen und die Sache auf sich beruhen lassen. Aber es schien dich nur anzufeuern."

Pam stöhnt leise. Ihr Finger zuckt, als sie versucht, das Bewusstsein zu erlangen.

„Ich muss einen Krankenwagen rufen", sage ich.

„Nein."

„Sie wird sterben, wenn ich es nicht tue. Sie könnte innere Blutun-
gen oder so haben."

Aiden zuckt mit den Schultern.

KAPITEL FÜNFUNDDREISSIG

MICHELLE

„Was zum Teufel ist los mit dir?" Ich stehe diesem Fremden gegenüber, der sich vor meinen Augen verwandelt hat.

Vor wenigen Stunden war Aiden noch ein sanfter, wunderschöner, stilvoller Mann. Jetzt ist er ein Mann, der seine eigene Mutter schlägt. Seine Mutter, die ihn vergöttert; die alles für ihn tun würde. Seine Mutter, deren ehrenhafte Werte so stark sind, dass sie bereit ist, das Undenkbare zu tun. Seine Mutter, die gerade auf dem Küchenboden liegt und im Sterben liegt.

Aiden hat die Dreistigkeit, verwirrt auszusehen. „Ich beschütze dich, Michelle. Das siehst du doch, oder? Pam hat dich in ihren Schlamassel hineingezogen und jetzt hole ich dich da raus." Er streckt die Hand aus, um meine zu halten, aber ich ziehe mich zurück. Ich will nicht, dass dieser Mann mich berührt. „Oh, komm schon. Du wählst sie statt mich?"

„Sie stirbt."

„Na und? Das Spiel ist für sie sowieso vorbei. Sie stirbt oder sie geht ins Gefängnis. Sie nützt niemandem mehr was."

Seine Gleichgültigkeit macht mich fassungslos.

„Ich muss gehen", sage ich ihm. Wenn ich nur gehen könnte, könnte ich einen Krankenwagen rufen.

„Nicht allein. Ich komme mit dir. Du hast eine riesige Zielscheibe auf dem Rücken. Ich kann dich wegbringen."

„Hör bitte damit auf. Ich muss das in Ordnung bringen. Ich weiß nicht, was mit dir los ist, aber du kannst sie nicht einfach so hier liegen lassen. Und ich kann nicht einfach weglaufen." Meine Verzweiflung bleibt mir im Hals stecken. Aber mein Flehen bringt ihn nur zum Grinsen.

„Du bist süß, wenn du verzweifelt bist. Ach komm schon. Lass uns zusammen in den Sonnenuntergang laufen. Das wird romantisch."

Was glaubt er denn, was hier passieren wird? Denkt er ernsthaft, er kann einfach meine Meinung ändern und wir hüpfen gemeinsam in die Ferne? Pam stöhnt leise auf dem Boden. Sie hat eine hässliche graue Farbe angenommen.

Sie braucht schnell Hilfe.

Mein Blick huscht zwischen den beiden hin und her. Ich muss hier raus, und ich weiß, es gibt nur eine Sache, die ich tun kann.

Ich atme tief aus und zwinge mich, seinen Blick zu erwidern. Ich lächle und neige den Kopf zur Seite. „Wohin werden wir gehen?" Ich nehme seine Hand in meine. Meine Hand macht eine ruckartige Bewegung, als sich unsere Haut berührt, aber er scheint es nicht zu bemerken.

Aiden strahlt mich an. „Das ist mein Mädchen. Ich wusste, du würdest zur Vernunft kommen. Wir sind gleich, du und ich. Wir tun einfach das, was wir für das Beste halten."

Am liebsten würde ich seine Augäpfel packen und sie ihm aus dem Kopf reißen. Gleich? Einige unserer Handlungen mögen ähnlich ausgesehen haben, aber unsere Absichten sind sehr, sehr unterschiedlich, und ich lasse mich nicht über einen Kamm scheren.

Ich habe für Gerechtigkeit getötet - Gerechtigkeit für Kinder, die dringend Hilfe brauchten. Aiden hat seine eigene Mutter geschlagen, wofür? Zum Spaß?

„Wir sind gleich", sage ich ihm.

„Ich meine, wir haben beide Eltern verloren durch die da", er deutet auf Pam und sieht zufrieden aus mit der Verbindung, die er gerade zwischen ihm und mir hergestellt hat.

Da hat er nicht Unrecht. Das haben wir tatsächlich gemeinsam.

Vielleicht ist er deshalb so durcheinander. Hat sein Vater ihm dieses Maß an Gewalt eingeimpft?

„Obwohl, deine Eltern sind mit einem Knall abgetreten. Es hat einiges an Überzeugungsarbeit gebraucht, bis sie Dad erledigt hat."

Er versucht, mich in den Flur zu ziehen, aber ich widerstehe.

„Überzeugungsarbeit?"

Er zögert und mustert mich von oben bis unten. „Ja, manche Leute verdienen es einfach zu sterben. Kindesmissbrauch ist nicht das einzige Problem bei Menschen. Aber es war eine gute Ausrede, um Mum in Gang zu bringen." Er kichert. „Mami, Papi fasst mich immer an. Da unten." Er greift sich in den Schritt.

Meine Knie werden weich und ich muss mich an der Küchentheke abstützen, um nicht umzufallen.

„Er hat dich nicht missbraucht."

„Scheiße, nein. Der Mann war schwach. Der Arsch hatte eine andere Frau, so eine Barbiepuppe. Ich hab sie zusammen vom Schulbus aus gesehen. Ich wusste, wenn ich ihn nicht ausschalte, würde er Pam verlassen und all sein Geld mitnehmen. Wir wären mit nichts dagestanden." Er verschränkt seine Finger mit meinen und ignoriert meine Panik. „Also hab ich Pam dazu gebracht, ihn auszuschalten. Und sieh, wie die Dinge sich entwickelt haben. Speak Up existiert wegen mir." Er tippt sich mit dem Daumen stolz auf die Brust.

„Siehst du? Wir sind gleich, Mich. Wir wissen, was zu tun ist, um die Welt zu verändern, und wir gehen raus und tun es. Mum wusste auch, was zu tun war, bis die dumme Kuh uns in Schwierigkeiten gebracht hat."

Pam! Ich muss sie im Vordergrund meines Bewusstseins behalten. Ich darf nicht zulassen, dass Aiden mich in Verzweiflung stürzt. Ich kann von hier aus nicht erkennen, ob sich ihre Brust noch bewegt. Hat sie aufgehört zu atmen? Oh mein Gott, ist sie tot?

Aiden spürt meine Panik und legt seinen Finger unter mein Kinn, dreht meinen Kopf zu ihm. „Sieh sie nicht an. Sieh mich an." Er küsst mich leicht auf die Lippen. „Es ist Zeit zu gehen", sagt er und presst seine Stirn gegen meine.

Wenn Pam mich eines gelehrt hat, dann dass mich niemand mehr überwältigen kann. Pam hat mein Leben gerettet. Ich schulde ihr das Gleiche.

„Ich brauche zuerst etwas von dir", flüstere ich in sein Ohr.

Ich schlinge meine Arme um Aidens Hals und lächle. Er erwidert es, indem er seine Lippen auf meine presst und ich küsse ihn. Unsere Hände sind überall, berühren, betasten, drücken. Er stöhnt in mein Ohr und ich ziehe seinen Kopf an meinen Hals. Er küsst mich. Ich schlucke die Angst hinunter, die mich an den Rand eines Schreis bringt.

Ich öffne ein Auge einen Spalt breit und scanne die Arbeitsplatte. Der Messerblock ist zu weit weg, um ihn zu erreichen.

Ich schiebe ihn sanft von mir weg und drehe ihn herum, um ihn gegen die Arbeitsplatte zu drücken. Ich lecke mir über die Lippen und er grinst auf mich herab. Trotz des sterbenden Körpers seiner Mutter neben uns ist er erregt. Ich kann seine Erektion an meinem Bauch spüren. Ich beiße mir auf die Unterlippe und weise ihn an, seine Jeans auf den Boden zu schieben. Er öffnet seinen Reißverschluss.

„Beeil dich. Wir haben nicht viel Zeit."

Widerlich. Aber ich zwinge mich weiterzumachen.

Aiden schließt die Augen, als ich seine Brust küsse und nach unten wandere.

Bingo.

Ich greife hinüber und schnappe mir das größte Messer.

Ich drücke das Messer gegen Aidens Kehle.

„Michelle, was machst du da?" In seiner Stimme schwingt ein Hauch von Lachen mit und ich drücke das Messer fester gegen seine Haut. Ich spüre, wie die Schneide in sein Fleisch schneidet und Bluttropfen unter dem Metall erscheinen.

Ich habe keine Skrupel, einen weiteren bösen Bastard auszuschalten.

Der dumme Idiot dachte wirklich, ich würde ihm einen blasen, neben seiner sterbenden Mutter.

„Komm schon, Michelle. Tu das nicht." Er klingt weinerlich. Zum ersten Mal in seinem Leben bekommt der verwöhnte Idiot nicht, was er will. Ich widerstehe dem Drang, ihn auszulachen. Ich muss konzentriert bleiben. Das Messer zittert in meiner Hand, während Nervosität durch mich fließt. Aiden blickt darauf hinab und lächelt mich an.

„Angst, Michelle? Du würdest dem armen alten Ich doch nichts antun, oder?" Er grinst. Eine so schockierende Bösartigkeit leuchtet in seinen Augen auf, dass ich einen Schritt zurückweiche.

Ich bin jetzt außerhalb seiner Reichweite, richte das Messer aber immer noch auf sein Herz.

„Ich werde jetzt telefonieren", sage ich und stoße mit dem Messer in seine Richtung. „Beweg dich auch nur einen Muskel, und ich schwöre bei Gott, ich schneide dir die Kehle durch."

Aiden lacht. „Du sprichst wie eine echte Psycho-Schlampe. Das ist so sexy."

„Willst du sehen, wie psycho ich sein kann?", spucke ich die Worte aus, aber das Zittern meiner Hand verrät mich.

„Oh, ich weiß, wozu du fähig bist. Aber du wirst mir nichts tun."

„Natürlich werde ich das. Ich weiß, wie böse du bist."

„Mich, du wirst mir nichts tun, weil ich zu viel weiß."

Verwirrung flattert zwischen meinen Ohren.

„Ich weiß, was du und Pam vorhatten. Ich weiß, was Graham für euch tut. Ich weiß, dass du heute diesen Mann getötet hast. Ich kann der Polizei sicher helfen, die Punkte zu verbinden, oder?"

Ich spüre, wie mir das Blut aus dem Kopf weicht und ich zu schwanken beginne. Es gibt keinen Ausweg aus dieser Situation. Wir werden alle untergehen. Wenn Pam noch lebt, kommt sie ins Gefängnis. Es wird kein Speak Up mehr geben. All diese Kinder werden ignoriert werden. Vergessen.

Das kann nicht wahr sein. Es gibt nichts mehr zu retten. Und das alles wegen diesem Mann.

„Was hat das alles mit dir zu tun, Aiden? Geh einfach weg, ich rufe einen Krankenwagen für Pam und alles wird gut. Du willst dich doch in nichts davon einmischen."

„Gut? Graham wurde verhaftet, Michelle. Keiner von uns ist in Ordnung."

„Was hat Graham mit dir zu tun?"

Aiden bewegt sich schnell zur Seite und stößt das Messer von sich weg. Ich trete einen Schritt zurück, das Messer rutscht über den Boden.

„Ich habe alles mit diesem verdammten Idioten zu tun. Wer, glaubst du, bezahlt diesen Bastard? Wenn er auffliegt, nimmt er mich mit. Wir müssen jetzt sofort von hier verschwinden."

„Du bezahlst ihn?"

Er stöhnt frustriert auf. Was verstehe ich hier nicht?

„Ich bin der verdammte Boss, Baby!" Er hämmert sich auf die Brust. „Ich habe dir gesagt, ich arbeite im Transport. Ich transportiere nur Kinder, das ist alles. Und Graham liefert einen Teil meiner Ware."

„Ware?" Ich bin kaum hörbar. Schweiß rinnt meinen Rücken hinunter. „Ware."

„Jap. Ich schicke diese kleinen Scheißer in die ganze Welt. Britische Kinder sind gefragt."

„Wofür?"

„Oh, die Details interessieren mich nicht."

Ich kann mich nicht mehr zurückhalten. Ich renne zum Spülbecken und entleere den Inhalt meines Magens zum zweiten Mal heute in den Abfluss.

„Alles okay? Hattest du einen kleinen Schock?" Er klingt selbstgefällig.

Wut überwältigt mich und ich schreie. Ich stürze nach vorn und stoße das Messer nach ihm.

Aiden tritt zur Seite und schlägt mir das Messer aus der Hand. Voller Entsetzen sehe ich zu, wie es klirrend zu Boden fällt. Er legt geschickt einen Arm um meine Taille und dreht mich von ihm weg. Der andere Arm umklammert meinen Hals.

Ich grabe meine Fingernägel in seine Hand und versuche verzweifelt, sie wegzuziehen. Panik durchfährt mich.

Er zischt in mein Ohr: „So läuft das jetzt. Wir verschwinden von hier. Wir gehen getrennte Wege. Lass die Leiche hier liegen."

Leiche? Meine Augen suchen verzweifelt nach einem Lebenszeichen, aber Pams mühsames Atmen hat aufgehört.

Pam ist tot.

Sie hat ihr ganzes Leben damit verbracht, ihrem Sohn zu helfen, und er hat davon gezehrt, es verdaut und in Gift verwandelt.

Meine Tränen fließen frei und ich gebe den Kampf gegen Aiden auf.

„Erzähl einer Menschenseele von dem, was ich dir gerade gesagt habe, und du bist tot."

„Das ist mir egal."

„Was?"

„Das ist mir egal!" Ich schreie. Mein Leben ist sowieso vorbei.

„Oh, wirklich? Was ist mit Teddy? Ist er dir egal?"

Meine Augen huschen nach oben, um in seine zu blicken. Jeder Spott ist verschwunden; er meint es ernst.

„Du hast Teddy?"

„Oh ja, er ist ein guter Junge, sehr unschuldig."

„Nein, bitte, nicht Teddy. Lass diese Kinder in Ruhe."

„Dann tu, was ich sage, oder Teddy ist tot."

Er gibt mir einen Klaps auf den Hintern und geht. Ich höre, wie die Haustür hinter ihm zuknallt und sein Motorrad aufheult.

Meine Augen huschen verzweifelt durch den Raum und versuchen, alles zu erfassen. Was ist gerade passiert?

Ich sehe Felix, wie er an der Glastür kratzt. Sein Heulen dringt mir bis ins Mark.

KAPITEL SECHSUNDDREISSIG

MICHELLE

Ich renne in den Flur, wo ich meine Sachen hingeworfen habe, und greife nach meinem Handy. Die Gesichtserkennung funktioniert nicht, und als meine zitternden Finger versuchen, meine PIN einzugeben, höre ich eine Polizeisirene die Auffahrt heraufrasen. Hat Kelsey sie gerufen? Hat sie ihnen gesagt, dass ich hier bin?

Ich reiße die Tür auf und sehe zu, wie Travis' ziviler BMW direkt vor der Tür zum Stehen kommt. Ein Polizeiauto folgt ihm.

Travis rennt zu mir herüber, und ich hebe meine Hände, akzeptiere mein Schicksal hinter Gittern. Ich gebe auf.

„Wo ist sie?", schreit Travis. Ich wanke nur auf der Türschwelle, meine Beine drohen nachzugeben. „Michelle!", schreit er wieder und verlangt eine Antwort.

Ich spüre, wie sich Körper an mir vorbeidrängen, als die Polizei in Pams Haus stürmt. Momente später ruft jemand Travis zu. Travis wirft mir einen letzten Blick zu, bevor er ins Haus tritt.

Dann wird alles verschwommen. Mehr Autos erscheinen. Ein Transporter. Horden von Menschen rennen in Pams schönes Zuhause.

Ich erwarte mein Schicksal und ringe meine Hände.

Es fühlt sich wie eine Ewigkeit später an, als sie einen schwarzen, zugeißverschlossenen Sack herausrollen. Mir wird klar, dass er Pams Körper enthalten muss, und ich schluchze in meine Hände. Ich strecke die Hand nach ihr aus, als sie an mir auf der Auffahrt vorbeigerollt wird, aber Hände ziehen mich weg. Pam war wie eine Mutter für mich. Ihre Methoden mögen fragwürdig gewesen sein, aber sie war ein Schutzengel, der nur den Verwundbarsten helfen wollte. Und sie zahlte den höchsten Preis für ihre Leidenschaft.

„Es tut mir leid, Pam", flüstere ich ihr zu, als sie in den Transporter geschoben wird. „Es ist alles meine Schuld." Das alles ging so schief, nachdem ich mich eingemischt hatte.

Ich beiße mir auf die Lippe, bis ich Blut schmecke. Ich habe diesem Bastard Nachschub geliefert. Er behandelte sie wie verdammtes Fleisch. Vielleicht ist Pams Tod ein Segen. Aidens Enthüllung hätte sie sowieso sicher umgebracht.

Ich möchte in ein Loch kriechen und sterben.

Zuerst gibt es viele Fragen von der Polizei; so viele Fragen. Ich kann nicht über das lügen, was in diesem Haus passiert ist. Ich habe nicht die geistige Kapazität zu lügen. Außerdem hat mich das Vertrauen auf meine Instinkte hierher gebracht. Jetzt kann ich nur beten, dass Travis mir helfen kann, meine Sünden zu sühnen.

Jemand befragt mich unerbittlich, und alles, was ich die Kraft habe zu murmeln, ist: „Es war Aiden." Dann reicht mir jemand eine Tasse Tee, und Travis lehnt an einer nahen Wand. Ich erzähle ihm alles: wie Pam Menschen ermordete, um die Speak Up-Kinder zu retten; wie Graham ihr half; wie Aiden Pam zu Brei schlug; und wie Aiden das

Wissen über Pams Aktivitäten nutzte, um einen verdammten Kinderhandelsring zu füttern.

Aber ich erzähle ihm nicht von meiner Beteiligung.

Ich erzähle ihm nicht von dem Mann, den ich erst heute Morgen getötet habe. Das können sie selbst herausfinden. Ich muss mir etwas Zeit erkaufen, um einfach durchzuatmen, bevor ich weggesperrt werde.

Ich muss zuerst Teddy finden. Ich muss sicherstellen, dass er in Sicherheit ist. Erst dann kann ich mich meinen Konsequenzen stellen.

„Michelle, ich brauche dich auf der Wache, um eine formelle Aussage zu machen", sagt Travis zu mir. Ich nicke.

Ich werde zu einem Polizeiauto geführt und weggebracht.

***

Kelsey fährt mich schweigend von der Polizeiwache nach Hause. Sie ist widerlich süß und freundlich. Kelsey sieht nur das Gute in Menschen, und es ist ein Trost zu wissen, dass in ihren Augen noch etwas Gutes in mir steckt. Ich sitze völlig geschockt neben ihr.

Sobald sie vor unserem Haus geparkt hat, dreht sie sich zu mir. „Wir werden das schon hinkriegen, okay?"

Ich nicke und beginne zu antworten, aber sie steigt aus dem Auto, bevor ich einen Satz bilden kann.

Sobald wir im Haus sind, huscht Kelsey in die Küche, um den Wasserkocher anzustellen, und ich gehe direkt nach oben, um zu duschen.

Die Polizei hat meinen Mord von heute Morgen noch nicht mit den heutigen Ereignissen in Verbindung gebracht.

Ich weiß, dass ich nur geborgte Zeit habe. Ironischerweise war das Leben vor all dem ein Gefängnis. Jetzt ist die Aussicht, wegen Mordes und der Unterstützung eines Menschenhandelsrings ins Gefängnis zu gehen, fast tröstlich.

Ich verdiene das Gefängnis.

Ich verdiene eigentlich viel Schlimmeres als das Gefängnis.

Nach meiner Dusche werfe ich mich auf mein altes Bett. Ich sinke in die Matratze ein, und mein Geist und Körper sind so erschöpft, dass der Schlaf schnell kommt.

Ich träume von Aiden - sowohl von dem, den ich jetzt kenne, als auch von dem, den ich zu kennen glaubte. Sie werden von zwei verschiedenen Personen gespielt. Der Gute ist von himmlischem Licht umgeben, während der Böse in Schwarz gehüllt ist. Ich hasse sie beide.

Jeder zerrt an einem meiner Arme und versucht verzweifelt, mich in seine jeweilige Höhle zu ziehen. Ich bin verängstigt. Ich weiß, egal für welchen ich mich entscheide, es werden nur schlechte Dinge dabei herauskommen. Jemand wird immer verletzt werden.

Ich wache erschrocken auf und setze mich aufrecht hin. Meine Arme kribbeln. Ich reibe mir die Augen und ziehe meine Knie ans Kinn. Wie haben die Polizisten das alles noch nicht zusammengesetzt? Haben sie Aiden gefunden? Wo ist Teddy? Bitte lass Teddy in Ordnung sein. Ich kann nicht auch noch sein Blut an meinen Händen haben.

Als das Bewusstsein fest seine Krallen in mich schlägt, bemerke ich, dass ich Stimmen von unten hören kann. Ich steige vorsichtig aus dem Bett, weiche dem Schutt aus, der meinen Boden bedeckt, und schleiche auf Zehenspitzen zur Treppe, um zu lauschen. Travis und Kelsey führen ein hitziges Gespräch.

„Lass sie schlafen, Trav. Sie hatte einen riesigen Schock."

„Genau das ist es. Ich glaube nicht, dass sie überhaupt geschockt ist."

„Du denkst, sie hatte etwas mit dem Menschenhandel zu tun? Mit den Morden? Michelle ist wie eine Schwester für mich, Travis; ich kenne sie besser als jeder andere. Sie würde niemandem wehtun."

„Verdammt nochmal, Kelsey, weißt du, wie viel Schaden diese Familie angerichtet hat?"

„Ja, Trav. Aber du hast es selbst gesagt: Michelle wurde in ihr Kreuzfeuer geraten. Sie ist nicht die Ursache von all dem. Du kannst sie nicht für etwas bestrafen, das sie nicht getan hat."

„Selbst wenn sie nicht in den Menschenhandelsfall verwickelt war, was ist mit dem Mann, den sie erstochen und zum Sterben zurückgelassen hat?"

„Du hast mir versprochen, dass Pam dafür den Kopf hinhalten würde."

„Ich kann nur in die Irre führen. Es wird nicht ewig halten. Pam war nicht einmal da, als der Typ getötet wurde, Kels, sie wird ein Alibi haben."

Stille.

Sie wissen von dem Mann, den ich getötet habe. Heilige Scheiße. Ich weiß nicht mehr, wie ich mich fühle. Schuldig, definitiv. Ängstlich, vielleicht. Hoffnungsvoll, absolut nicht.

Ich bin angewidert von dem Ausmaß des Schadens, den ich verursacht habe. Ich mag es nicht, dass Kelsey und Travis wegen mir streiten, und ich weigere mich, das Dynamit zu sein, das ihre Beziehung sprengt. Ich gehe nach unten.

Als ich das Wohnzimmer betrete, drehen sich beide zu mir um. Sie stehen beide in der Mitte des Raumes, umgeben von einer wütenden Spannung. Kelsey lächelt mir beruhigend zu, Angst spielt in ihren Augen. Travis runzelt die Stirn. Er sieht müde aus; sein sonst makelloses Gesicht ist unrasiert und dunkle Schatten liegen unter seinen Augen. Er sieht aus, als wäre er in den letzten vier Stunden um zehn Jahre gealtert.

„Hey", murmele ich. „Irgendwelche Neuigkeiten von Teddy?"

Travis sieht Kelsey an, bevor er sich mir zuwendet. „Hast du das schon mal gesehen?" Er hält ein rosa Notizbuch hoch, das mit goldenen Mohnblumen verziert ist. Pams Tagebuch. Mein Magen dreht sich um. Das ist es. Travis hat alle Beweise, die er braucht.

Pams Tagebuch war eine tickende Zeitbombe. Für jemanden, der so gefasst war, war sie königlich dumm, das aufzubewahren.

„Michelle, das unterstützt alles, was du uns erzählt hast", sagt Travis. „Dieses Notizbuch deckt nur die letzten paar Jahre ab, aber wir erwarten, mehr zu finden." Er streckt seine Hände nach mir aus und seufzt. „Michelle, du hast so viel Zeit mit dieser Frau verbracht. Wie konntest du nicht wissen, was sie taten?"

Ich hebe meine Augen gen Himmel. Pam hat mich rausgehalten. Sie hat mich beschützt.

„Pams einziger Zweck war es, Kindern zu helfen. Das hatten wir gemeinsam. Ich wollte einfach nur helfen. Ich wusste nicht, was hinter den Kulissen passierte."

Die Lüge rutscht heraus, bevor ich sie fangen kann, und ich bin froh darüber. Es gibt immer noch Hoffnung für Teddy, wenn ich noch hier bin. Ich muss ihnen helfen, Aiden zu finden.

„Du bleibst also dabei, dass du nicht glaubst, Pam hätte etwas mit dem Menschenhandel zu tun gehabt?"

„Absolut nicht."

„Wir sind jetzt nicht auf der Wache. Das ist inoffiziell."

„Sie hat es nicht getan!"

„Also wusstest du nicht, was Grahams Beteiligung war?"

Ich schüttle den Kopf. Es ist die Wahrheit. Ich bin mir immer noch nicht ganz sicher, wie das alles zusammenpasst. „Aber ich vermute, er war die Verbindung zwischen Pam und Aiden."

„Ja", sagt Travis. Er klingt so müde; so traurig. „Wie du glaube ich, dass Pam gute Absichten hatte. Sie wusste nicht, dass sie mit dem Mann zusammenarbeitete, der den Teufel fütterte - ihren eigenen Sohn."

Er setzt sich auf das Sofa und drückt im Vorbeigehen Kelseys Schulter.

Er fährt fort: „Ich muss zugeben, Graham ist ein kluger Mann. Er ist jahrelang damit durchgekommen. Ich fürchte mich davor, was wir alles aufdecken werden."

„Wie? Wie hat er das alles gemacht?"

„Er hatte viele Methoden. Es hing von den Umständen ab. Wenn die Eltern besonders gefühllos waren, bot er ihnen Geld an. Einfach. Manchmal erzählte er den Eltern, ihr Kind sei in Obhut genommen worden, reichte aber die Unterlagen ein, um zu sagen, das Kind werde von einem Verwandten betreut. Soweit das Jugendamt wusste, war die Angelegenheit erledigt."

Ich blase Luft durch meine Zähne. Ist es wirklich so einfach, ein Kind wegzunehmen?

Travis mustert mich mit seinem kalten Polizistenblick.

„Du siehst geschockt aus."

Ich lache. „Geschockt? Travis, es gibt kein Wort dafür, wie ich mich gerade fühle. Meine mörderische Freundin ist tot, und mein kinder- handelnder Freund ist auf der Flucht, weil er sie getötet hat. Ich bin nicht geschockt, ich bin betäubt. Wenn ich jetzt irgendetwas fühlen würde, wäre ich ein zusammengebrochener Haufen in der Ecke des Raumes."

Travis nickt, und Kelsey eilt herbei, um mich zu umarmen, aber ich schüttle sie ab.

„Was wird mit Graham passieren?", frage ich Travis.

„Angeklagt. Er weigert sich, Informationen preiszugeben. Er sitzt da wie ein verdammter Hobbit, leckt sich die Lippen und lächelt. Ich möchte einfach nur ..."

Er muss es nicht aussprechen. Ich weiß, was er will. Ich möchte Graham auch den Hals umdrehen.

Kelsey meldet sich zu Wort. „Michelle, Aiden muss dir doch etwas erzählt haben. Irgendetwas. Was hat er dir über seine Freunde erzählt? Seine Hobbys? Wo er gearbeitet hat?"

Ich spüre, wie alle Farbe aus meinen Wangen weicht, als ich von Erinnerungen an unsere gemeinsame Zeit überflutet werde. Es fühlte sich besonders an. Verdammt, ich fühlte mich besonders. Was für eine Idiotin. Eine Erinnerung nagt jedoch an mir. „Crawley", spucke ich aus. „Er hat mir einmal erzählt, dass er ein Lagerhaus in Crawley hat, von wo aus er Fernseher verschickt."

Travis reißt sein Handy aus der Tasche, macht einen Anruf und beginnt, Befehle in die Leitung zu bellen. Ich ziehe meine Stiefel an.

„Michelle, wo gehst du hin?", fragt Kelsey.

„Nach Crawley!", rufe ich zurück und folge Travis aus der Tür.

KAPITEL SIEBENUNDDREISSIG

MICHELLE

Ich sitze auf dem Beifahrersitz von Travis' BMW und drehe nervös meine Daumen.

Wir rasen die M23 hinunter, nur wenige Kilometer von dem Lagerhaus entfernt, in dem wir vermuten, dass Aiden die Kinder gefangen hält. Die Polizei brauchte nicht lange, um das von einer nicht existierenden Firma gemietete Lagerhaus zu finden.

Meine Gedanken übertönen das Brummen des Motors und das Rumpeln der Straße unter den Rädern. Ich bin dankbar, als Travis meine düstere Trance durchbricht. „Ich habe Kels versprochen, dass ich dich so gut wie möglich beschützen werde."

Ich weiß nicht, was ich darauf sagen soll. Travis weiß, dass ich diesen Mann getötet habe. Was muss er von mir denken? Er sieht jeden Tag, wie Menschen die abscheulichsten Taten begehen. Wie kann er einfach mit jemandem im Auto sitzen, der einen Mann zu Tode gestochen hat?

„Ich weiß. Aber du musst das nicht. Ich regele das schon."

„Es würde Kels umbringen, dich untergehen zu sehen. Du bist alles, was sie hat."

„Das stimmt nicht – sie hat dich", sage ich, kaum hörbar.

„Das hat sie allerdings."

Geschickt manövriert er um einen Vauxhall herum, der die Überholspur blockiert. „Ich hasse Leute, die mit sechzig Meilen pro Stunde auf der Autobahn fahren."

„Hör zu, wenn wir Teddy haben, werde ich reinen Tisch machen, ich schwöre. Ich muss nur erst Teddy finden."

Travis nickt. „Du hast diesen Typen wegen eines Kindes getötet, oder?"

„Ja."

„Verdammt noch mal, Michelle, dein Selbstjustiz-Trip kommt Pams ziemlich nahe. Findest du nicht?"

„Wir teilten wohl die gleichen Werte."

„Das ist es, was mich beunruhigt. Wie viel hast du eigentlich mit dieser Frau gemeinsam?"

Ich starre aus dem Fenster und lasse die Anschuldigung auf mich wirken.

„Wir haben deinen Notruf aufgezeichnet. Was ist passiert? Wie konntest du dich so verdammt irren? Der Mann war der Polizei als Arschloch bekannt, aber Michelle, er hatte nicht mal Kinder."

Seine Worte bestätigen, was ich bereits wusste. Sie bestätigen den größten Fehler meines Lebens. Sie bestätigen, dass ich der größte Idiot auf diesem verdammten Planeten bin.

Ich erzähle ihm von dem Scherzanruf.

„Jesus, Michelle. Was für eine verdammte Idiotin."

„Ich weiß."

Wir sind jetzt von der Autobahn runter. Reihen von Lagerhäusern fliegen vorbei. Wir folgen drei Polizeiwagen eine von Schlaglöchern übersäte Straße hinunter, mein Hintern hüpft immer wieder vom Sitz.

Ich knalle gegen die Tür, als Travis nach links auf einen Parkplatz abbiegt.

Polizeiautos halten um uns herum und bewaffnete Beamte springen heraus und marschieren in Formation auf die Doppeltüren zu.

„Bleib hier. Mach nichts Dummes", sagt Travis zu mir, als er aussteigt, um sich dem Einsatz anzuschließen. Ich sitze auf meinen Händen und zwinge mich, zu tun, was mir gesagt wurde.

Es hält ganze fünf Sekunden an.

Scheiß drauf. Ich springe aus dem Auto und folge, weit hinter der Gruppe von Beamten, dem Trupp zum Gebäude.

Als wir uns dem Gebäude nähern, recke ich den Hals, um an den Polizisten vorbeizusehen. Der Korridor ist dunkel. Notausgangschilder liefern das einzige Licht, und alles ist in ihr unheimliches grünes Leuchten getaucht. Es riecht nach verrottendem Holz, und die Luft ist eiskalt. Ich halte mich an der Tür zurück, begierig zu erfahren, was vor sich geht, aber vorsichtig, nicht im Weg zu stehen.

Gänsehaut überzieht mich, als die Beamten anfangen zu schreien. Ich höre Weinen. Das süße Geräusch von weinenden Kindern.

Sie leben.

***

Ich beobachte, wie sie die Kinder nach draußen bringen, jedes einzelne kauert im Sonnenlicht. Einige weinen; einige klammern sich um ihr Leben aneinander; einige lachen hysterisch. Sie alle sehen zu dünn aus. Zu klein.

Die meisten schrecken vor ihren Rettern zurück, und es bricht mir das Herz. Werden diese Kinder je wieder lernen zu vertrauen?

Die verdrehten Bastarde, die sie hier festgehalten haben, sind abgehauen, bevor wir hier ankamen. Höchstwahrscheinlich vom liebenswürdigen Aiden gewarnt.

Der Parkplatz ist jetzt voll mit Autos. Wasser, Snacks und Decken werden an die Kinder verteilt, die danach greifen. Formulare werden ausgefüllt. Die Presse hat Wind von der Situation bekommen und drängt sich jenseits des Absperrbandes, um zu sehen, wer die saftigste Story ergattern kann.

Fünfzehn. Ich zähle fünfzehn Kinder. Und das ist nur dieses Mal. Gott weiß, wie lange das schon so geht. Ich würde wetten, dass diese Kinder nicht die einzigen sind, die er in sein verdrehtes Netzwerk der Perversion verschleppt hat. Tränen steigen mir in die Augen, wenn ich an die Kinder denke, die wir nicht retten können.

Ich scanne den Parkplatz erneut. Fünfzehn. Keines von ihnen ist Teddy.

Die Atmosphäre verändert sich dann und die Stimmen werden leiser. Alle stehen still und die meisten drehen sich zur Tür um.

Ein Sanitäter geht rückwärts durch sie hindurch und zieht eine Trage. Ein Laken bedeckt ein winziges menschliches Wesen, das darauf liegt.

Teddy?

Ich renne schreiend nach vorne: „Teddy!" Ich erreiche ihn fast, als Travis mich an der Taille packt und zurückzieht.

„Ich muss ihn sehen!", flehe ich, aber er schüttelt nur den Kopf. „Bitte, Travis."

Dann brechen die Dämme. Ich schluchze um Teddy. Ich schluchze um das Chaos, das ich angerichtet habe. Ich schluchze, weil ich Aiden entkommen ließ.

Was habe ich nur getan?

Kapitel Achtunddreißig

Ich bin gerade dabei einzuschlafen, als das Geschrei beginnt. Wir haben so lange schweigend dagesessen, dass der Lärm meine Ohren klingeln und mein Herz schneller schlagen lässt. Ich setze mich kerzengerade auf, um zu sehen, was los ist, aber ich erinnere mich an die Worte des großen Mannes: Nicht reden, keinen Unsinn machen, nicht mal zu laut atmen, sonst schneide ich euch verdammt nochmal auf. Ich zucke zusammen, als ich mich daran erinnere, und warte darauf, dass der Mann mich für das Aufsitzen schlägt, aber es ist niemand bei uns im Raum. Das ist wirklich seltsam. Sonst ist immer irgendwo ein Erwachsener.

Es fühlt sich schrecklich an. Verwirrend.

Ein paar andere Kinder setzen sich jetzt mit mir auf, und wir alle starren auf die Tür und warten darauf, dass uns jemand sagt, was wir tun sollen. Niemand kommt. Das Geschrei hört auf, und es wird so still im Raum. Stiller als je zuvor, und Sorge kribbelt in meinem Bauch.

Die meisten von uns sitzen jetzt aufrecht. Einige mutige Kinder stehen und recken ihre Hälse, um zu sehen, was im Flur vor dem Raum passiert.

Schließlich meldet sich jemand zu Wort: „Ich glaube, sie sind weg." Ihre Stimme zittert, als wäre sie gleichzeitig aufgeregt und verängstigt. Ich erkenne die Stimme. Es ist Juno. Juno ist meine Freundin, seit ich hier bin. In meiner ersten Nacht hielt sie meine Hand, als ich mich in den Schlaf weinte, und seitdem ist sie meine beste Freundin. Sie spricht jetzt so leise, aber ihre Worte treffen laut und deutlich. Sie sind weg.

Wir sind ganz allein.

Ein paar der jüngeren Kinder fangen an zu weinen. Jemand an der Tür kichert. Die meisten von uns stehen einfach nur da und starren in die Dunkelheit.

Was sollen wir jetzt tun?

Die Zeit vergeht. Die meisten von uns haben sich zur Tür geschlichen, unsicher, ob wir den Schritt in den Flur wagen sollen. Es ist niemand hier.

Wenn wir diesen Raum verlassen und erwischt werden, könnten sie uns töten. Aber wenn sie weg sind, werden wir hungrig und sterben.

Ich zittere, und das nicht nur, weil mir kalt ist. Alles fühlt sich kribbelig und seltsam an. Das Atmen fällt mir schwer.

Ich blicke zu Juno hinüber und kann ihr Gesicht gerade so durch die Dunkelheit erkennen. Sie leuchtet grün vom Notausgangsschild über ihrem Kopf. Es lässt sie unheimlich aussehen. Ihre Tränen glänzen auf ihren Wangen, und sie presst ihre Lippen zusammen. Sie fängt meinen Blick auf und nimmt meine Hand.

Wir treten gleichzeitig in den Flur. Ich hebe einen Arm, um mein Gesicht zu schützen, und warte auf den Schlag.

Aber er kommt nicht.

Nichts passiert. Sie sind weg. Sie sind wirklich weg.

Juno lässt meine Hand los und geht schneller. Sie ist jetzt vor mir. Sie ist fast an der Tür.

Dann höre ich es. Das kratzende Geräusch eines Schlosses, das zurückgeschoben wird.

„Juno, komm zurück!", schreie ich. Ich stürze nach vorne, um sie zu packen, aber es ist zu spät. Ein Mann steht in der Tür; das Sonnenlicht, das hinter ihm hereinströmt, macht es schwer, ihn zu sehen. Er ragt über Juno auf, die sich in der Ecke zusammenkauert.

„Was zum Teufel macht ihr hier draußen?", knurrt der Mann. Er tritt mit seinem klobigen Schuh auf Juno ein, und ich höre ein hässliches Knacken, als ihr Kopf gegen die Wand schlägt.

Sie liegt regungslos da.

Ich höre, wie alle um mich herum zurück in den Raum flüchten. Einige sind dumm genug zu schreien. Aber keiner ist so dumm wie ich. Ich renne auf den Mann zu. Ich weiß nicht einmal, was ich da tue. Ich weiß nur, dass ich ihm so sehr wehtun will.

Meine Arme und Beine sind außer Kontrolle, als ich auf ihn losgehe. Ich schlage ein paar Mal zu und höre ihn grunzen, aber es reicht nicht. Er bleibt stehen. Er lächelt auf mich herab, als hätte ich einen Witz gemacht.

Nichts war je weniger lustig.

Der Mann streckt eine Hand aus und legt sie auf meine Stirn, schiebt mich sanft zurück. Er lacht mich aus, und jeder Kampfgeist entweicht mir. Ich bin zu müde. Zu klein. Ich gebe auf.

„Ganz ruhig, Tiger. Du hast ganz schön Nerven, was?", neckt er mich. Er beugt sich hinunter, um mir richtig ins Gesicht zu sehen, hält meinen Kopf immer noch zurück.

„Hör zu, Kleiner, sag mir, wo Teddy ist, und ich werde dich für diese kleine Vorstellung nicht bestrafen."

Er will mich.

Ich schlucke, sage aber nichts und starre ihn stattdessen nur wütend an. Ich versuche so sehr, nicht zu Juno zu schauen, um zu sehen, ob es ihr gut geht.

Der Mann ist schlau. Er weiß es und dreht sich zu Juno um. Er lässt meinen Kopf los und geht zur Wand, wo Juno zusammengesackt liegt. Blut hat die Wand bespritzt, wo ihr Kopf dagegen geschlagen ist. Ich sehe zu, wie seine Hände sich zu Fäusten ballen.

„Ich bin Teddy!", platze ich heraus. Ich kann nicht zulassen, dass er Juno wieder wehtut. Er könnte sie töten. „Bitte, lass sie in Ruhe."

Der Mann nickt, und ich atme erleichtert auf, als er zu mir herüberkommt und Juno in Ruhe lässt.

„Ist das so? Du lügst mich besser nicht an."

Warum sollte ich lügen? Es wäre so viel einfacher, ihm zu sagen, Teddy wäre jemand anders. Aber ich weiß nicht, was er dann mit jemand anderem machen würde, und das kann ich nicht tun.

Der Mann schaut sich die anderen Kinder an, die schweigend zugesehen haben.

„Du." Der Mann zeigt auf Becks, ein stilles Mädchen, das nicht viel gesagt hat, seit sie hier ist. „Wie heißt dieser Junge?"

„T- T-", Tränen tropfen von ihrem Kinn. Der Fuß des Mannes bewegt sich, und ich nicke ihr zu und flehe sie an, es einfach zu sagen. „Teddy."

Er schaut auf mich herab und lächelt. Er sieht aus wie ein Verrückter, wenn er lächelt.

„Nun denn, Teddy-Junge – lass uns eine Spritztour machen."

Ich möchte zurück in den Raum hinter mir. Mein Gefängnis, wo sich all meine Freunde verstecken. Wer ist dieser Mann? Wohin bringt er mich?

„Komm schon, Junge. Hör auf zu trödeln."

Tränen brennen in meinen Augen, als der Mann meine Hand nimmt und mich nach draußen zieht.

Ich atme die Luft ein. Sie riecht nach Rauch und Dreck, aber sie fühlt sich frisch und sauber auf meinem Gesicht an. Die Welt fühlt sich ganz neu und glänzend an. Ich kann Autos auf der anderen Seite der großen Hecke vorbeifahren hören und überlege, ob ich schneller laufen kann als dieser Mann. Wen will ich veralbern? Vielleicht könnte ich um Hilfe schreien? Aber wenn ich das tue, könnte er mich töten. Ich folge dem Mann einfach weiter.

„Das ist dein Glückstag, mein Junge", sagt der Mann und führt mich zu einem großen Motorrad mit glitzernden Rädern. Er knallt mir einen Helm auf den Kopf, sodass sich mein Nacken unangenehm verbiegt. „Ich habe einen wichtigen Job für dich. Du wirst mir helfen, das Mädchen meiner Träume zurückzugewinnen." Ich klettere auf das Motorrad, und er setzt sich vor mich. Ich suche nach etwas zum Festhalten, kann aber keinen Griff finden. „Verkack es jetzt nicht, Kleiner – du bist meine letzte Chance."

Der Motor brüllt auf, und ich klammere mich an die Rückseite seiner Jacke. Ich habe mich noch nie so gefürchtet. Als wir losfahren, wird mein Kopf nach hinten gerissen, und ich kämpfe gegen das Gewicht des zu großen Helms an, um meinen Kopf wieder nach vorne zu bringen.

Die Welt rast so schnell vorbei. Es gibt so viele Autos da draußen. Sie schießen ständig an uns vorbei, während der Mann zwischen den verschiedenen Spuren hin und her schlängelt.

An einem Punkt fahren viele Polizeiautos vorbei, alle mit heulenden Sirenen. Ich sitze kerzengerade, in der Hoffnung, dass mich jemand erkennen würde, aber sie sind verschwunden, bevor sie Zeit haben, mich zu sehen.

Ich denke an Juno. Ich hoffe wirklich, dass es ihr gut geht. Vielleicht ist sie jetzt wieder in dem großen Raum, wo die anderen Kinder sich um sie kümmern können.

„Fast da, Kleiner", sagt der Mann zu mir und verlässt die wirklich belebte Straße.

Fast wo? Wohin fahren wir, und was wird dieser Mann mit mir machen, wenn wir dort ankommen?

KAPITEL NEUNUNDDREISSIG

MICHELLE

Teddy ist seit ganzen drei Tagen verschwunden.

Ich verfolge die Nachrichten gierig. Journalisten campieren vor Pams Haus. Ich habe zugesehen, wie die Polizei ihr Haus durchsucht und es auseinandergenommen hat. Sie haben seine frühere Schönheit in einen Saustall verwandelt. Pam wäre entsetzt gewesen.

Die Polizei sucht nach Aiden und hat Sichtungen auf der ganzen Welt. Einen Tag ist er angeblich in Glasgow, am nächsten in Zürich. Ich weiß aber, dass er nicht weit weg ist. Ich spüre es in meinem Bauch.

Er beobachtet mich.

Travis hat versucht, mich zu unterstützen, aber er kommt immer seltener vorbei. Ich höre ihn und Kelsey ständig streiten, wobei mein Name häufig fällt. Ich zucke vor Schuldgefühlen zusammen und schließe meine Zimmertür, um ihre Feindseligkeiten auszusperren.

Ich sitze hier in meinem Zimmer und warte wie ein verdammter Idiot. Warte darauf, dass die Polizei das tut, was ich tun muss. Ich muss Teddy finden. Das liegt an mir. Ich weiß nur nicht wie.

Ich bete nur, dass sie Teddy bald finden, damit ich dem allen ein Ende setzen kann. Sobald Teddy in Sicherheit ist, kann ich mich stellen. Einen Schlussstrich unter dieses Chaos ziehen.

Aber bis dahin muss ich Aiden einen Grund geben, ihn am Leben zu erhalten. Dieser Grund bin ich.

Meine Zeit läuft ab und das lässt meine Haut jucken. Es ist, als würden die Wände sich um mich schließen, während die Polizei von allen Seiten Beweise sammelt.

Travis sagt, sie kommen mehreren Beteiligten auf die Spur. Die Ermittlungen haben sich von Pam wegbewegt und konzentrieren sich mehr auf das Netzwerk von Leuten, die an der Entführung, dem Verstecken und dem Transport von Kindern rund um den Globus beteiligt sind.

Sie betrachten das große Ganze. Vielleicht bin ich ein zu kleines Puzzleteil, um aufzufallen.

Das hält die Schuld nicht davon ab, an mir zu nagen. Ich habe getötet, um einen Menschenhändlerring zu füttern. Ich habe einen unschuldigen Mann ermordet. Ich stand daneben, als Aiden seine Mutter zu Tode geprügelt hat.

Ich bin der Grund, warum Teddy bei diesem Mann ist.

Früher sehnte ich mich nach Veränderung, aber jetzt weiß ich, dass Stillstand der sicherste Ort ist.

Also warte ich.

Kelsey arbeitet heute, also wage ich mich nach unten für eine Tasse Kaffee. Als ich die letzte Stufe erreiche, bleibe ich wie angewurzelt stehen. Draußen liegt etwas auf der Türschwelle.

Das Milchglas verschwimmt vor meinen Augen; alles, was ich erkennen kann, ist ein tiefrotes Fleckchen.

Ich gehe vorsichtig den Flur entlang und lasse meine Hand an der Wand entlanggleiten. Aber ich kann von hier aus sehen, dass das Schloss verriegelt ist, und entspanne meine Schultern.

Niemand ist hier. Oder?

Ich sichere die Kette und öffne die Tür nur einen Spalt, um hinauszuspähen. Niemand da.

Zu meinen Füßen liegt ein Strauß herrlich praller roter Rosen. Es müssen fünfzig sein, in zartes rosa Seidenpapier gewickelt.

Mein Magen sackt in die Knie. Ich weiß, von wem das ist.

Ich schließe die Tür und schiebe die Kette vor, damit ich die Tür weit öffnen kann. Ich strecke ruckartig einen Arm aus und reiße die Rosen ins Haus, bevor ich die Tür zuknalle und doppelt prüfe, ob der Riegel eingerastet ist.

Meine Finger zittern, als ich die kleine Karte aus dem Umschlag ziehe.

ICH HAB DICH VERMISST, BABE. XXX

Ich keuche auf und lasse die Blumen zu Boden fallen.

Da ist ein Geräusch. Ein Klopfen. In meinem Haus. Mein Kopf zuckt herum, mir stockt der Atem.

Kelsey hat vor etwas über einer Stunde „Tschüss" gerufen. Sie ist nicht hier. Travis verbringt keine Zeit mehr allein mit mir, seit alles eskaliert ist.

Wer ist in meiner Küche?

Ich gehe vorsichtig den Flur entlang zurück und wünschte verzweifelt, ich hätte mein Handy nicht oben gelassen.

Ich höre das Klopfen erneut. Wer auch immer es ist, er ist im Wohnzimmer.

Es kann nicht er sein. Er würde nicht riskieren, hierherzukommen, oder? Obwohl, er ist so ein arrogantes Arschloch – ich würde ihm alles zutrauen.

Meine Hand greift nach der Wohnzimmertür, und ich stoße sie auf, innerlich gewappnet für das, was auf der anderen Seite wartet.

„Alles klar, Babe?", grinst Aiden mich an. „Wie geht's dir so?"

Ich keuche auf. „Was machst du hier?" Es kommt wie ein Knurren heraus. Meine Angst wird völlig von Wut und Ekel überdeckt. Er sitzt im Sessel in der Ecke des Zimmers, lehnt sich zurück mit einem Grinsen im Gesicht, als hätte er nicht einen Funken Sorge in der Welt.

„Ich hab dir ein kleines Geschenk mitgebracht. Ich dachte, es würde dir gefallen, Babe."

Er deutet auf die Küchentür und ich schaue hinüber. Teddy steht an den Türrahmen gelehnt, einen kleinen Karton Orangensaft in der Hand. Er gibt keinen Laut von sich.

Ich vermute, die blauen Flecken in seinem Gesicht haben ihm beigebracht, sich zu benehmen.

Seine Augen schreien mich förmlich an. Der arme Junge hat so viel durchgemacht. Er muss hier raus. Ich weiß nicht, wie viel der kleine Kerl noch ertragen kann. Ich muss ihm helfen.

„Teddy!" Ich laufe auf ihn zu, die Arme weit ausgebreitet. Aiden springt auf und stellt sich vor mich, versperrt mir den Weg.

„Na, na, alles zu seiner Zeit. Wir müssen erst reden."

„Ich hab dir nichts zu sagen."

„Oh, aber ich hab dir eine Menge zu sagen. Erinnerst du dich an unsere kleine Vereinbarung? Halt den Mund, oder der Kleine kriegt's ab? Erinnerst du dich, Mich?"

Er geht um Teddy herum und fährt mit der Hand durch sein Haar, lässt seine Fingernägel über sein winziges Gesicht gleiten. Teddy kneift die Augen zusammen.

Ich knirsche mit den Zähnen.

„Ich hab nichts vereinbart. Fass ihn an, und ich bring dich um."

„Fast, als wolltest du, dass er stirbt. Du änderst dich nie."

„Sag einfach, was du willst, Aiden. Warum bist du hier?"

„Ich bin wegen dir hier, Dummerchen. Und ich bekomme, was ich will. Das tue ich immer, und ich werde nicht zulassen, dass du die Ausnahme bist."

Ich kann nicht anders als zu lachen. „Du bekommst, was du willst? Du klingst wie ein verwöhntes Gör." Mein Lachen kommt in dicken Schüben. Mein Leben ist völlig absurd. Wie bin ich nur mit diesem Vollidioten in Verbindung geraten?

Ich fahre fort: „Du hast alles verloren, du dämlicher Bastard! Du hast nichts mehr und kommst trotzdem hier an und gibst den Über-legenen, als hätte ich Glück, dich zu haben. Als sollte ich dir einfach in die Arme fallen, als wärst du der Fang des verdammten Jahrhunderts."

Aus dem Augenwinkel sehe ich, wie Teddys Augen sich weiten. Er schaut auf meine Laptoptasche, die in der Ecke des Raumes steht.

Guter Junge, Teddy.

„Du brauchst nur ein bisschen Überzeugungsarbeit, Babe, das ist alles. Es ist lustig, wie interessiert du warst, als ich Kohle hatte. Bin ich nicht mehr so attraktiv, jetzt wo ich alles verloren habe, ist es das?"

„Es hat nichts mit Geld zu tun. Du bist es. Du bist böse. Durch und durch böse."

„Wir können das besprechen. Ich weiß, dass wir das können. Lauf mit mir weg. Ich helfe dir, aus dem Knast zu bleiben."

Teddy beugt sich zu meiner Tasche, was Aidens Aufmerksamkeit erregt. Er streckt einen Arm aus, als wolle er nach ihm schlagen. Teddy duckt sich.

„Lass ihn verdammt nochmal in Ruhe!", schreie ich und fange Teddys Blick auf.

„Dann komm mit mir! Geh jetzt mit mir weg, und er kann hier bleiben. Mach weiter mit diesem Schwachsinn, und ich schneide ihm die verdammte Kehle durch."

„Einen Scheiß wirst du!", schreie ich und spucke ihn an.

Dann renne ich los. Ich laufe nach oben und bete, dass er mir folgt.

Ich kann seine Schritte hinter mir die Treppe hochhämmern hören. Ich knalle meine Zimmertür hinter mir zu, aber er stößt sie zurück und schlägt meine Ferse gegen das Holz. Ich schreie auf und falle aufs Bett, und er wirft sich auf mich.

„Ich zeig's dir", keucht er. „Ich kriege immer, was ich will."

Er hat eine Hand über meinem Kopf festgenagelt, während die andere an meiner Jeans herumfummelt. Ich ramme mein Knie hoch und versuche, ihn zwischen die Beine zu treffen, aber ich habe nicht genug Platz, um Wirkung zu erzielen.

Seine Kraft überwältigt mich, und meine Panik weicht der Erschöpfung.

Ich schreie, und er knallt seine Stirn gegen meine. Alles wird für einen Moment weiß.

Als ich wieder fokussieren kann, ist er weg.

Ich keuche und zwinge Luft in meine panische Lunge. Meine Handgelenke schmerzen, wo sich seine Finger in sie gegraben haben.

Teddy!

Ich gurgele einen Schrei der Erleichterung, als ich ihn neben dem Bett stehen sehe, den Blick auf den Boden gerichtet. Er hält mein Klappmesser in der Hand, das ich vorne in meine Laptoptasche gesteckt hatte.

Aiden liegt stöhnend am Boden, ein tiefer Schnitt klafft in seinem Rücken.

„Komm, Teddy. Lass uns gehen."

Er nimmt meine Hand und wir fliehen.

Tief in meinem Herzen weiß ich, dass wir frei sind.

PROLOG

MICHELLE

„Wie geht es Ihnen heute, Michelle?"

Sie steckt das Ende ihres Kugelschreibers in den Mund, sodass er auf ihrer Unterlippe ruht. Eine Spur schwarzer Tinte hat sich spinnennetzartig in ihre rosafarbene Haut gezogen.

Ich zucke mit den Schultern.

„Wissen Sie, es wäre vielleicht hilfreicher für Sie, wenn Sie mit mir reden würden. Dafür bin ich schließlich da." Sie zuckt mit den Schultern und lehnt sich in ihren Ledersessel zurück.

Ich möchte reden. Wirklich. Ich kann einfach nicht. Ich bin bis zum Rand gefüllt, und der kleinste Anstoß würde alles zum Überlaufen bringen.

Ich bin wieder am Anfang angelangt, nur dass mein Schmerz jetzt in Schweigen statt in einer Flasche Merlot eingeschlossen ist.

Meine Beraterin seufzt.

„Fangen wir doch mit etwas Kleinem an. Was haben Sie zum Frühstück gegessen?"

Ich stelle mir mein Frühstück vor. Geronnene Rühreier und aufgewärmtes Brot, das versuchte, als Toast durchzugehen.

„Ich habe mein Frühstück nicht gegessen."

Ein Hauch eines Lächelns huscht über ihre Lippen. Sie bahnt sich ihren Weg hinein. Ich spüre, wie meine Abwehr ein wenig bröckelt.

Wir sitzen die verbleibenden achtundvierzig Minuten in relativem Schweigen. Vogelgesang dringt durch das offene Fenster.

Schließlich gibt Trish, meine Therapeutin, auf, und wir beobachten eine Möwe, die durch den grauen Himmel fliegt und ins Unbekannte ruft.

„Ich sehe Sie nächste Woche", sagt sie.

Ich kehre in meine Gefängniszelle zurück.

***

„Ich war enttäuscht, Sie letzte Woche nicht zu sehen." Entweder sagt Trish die Wahrheit, oder sie ist eine außergewöhnliche Lügnerin.

„Ich war krank."

„So habe ich gehört. Geht es Ihnen jetzt besser?"

Ich nicke.

„Das freut mich zu hören. Also, sagen Sie mir, haben Sie von Kelsey gehört?"

Meine Augen wandern zu ihren. Sie hat Kelsey noch nie zuvor erwähnt. Was soll dieser Richtungswechsel? Der abrupte Themenwechsel treibt mir Tränen in die Augen.

Ich nicke.

Kelsey versucht seit Wochen, Kontakt aufzunehmen, aber ich stoße sie weg. Ich verdiene sie nicht. Sie hat eine gute Seele, während meine reines Gift ist.

„Sie sollten sie sehen. Ich bin sicher, sie vermisst dich, und es wird dir helfen, damit umzugehen."

Ich nicke, habe aber nicht vor, sie zu sehen. Sie verdient mein Chaos nicht. Ich verdiene ihr Licht nicht.

Eine Träne rollt meine Wange hinunter.

Gott, ich hoffe, sie ist in Sicherheit.

„Gibt es Neuigkeiten von Aiden?", frage ich. Sie neigt den Kopf zur Seite, überrascht von meiner plötzlichen Frage. Ich sehe sie mit verzweifelten Augen an. Ich muss wissen, was los ist.

„Sie suchen immer noch nach ihm. Ich nehme an, Sie haben die Nachrichten verfolgt?"

Ich nicke.

„Dann werden Sie es sicher genauso schnell erfahren wie ich. Die Reporter sind voll darauf angesetzt."

Das stimmt nicht. Seit dieser hübsche Popstar eine Überdosis genommen hat und in die Reha gebracht wurde, erscheint der Menschenhandelsfall immer seltener in den Nachrichten. Es ist jetzt ein Nicht-Ereignis.

„Wie ist er nochmal entkommen?", fragt mich Trish. Sie weiß das. Jeder weiß das. Aber sie hat die Tür einen Spalt geöffnet und will sich weiter hineinwühlen.

Mein Mund reagiert, bevor mein Gehirn es kann, und ich beginne zu sprechen, bevor ich meinen Mund zuschnappen lasse und den Kopf schüttele. Diesmal gelingt es ihr nicht, ihre Frustration zu verbergen, und sie tippt wütend mit ihrem Stift auf den Schreibtisch.

Was will sie, dass ich sage? Will sie wirklich, dass ich diesen Tag noch einmal durchlebe? Ich habe das mit der Polizei immer und immer wieder durchgekaut. Ich habe keine Kraft mehr zu geben. Ich bin es leid, über mich zu reden. Ich muss von den Menschen hören, die ich liebe, aber niemand erzählt mir etwas.

Ich sehe immer noch Teddys Gesicht, wenn ich nachts wach liege. Tränen laufen über sein Gesicht, während die Polizei mich gegen ihr Auto drückt.

Ich kann immer noch seine kleine Hand in meiner spüren. Festhaltend. Festhaltend. Dann weg.

Wir sind dem Bösewicht entkommen, nur um in die Arme des Systems zu laufen. Zu meinem Schicksal.

Ich winkte ihm aus dem Autofenster zu. Ich versuchte, ihn zu beruhigen, aber seine Tränen offenbarten die Wahrheit. Er ist beschädigt, und ich werde nicht da sein, um ihm bei der Heilung zu helfen. Ich bin nutzlos.

Wegen Mordes verhaftet zu werden, war kein Schock. Ich wusste, dass es kommen würde.

Mord. Singular.

Die Polizei fand nie Beweise für meine Beteiligung an Pams Morden. In ihrem Notizbuch wurde ich nicht erwähnt. Keine Spuren von mir bei den Opfern. Graham erwähnte mich nie, bevor er sich in seiner Gefängniszelle erhängte.

Und ich werde das alles für mich behalten.

Für Teddy.

Alles ist für Teddy.

Ich muss ihm helfen.

Trish nickt und kneift die Augen zusammen. „Wissen Sie, Teddy fragt immer wieder nach Ihnen."

„Wie geht es ihm?"

„Es geht ihm okay. Er ist in Sicherheit, in Therapie. Wie Sie selbst."

Sicher. Dieser Junge wird nie sicher sein, für immer von Dämonen heimgesucht.

„Und ich höre, Ihrer Freundin Lisa geht es gut?"

Lisa? Mein Gott, ich habe keinen Gedanken an sie verschwendet. Ich habe durch die Blume gehört, dass Speak Up eingegangen ist, als Pams Notizbuch an die Presse ging. Ich tat mir leid für die Mitarbeiter, aber ich wusste, dass sie zurechtkommen würden. Sie sind gute Menschen, und guten Menschen passieren gute Dinge.

„Ja, sie gründet eine neue Wohltätigkeitsorganisation. Es gibt eine große Crowdfunding-Kampagne, um sie zu starten. Es läuft gut, wie ich höre."

Ich nicke.

„Sie müssen Ihre Freiwilligenarbeit vermissen. Ich weiß, Sie waren ... leidenschaftlich daran interessiert, diesen Kindern zu helfen."

Ich weiß, was sie vorhat. Sie stochert in meinen wunden Punkten in der Hoffnung, dass ich aufbreche. Es funktioniert nicht.

„Wir haben nur noch ein paar Minuten, Michelle. Sind Sie sicher, dass Sie nichts mit mir besprechen möchten? Etwas, das Sie loswerden wollen?" Trish setzt die Kappe auf ihren Stift und schließt meine Akte. Sie seufzt. „Hören Sie auf, sich selbst zu bestrafen; Sie wurden genug bestraft. Sie müssen es nicht noch schlimmer für sich machen."

Ich werde nie bekommen, was ich verdiene.

Ich habe meine volle Strafe nie erhalten.

Mord.

Nur einer.

Fake Milas Vater. Harry Reynolds. Vierunddreißig Jahre alt. Keine Kinder.

Anscheinend kam der Scherzanruf von seinem Freund, dem er Geld schuldete. Sein Freund dachte, er würde Besuch von der Polizei bekommen, die ihn zur Zahlung erschrecken würde.

Stattdessen bekam er die hitzköpfige, messerschwingende Verrückte. Er bekam mich. Und er verlor sein Leben.

Ich werde meine Strafe mit erhobenen Händen annehmen.

Erst wenn ich Aiden getötet habe, werde ich Genugtuung erfahren.

Trish holt mich mit einem Husten zurück ins Hier und Jetzt.

„Das ist alles, wofür wir Zeit haben. Aber bitte, wenn Sie einen Rat annehmen - bitte sehen Sie Kelsey. Es wird Ihnen guttun, sich mit der Außenwelt zu verbinden. Sie müssen stark bleiben."

Sie hat recht.

***

Kelsey begrüßt mich mit einer festen Umarmung. Ich beobachte den Wärter an der Tür. Seine Augen sind auf uns gerichtet, und ich schiebe Kelsey weg, bevor er eingreifen muss. Ich will seine Arbeit heute nicht noch schwerer machen.

„Gott, ich habe dich so vermisst", sagt sie mir, als sie auf der anderen Seite des Tisches Platz nimmt.

Mein Herz schwillt an, als ich sie ansehe, und ein Schluchzen bleibt mir im Hals stecken. Ich habe sie auch vermisst. Sie war der Sonnenschein in meinem Leben, und seit ich ihr im Gerichtssaal zum Abschied zugewinkt habe, war ich kalt und einsam.

„Ich vermisse dich auch", flüstere ich und weigere mich zu weinen. Kläglich scheiternd.

Sie plaudert über die Tierärzte. Sie ist fröhlich, aber um ihren Mund liegt eine Anspannung, die ihre unbeschwerte Haltung Lügen straft.

„Wie geht's Mags?" Sie zuckt bei dem Kosenamen für meine ehemalige Chefin zusammen, was mich zum Kichern bringt, ein Geräusch, das mir fremd vorkommt. „Hat sie dir Schwierigkeiten gemacht?"

„Sagen wir so, es brauchte einige Überzeugungsarbeit."

„Kuh. Sie mochte mich noch nie."

„Ach komm schon. Ich habe dich ihr vorgestellt, und jetzt sitzt du wegen Mordes ein. Du kannst ihr kaum vorwerfen, dass sie mir gegenüber misstrauisch ist."

„Misstrauisch", kichere ich. „Ich wette, ihr ist der Schaum vor dem Mund gestanden."

Kelsey lacht. „Tatsächlich schossen ihr auch noch Flammen aus den Ohren. Nicht einmal Felix mag die Schlampe. Und dieser Trottel liebt sonst jeden."

Oh, Felix. Als ich hörte, dass Kelsey ihn adoptiert hat, machte mein Herz einen Freudensprung. Er ist in einem guten Zuhause. Er wird geliebt.

„Und wie geht's Travis?" Travis kam mich kurz nach meiner Verurteilung besuchen. Er wollte erklären, warum er mich wegen Harry Reynolds

Tod, aber ich winkte ab. Ich hätte weniger von ihm gehalten, wenn er mich nicht angezeigt hätte. Wir alle handeln nach unseren eigenen moralischen Vorstellungen. Es fühlt sich gut an zu wissen, dass seine richtig eingestellt sind.

Kelsey rutscht auf ihrem Stuhl hin und her, ihre Augen huschen überall hin, nur nicht zu mir. „Wir haben uns getrennt."

„Was?" Es kommt lauter heraus als erwartet, und ein Wächter hinter mir zischt mich an.

„Es gab einfach zu viel ... Spannung zwischen uns. Es hätte nie funktioniert."

Mein Mund klappt auf. „Kelsey, du kannst dich nicht von ihm trennen. Bitte! Ich werde das in Ordnung bringen. Ich werde mit ihm reden."

Kelsey hebt eine Hand. „Es ist wirklich okay. Er arbeitet sowieso zu viel; ich habe ihn kaum gesehen. Ich brauche einen Kerl, mit dem ich mich an einem Samstagabend kuscheln kann und mir nicht jeden Tag Sorgen machen muss. Einen Buchhalter. Oder einen Architekten."

Quatsch mit Soße. Kelsey verdient Glück, und Travis ist das Einzige, was ihr seit ... immer Glück gebracht hat.

Ich beginne zu sprechen, aber Kelsey hebt ihre Hand und schneidet mir das Wort ab.

„Ich meine es ernst, Michelle. Halt dich dieses Mal raus."

Was bleibt mir anderes übrig? Es ist ja nicht so, als könnte ich von hier aus viel tun. Und ich kann Kelsey nicht schon wieder trotzen. Sie war mein Fels in der Brandung. Meine Heldin. Sie ist mehr, als ich je verdient habe.

Was mich daran erinnert.

„Kelsey, du sagtest, da ist etwas, an das ich mich nicht erinnere. Bevor das alles passiert ist. Der Grund, warum du so bereit warst, mir die ganze Zeit zu helfen."

Sie seufzt unbehaglich. Sie dachte, ich hätte es vergessen.

„Nicht jetzt, Michelle."

„Ach komm schon. Ich ertrage keine Geheimnisse mehr. Bitte."

Sie mustert mich und beißt sich auf die Innenseite ihrer Wange.

„Erinnerst du dich an Lee und Cassie? Sie haben sich eine Zeit lang um uns gekümmert."

„Vage. War er der Gruselige?" Ich muss etwa zehn Jahre alt gewesen sein, als wir bei ihnen untergebracht wurden. Kelsey und ich waren über ein Jahr getrennt, bevor das Schicksal uns vorübergehend wieder zusammenführte. „Warte, ist er nicht gestorben?"

Kelsey nickt.

„Stimmt, er ist die Treppe runtergefallen."

„Ach ja." Ich erinnere mich, wie Cassie von der Nachtschicht bei Tesco nach Hause kam und schrie. Der Tumult ließ uns aus dem

Schlafzimmer rennen, wo wir Sharkey und George schauten. Lee lag am Fuß der Treppe, zusammengesackt. Tot.

„Ich war da. Du warst da." Die Erinnerung lässt mich erschaudern. Wo hatte ich das all die Jahre verdrängt? Lee war in Ordnung. Distanziert, aber er ließ uns mit allem durchkommen.

„Michelle, dieser Mann hat mich vergewaltigt."

Ihre Worte hauen mich fast um. Vergewaltigt? Ich weiß nicht, wie ich darauf reagieren soll.

Teile meiner Kindheit beginnen, sich zusammenzufügen. Der Nebel gewinnt mit ekelhafter Geschwindigkeit an Klarheit.

Nein.

Ich wache mitten in der Nacht auf. Ich muss auf die Toilette. Nur als ich über den Flur gehe, werde ich von der Lampe in Kelseys Zimmer abgelenkt - sie ist an. Ich stecke meinen Kopf hinein, um zu sehen, ob es ihr gut geht. Aber sie ist nicht da. Alles, was ich sehe, ist Lees behaarter Hintern, der sich in Kelseys Bett bewegt.

„Du hast ihn gesehen. Du hast es beendet. Du hast mich gerettet."

Ich drücke mich in meinem Stuhl zurück und schüttle den Kopf. „Nein, habe ich nicht." Aber als die Worte meinen Mund verlassen, drängt sich eine weitere Rückblende in meinen Kopf.

Heilige Scheiße.

Ich war wie erstarrt. Ich konnte mich nicht bewegen.

Als er plötzlich neben mir auf dem Flur auftauchte, erschrak ich und schlug zu. Meine winzigen Hände stießen ihn. Er stolperte über seine eigenen Füße und verschwand über das Geländer. Ich hörte den dumpfen Aufprall und das Knacken, als er mit dem Kopf auf dem hölzernen Telefontisch aufschlug.

Dann kroch ich zu Kelsey ins Bett und wir schliefen ein.

„Du hast mich gerettet, Mich. Und ich habe dich gerettet."

Ich weiß nicht, was ich sagen soll. Ich habe schon früher getötet?

„Sieh mich an, Michelle." Ich zwinge mich, ihrem Blick zu begegnen. „Was du an diesem Tag getan hast, war das Richtige. Glaubst du, ich war das einzige Kind, das er vergewaltigt hat? Du hast eine gute Seele. Ich habe daran nie auch nur eine Sekunde gezweifelt."

Ich dränge die Tränen zurück und lehne mich auf den Tisch. Wie konnte ich das einfach vergessen?

Kelsey berührt meine Hände, zieht sie aber zurück, als der Wächter sie anschreit, sie solle Abstand halten.

„Jetzt weißt du es. Du weißt alles. Du weißt, warum ich alles für dich tun werde. Hörst du? *Alles.*"

Worauf will sie hinaus? Sie verschweigt mir etwas. Sie beobachtet mich, ihr Mund zu einer harten Linie verzogen, ihre Augen bohren sich in mich.

„Ich werde ihn kriegen, Michelle."

„Was? Wen?" Meine Stimme klingt durch meinen Schock wie ein Gurgeln.

„Aiden. Ich werde ihn finden, und ich werde ihn kriegen."

„Kelsey, nein. Halt dich da raus."

„Männer wie er verdienen es zu sterben. Das hast du mich gelehrt."

Sie steht auf und geht weg. Ich rufe ihr nach, aber ein Wächter gibt mir einen harten Stoß, der mir die Luft aus den Lungen presst.

Ich werde in meine Zelle zurückgebracht, Adrenalin rauscht durch meine Adern. Ich will rennen, schreien. Ich will weiter mit Kelsey reden.

Meine Zellentür schlägt mit einem dumpfen Knall hinter mir zu.

Meine Augen werden sofort auf mein Bett gelenkt. Meine Laken sind noch ordentlich gemacht und bilden eine blasse Leinwand für das blutrote Geschenk, das nicht da war, als ich ging.

Eine rote Rose.

ÜBER DEN AUTOR

In ihrem früheren Leben als Buchhalterin verdorrten Clares kreative Säfte und starben ab. Nachdem sie Zwillinge zur Welt gebracht hatte und die Vorlesezeit genoss, erkannte sie bald, dass die Kunst des Geschichtenerzählens sie rief.Heute ist sie Autorin von Psychothrillern und liebt das Leben. Wenn man sie nicht gerade bis zu den Ellbogen in einer Handlung vertieft findet, trifft man sie beim Wandern durch den neuseeländischen Busch mit ihrer Familie an.

Sie können sie auf Facebook finden, indem Sie nach C.L. Sutton Author suchen.

9 781067 101824